GOODBYE, LORETTA

SHAWN VESTAL

GOODBYE, LORETTA

roman

Traduit de l'américain
par Olivier Colette

TERRES D'AMÉRIQUE

ALBIN MICHEL

« Terres d'Amérique »

Collection dirigée par Francis Geffard

Édition originale américaine parue sous le titre :
DAREDEVILS
Publiée par Penguin Random House LLC à New York en 2016

Pour mes frères et sœurs

DEUX DÉSERTS

EVEL KNIEVEL
S'ADRESSE À UNE NATION QUI L'IDOLÂTRE

La première fois que j'ai eu l'idée d'une cascade au-dessus d'un canyon ? Aujourd'hui, j'ai l'impression que j'ai toujours eu ça en tête. Comme si cette idée avait toujours été là pour que moi, Evel Knievel, j'y pense. Comment est-ce qu'on appelle ça, quand l'univers vous guide vers son propre objectif ? J'y croyais, Amérique. Je croyais pouvoir réussir tout ce que j'entreprenais. Tout ce que je promettais de faire. Je croyais en moi, Evel Knievel, et en ce que je disais. Je croyais que prononcer ces mots, c'était déjà les rendre réels.

6 juillet 1974

SHORT CREEK, ARIZONA

Loretta fait coulisser la fenêtre de sa chambre et se fige, attentive aux bruits de la maison. Elle décroche la moustiquaire et la ramène lentement à l'intérieur. La nuit d'été, noir et bleu, est lourde d'étoiles charnues, comme hérissées d'épines, et d'effluves floraux de luzerne et de champs fraîchement arrosés. Elle balance une jambe par la fenêtre, puis l'autre, s'asseoit sur le rebord. Un craquement étouffé résonne, mais elle ne saurait dire s'il provient de la maison, de la nuit ou de ses nerfs à vif. Le jour, elle ne pense plus qu'à la nuit, à cet instant, toujours le même – le passage exaltant d'ici à là-bas. À cet avenir bref, momentané. À Bradshaw.

Elle se laisse tomber au sol, puis traverse la pelouse, voûtée comme pour échapper au faisceau d'un puissant projecteur. Elle porte son jean, le seul que son père l'a autorisée à acheter pour les corvées, et ses galoches. Ses vêtements de « gentille[1] ». Les montagnes, rouges le jour, se détachent, noires et escarpées, sur l'encre profonde de

1. Terme utilisé par les mormons pour désigner les non-mormons. (*Toutes les notes sont du traducteur.*)

la nuit. Leur maison se trouve à la marge de Short Creek, à la marge tout comme sa famille – à moitié étrangère, pas encore pleinement accueillie dans l'étreinte du prophète –, si bien qu'il est plus facile de s'échapper sans se faire repérer par les hommes de la communauté. La Brigade de Dieu, comme les appelle Bradshaw. Dès qu'elle aperçoit des phares, elle se tapit dans l'herbe du fossé jusqu'à ce qu'ils s'éloignent, mais ce soir la voie est libre. Elle remonte la tranchée sur cinq cents mètres, l'herbe tiède caressant ses chevilles nues, jusqu'à une route de campagne, où elle repère la Nova de Bradshaw garée sur le bas-côté, l'aile luisant faiblement, les feux de signalisation rougeoyant tels les yeux d'une bête étrange blottie contre la terre.

Lorsqu'elle s'approche de la voiture, la portière côté passager s'ouvre, comme d'elle-même, et la veilleuse s'éclaire d'une lumière crue, révélant Bradshaw, son visage rude, heureux, bardé d'un sourire. Elle l'éprouve de nouveau, ce sentiment de ne pas être certaine de l'aimer, ou même de l'apprécier, car parfois elle donnerait tout pour le voir quelques secondes, et parfois elle a désespérément besoin de s'éloigner de lui – lui, Bradshaw, assis là tel un roi, le poignet posé sur le volant. Mais ce qui ne fait aucun doute, c'est qu'elle est incapable de résister à son pouvoir d'attraction. Elle est précipitée vers lui sans pouvoir rien y faire.

« Ah, la voilà ! lance-t-il lorsqu'elle se glisse à l'intérieur. Bon sang, Lori, t'es vraiment canon. »

Il se penche vers elle et presse ses lèvres gercées contre sa bouche. Elles ont un goût aigre de bière, de levure. Il recule et la dévisage de ses yeux fantomatiques mais lumineux, la tête penchée, les boucles d'un favori effleurées par la lueur verte du tableau de bord.

« Je t'ai manqué, ma douce Lori ?
– Tu m'as manqué.
– T'as beaucoup pensé à moi ?
– J'ai pensé à toi tout le temps. »

Elle adore se sentir aussi aimée. Il l'embrasse encore une fois, une main passée derrière sa nuque. Elle effleure son dos, sent ses muscles noueux. Parfois, elle a l'impression qu'il essaie d'enfoncer son visage dans le sien. De la dévorer. C'est ce qu'elle désire, toujours – ce péché –, mais lorsque le moment arrive, elle ne l'apprécie pas, car Bradshaw ne se contrôle pas. Il déploie ses doigts sur la poitrine de Loretta, le pouce à quelques centimètres de son sein gauche. Puis plus près.

Ils s'écartent. Bradshaw souffle comme s'il venait de courir le cent mètres.

« T'as réfléchi ? » demande-t-il.

Il veut qu'elle parte avec lui. Filer pour de bon et laisser cet endroit derrière eux. Être ensemble, dit-il. Vraiment ensemble.

« Oui, répond-elle. Je veux le faire. Mais c'est trop tôt. Pas maintenant.
– Oh, Lori. Ne dis pas ça. Tout sauf ça. »

Elle veut partir. Elle veut s'envoler vers son avenir, mais sent qu'elle doit redoubler de prudence, être minutieuse et ne rien laisser au hasard pour ne pas rater son coup. Elle est certaine que son avenir est un lieu bien précis, une destination qu'elle atteindra ou qu'elle manquera, et qui l'attend là-bas, loin de tout ce qu'il y a ici. Loin des longues robes en coton. Loin des journées fastidieuses à l'école religieuse, à étudier les mêmes Saintes Écritures à longueur de dimanche. Loin de la vertu austère mais fade de son père et de l'assentiment permanent de sa mère. Et, surtout, loin de la réalité menaçante que personne n'évoque jamais : à quinze ans, l'âge de se marier, elle est devenue un moyen pour son père d'asseoir sa propre vertu. Lui-même ne peut prendre une autre épouse, mais il peut toujours œuvrer en faveur du Principe – celui du mariage plural. *Le mariage céleste.* Ces derniers temps, il invite certains frères à dîner à la maison. Les hommes brûlent toujours de questions pour Loretta.

Bradshaw s'amuse à la plaquer contre le siège, puis il démarre et ils se mettent à discuter. Il adore qu'on l'écoute. Il adore lui raconter comment il a géré ceci, comment il a remis Untel à sa place. Il décrit son nouveau patron, le producteur de gazon installé à la sortie de St. George.

« Il n'arrête pas de me passer la clé de dix-sept alors que moi je n'arrête pas de lui réclamer celle de vingt, et puis il remet ça, lance-t-il en frappant le tableau de bord d'une main. Je lui dis, mec, t'as tes lunettes ? »

Il rit comme un moteur qui halète. Qu'est-ce qui lui fait croire qu'elle a envie d'entendre ça ? Bizarrement, c'est le cas. Elle adore l'entendre parler, ses expressions étranges, sa grossièreté. *J'ai tellement la dalle que je boufferais un bœuf par le cul*, dit-il. *Putain de merde. Ce faux-cul de mes deux.* Il ne prononce jamais un mot vertueux. Il n'y a pas si longtemps, Loretta pensait encore qu'il était son héros, qu'il allait la sauver. Elle bravait la nuit depuis qu'elle avait treize ans, avec son amie Tonaya, pour rejoindre les garçons de Hurricane, de St. George, tous ceux que le prophète avait bannis. Loretta et Tonaya les suivaient dès que l'occasion se présentait : elles faisaient le mur, parcouraient des chemins de terre dans des voitures volées, buvaient de la bière, allumaient des feux de joie dans le désert, chipaient des marchandises à l'épicerie, attendaient sur la banquette arrière pendant que les garçons défonçaient les boîtes aux lettres ou forçaient des voitures, mais rentraient toujours avant l'aube. Loretta grimpait jusqu'à la fenêtre de sa chambre, regagnait le monde où personne ne regarde la télévision, où on passe son temps à prier, à étudier les Saintes Écritures, à chanter des cantiques ou à se rendre à pied chez les voisins pour désherber les jardins. Elle allait là-bas, dans le monde profane, puis retournait à la maison, à la vénération et à l'ennui.

La nuit où elle a rencontré Bradshaw, elle était coincée avec Tonaya sur la banquette arrière du vieux break Rambler d'un des garçons. Garés devant le 7-Eleven de Hurricane, ils attendaient que quelqu'un veuille bien leur acheter à boire – un pack de bières, une bouteille de vin doux. Cette nuit-là, c'est Bradshaw qui a accepté. Presque immédiatement, lorsqu'il a contourné le magasin et qu'il a tendu le sac par la vitre de la voiture, il a regardé à l'arrière et a croisé les yeux de Loretta. Il était plus âgé que les garçons avec qui elle traînait, mais plus jeune que les hommes de Short Creek, ceux dont elle sentait le regard le dimanche au temple, mais qui rougissaient lorsqu'elle ne détournait pas les yeux. Bradshaw n'était pas du genre à rougir. Tout en lui indiquait qu'il ne doutait de rien – ses jambes arquées, sa démarche rapide, ses yeux bleu délavé et son visage anguleux, sa manière à la fois charmante et ostensible de bouger sa mâchoire, qu'il inclinait ici ou là. Très vite elle s'est mise à le voir seule, et chaque fois qu'elle grimpait dans sa voiture il semblait ravi et s'exclamait « Ah, la voilà ! », comme s'il annonçait quelque chose que le monde attendait depuis longtemps.

Ce soir, Bradshaw tourne dans un chemin de terre et fait ronfler le moteur de la Nova, qui s'enfonce dans le désert en zigzaguant. Ils gravissent de petites collines, où il trouvera un prétexte pour faire un nouvel arrêt. Il est minuit passé, presque une heure, suppose Loretta, et elle se rappelle que demain est jour de jeûne, le premier dimanche du mois, et qu'elle a oublié de cacher de la nourriture.

« Je suppose qu'il n'y a plus rien d'ouvert à cette heure, pas vrai ? demande-t-elle.

– Ouvert pour quoi ?

– Pour acheter à manger. N'importe quoi. Demain est jour de jeûne.

– Jour de *quoi* ? »

Bradshaw n'a jamais entendu parler du premier dimanche du mois ? Du jour de jeûne ? Pourtant, il a vécu ici toute sa vie.

« Jour de jeûne. On n'a pas le droit de manger. J'ai des super maux de tête si je ne planque pas des trucs à grignoter. »

Bradshaw éclate de rire. « Une journée sans bouffer. Sacrés mormons. Je te jure. »

Sacrés mormons. Loretta ne s'identifie pas réellement aux mormons – pas plus qu'elle ne voit sa famille ou Short Creek comme tels –, bien que tous ici se considèrent comme les seuls vrais mormons. Dans son esprit, ils avaient été mormons jusqu'à ce qu'ils s'installent ici, sept ans plus tôt. Quand ils vivaient encore à Cedar City, qu'ils fréquentaient le temple de Main Street, la salle paroissiale en briques beiges d'une rue aux maisons ordinaires, avec une épicerie et une station-service. Les mormons, songe-t-elle, vivent dans le monde réel, ou, du moins, ils en sont plus proches. Ils avaient une télévision à cette époque, et une radio dans la cuisine. Sa mère écoutait de la musique country. Ils s'habillaient comme les vraies gens, les gens normaux – même si, elle le sait pertinemment, ils étaient plus rustiques que les mormons de Salt Lake City, riches et blonds, qui ressemblent à peine à des mormons. Les mormons, pense-t-elle, épousent une seule personne à la fois.

Ils ont emménagé ici lorsqu'elle a eu huit ans – l'âge d'être baptisée. Son père avait grandi à Short Creek, dans le désert à la frontière entre l'Utah et l'Arizona, parmi les polygames et les fondamentalistes, mais il était parti à l'adolescence, encouragé par le prophète, car il était rebelle. Il avait travaillé comme mécanicien chez le concessionnaire automobile de Cedar City, ville où les parents de Loretta avaient élevé huit enfants. Ils avaient eu Loretta sur le tard, par accident, au moment où son père revenait à la foi dont il s'était détourné et commençait à s'ériger contre les mœurs trop permissives de l'Église-mère. Lorsqu'il avait fallu baptiser Loretta, il ne s'en était pas senti capable. Ils étaient donc retournés à Short Creek – où ses frères vivaient toujours, où ses parents étaient morts. Loretta le sait, on ne devient jamais vraiment membre de cette Église : il ne suffit pas de se présenter à la porte de l'Église fondamentaliste de Jésus-Christ des Saints des Derniers Jours pour se convertir, mais compte tenu de sa famille, de son histoire et de sa volonté de se soumettre, son père avait été autorisé à revenir, à l'essai. Au bout de toutes ces années, ils ne sont toujours pas pleinement intégrés à l'Ordre uni – le cercle interne des plus vertueux, ceux qui vivent dans le Principe du mariage plural –, bien qu'ils soient autorisés à espérer l'être un jour, à faire tout leur possible pour.

Elle se rappelle le soir de printemps où son père leur a annoncé qu'ils rentraient. Ils étaient assis autour de la petite table de la cuisine et une forte odeur d'herbe coupée s'engouffrait par la porte-moustiquaire. Un plat en pyrex plein de ragoût de viande, de nouilles et de morceaux de tomates brunâtres était posé devant eux. Sa mère portait une robe qui lui arrivait aux chevilles, très différente de sa tenue habituelle. Un voile d'épuisement assombrissait son visage et elle ne disait pas un mot. Le père de Loretta, robuste et lent, s'exprimait avec une circonspection qui lui donnait l'air stupide. Ses mains striées de cambouis reposaient à plat sur la table, à côté de son assiette. Il répondit à toutes les questions de sa fille sur un ton qui indiquait clairement qu'il ne reviendrait pas sur sa décision.

« Nous le faisons pour le salut éternel de ton âme, Loretta, dit-il. Même si tu ne le vois pas. »

La mère de Loretta, attablée, se tordait les mains, le visage et le cou constellés de points rouges. Ils étaient si vieux, Loretta le savait déjà, comme des grands-parents. Son père allait et venait en soupirant de fatigue, passait d'une tâche à l'autre en grognant, et sa mère se déplaçait avec une résignation lente et lasse. Et elle s'habillait désormais comme une épouse-sœur, comme les femmes de Short Creek lorsqu'elles venaient en ville. Loretta aurait voulu que sa mère dise quelque chose, n'importe quoi.

Loretta ne s'est jamais sentie à sa place ici. Elle déteste se faire des tresses. Elle déteste rester assise en silence pendant que les garçons s'agitent en tous sens. Elle n'a pas envie de vivre dans une de ces familles étranges et tentaculaires, où les hommes sont entourés de constellations d'épouses et d'enfants. Elle s'imagine un avenir proche des publicités de magazines qu'elle entrevoit dans les boutiques, au salon de coiffure de St. George, les fois où sa mère l'autorise à y aller. Des vêtements modernes, des voitures rapides, du maquillage, des tours d'immeubles qui brillent dans la nuit, des cigarettes, des cocktails, et tout ce qui est interdit. Elle adore cette publicité pour du rouge à lèvres dans laquelle une belle fille en jean noir allongée sur le capot d'une Mustang rose sourit d'un air narquois à l'objectif. Le nom du rouge à lèvres ressemble à un mot de passe : Tussy.

La main de Bradshaw, qu'il a passée dans le chemisier de Loretta, remonte lentement le long de son dos. Elle a les lèvres irritées, la nuque fatiguée. Il pose sa main à l'intérieur de sa cuisse et appuie. Il attrape la peau de son cou entre ses dents et la mord doucement, mais trop fort quand même. « Un jour, je ne pourrai pas m'arrêter, dit-il en soufflant comme une fournaise. Ça ne sera pas de ma faute. »

Parfois, il serre tellement le poignet de Loretta qu'il y laisse de petits bleus. Il dit que c'est plus fort que lui, et elle le croit volontiers, car il a vraiment l'air de ne pas pouvoir s'en empêcher. Elle a envie de le faire aussi, mais elle a peur de ne plus pouvoir arrêter Bradshaw et elle n'aime pas sa manière de faire pression sur elle. Pourtant, elle passe ses journées à penser à leurs virées nocturnes, au point qu'elle se demande s'il n'est pas un démon, plutôt qu'un sauveur, puisqu'elle continue à venir à lui bien qu'elle en ait de moins en moins envie.

Finalement, ils s'arrêtent. Il lui demande une nouvelle fois de partir avec lui.

« Pas encore, bébé, répond-elle. Pas maintenant. » Elle l'appelle bébé parce qu'elle veut l'apaiser, comme un bébé, et qu'elle sait que c'est ainsi que les gens se parlent dans le monde où l'attend son avenir.

« Merde alors, Lori, on attend quoi ?

– L'argent, dit-elle. Un plan, ou je ne sais quoi.

– J'ai ton plan ici même », répond-il en lui prenant la main, qu'il pose sur l'érection qui déforme son jean.

Elle la retire brusquement. « Je suis sérieuse », rétorque-t-elle.

S'ils partent maintenant, elle n'aura que lui.

Une lumière rose sculpte le sommet des collines lorsqu'elle rentre chez elle. C'est le moment le plus frais de la journée. Elle meurt d'envie de dormir et se demande comment elle va pouvoir se reposer en douce aujourd'hui. Elle traverse l'arrière-cour, que les bestioles ont laissée pleine de bosses et de trous, et s'approche de sa fenêtre. La petite maison de plain-pied, bleu clair et bleu marine, est silencieuse. Après avoir posé les pieds entre les massifs de bougainvillées de sa mère, elle fait coulisser la fenêtre avec un doigt, se hisse dans la chambre, soulève la moustiquaire, puis la remet à sa place. Lorsqu'elle se retourne, elle fait un bond, le souffle coupé, surprise de voir son père assis sur son lit.

« J'étais loin d'imaginer que tu étais une rebelle doublée d'une traînée », murmure-t-il.

Loretta est pétrifiée, les pensées se bousculent dans sa tête.

« Tu n'as rien à dire ? Tu ne peux pas inventer quelque chose ? »

Bizarrement, elle n'est pas terrifiée, bien qu'elle ne sache pas quoi dire ou faire. Son père se lève. Il s'avance lentement, déséquilibré par sa hanche malade, le visage empourpré de colère. Sa mère observe la scène depuis la porte. Loretta pourrait leur échapper, les dominer, probablement, mais elle ne bouge pas. Il l'attrape par la queue-de-cheval et la gifle sur la tempe. Une gifle au ralenti. Qui fait moins mal qu'elle ne s'y attend. Il est ventru et lourd, prêt à basculer en avant, et c'est à ça qu'elle se raccroche lorsqu'il balance le bras d'un geste lent, encore et encore, chaque coup se révélant moins douloureux que prévu, chaque choc transperçant le présent, traçant un chemin droit devant elle, songe-t-elle, vers son avenir. Il lui parle, grogne, grommelle, mais elle ne l'entend pas et, très vite, ne sent plus ses coups. La chair sur le côté de son visage enfle, gonfle, lève comme de la pâte. Il est vieux, il est vieux, et elle est en route vers un ailleurs.

La journée suit son cours, calme et silencieuse. Inutile de préciser qu'elle restera dans sa chambre. À attendre quoi, elle l'ignore. Ils ne vont pas au temple. Son père ne va pas au ranch de son frère pour soigner les bêtes qu'ils élèvent pour l'Ordre uni. Il vient installer un verrou sur sa porte, une boîte à outils dans la main gauche et le verrou dans l'autre. Il ne la regarde pas, détourne la tête comme pour se protéger de l'éclat éblouissant du châtiment. Il marmonne et farfouille. Sa mère, pâle dans son peignoir, les yeux rougis, arrive avec des toasts et des œufs sur un plateau. Loretta se demande s'ils ont oublié que c'était jour de jeûne.

Elle aurait dû partir avec Bradshaw. Est-ce qu'elle aurait dû partir avec Bradshaw ? Quel chemin inconnu choisir et comment le choisir ? Tout ce qu'elle sait, c'est qu'en attendant de trouver une réponse, les chemins se sont fermés. Bradshaw ne saura même pas pourquoi elle ne viendra plus à leurs rendez-vous.

Son père finit sa tâche et s'en va. Puis elle l'entend derrière la fenêtre de sa chambre, qui triture la coulisse. Les heures passent. Loretta, toujours vêtue de son jean et de sa blouse de travail, est allongée sur le lit. Tout semble plus épais, comme si la vie entière allait désormais être réduite à ça : une chambre, de la nourriture et du temps. Elle s'endort profondément et, quand le bruit sec du verrou la réveille, elle se sent groggy et désorientée. Elle se redresse et voit sa mère entrer.

Assise sur le lit, Loretta remarque qu'elle est toujours dans son peignoir en flanelle matelassé. Loretta ne parle pas. Elle ne leur a pas dit un mot depuis qu'elle est rentrée par la fenêtre. Elle se demande si elle leur adressera de nouveau la parole un jour. Le visage de sa mère, qui lui semble plus vieux que jamais, s'affaisse comme un fruit trop mûr. Elle parle d'une voix hésitante, pleine de larmes.

« Ton père a pris une décision », dit-elle.

Les mots parviennent à Loretta comme à travers de l'eau.

« Ce que tu as fait… » Sa mère s'interrompt. « Il a le sentiment… »

Elle fait glisser ses mains tremblantes vers l'extérieur de ses jambes, comme pour balayer des miettes vers le sol.

« Nous avons le sentiment que tu es en péril. Que ton âme est en péril. »

Sa mère et elle n'ont pas leur mot à dire. Aucune n'a de rôle à jouer, si ce n'est celui d'obéir. Son père a décidé de la placer auprès du frère Harder, Dean Harder, qui dirige les Récoltes de Sion, le commerce d'alimentation, un homme vertueux, un fidèle membre de l'Ordre, qui est prêt à agrandir sa famille céleste.

« Me placer ? demande Loretta.

– Tu sais bien », répond sa mère, si faiblement que ses paroles sont noyées par le bruit de l'arroseur automatique à l'extérieur.

« Tu le savais très bien. »

8 septembre 1974

TWIN FALLS, IDAHO

« Un peu d'espièglerie, c'est bon pour l'âme », dit Grand-Père à Jason en pointant un doigt épais et crochu droit devant lui, comme si l'espièglerie se trouvait ici même, ample et souriante, sur la Highway 10.

« Il n'y a vraiment pas de mal à ça », ajoute-t-il.

La route, aussi droite qu'une canalisation, plonge à travers le désert et file vers l'horizon. À l'intérieur du vieux pick-up Ford, l'air chaud claque bruyamment en s'engouffrant par les vitres baissées, noyant les grommellements du vieil homme.

« Ton père n'a jamais vraiment su écouter les gens », dit-il. Gloussements. Des morceaux de foin tourbillonnent, picotant les oreilles de Jason. C'est le pick-up de travail de Grand-Père – tapis de sol archi-usés, sièges fendus et tachés. Un fatras de boîtes de pièces détachées vides, d'outils et de ficelle s'entasse dans l'alcôve où le tableau de bord rejoint le pare-brise. Il raconte des histoires et, dans le vacarme de la cabine, Jason n'en entend que des bribes, des morceaux déconnectés.

« Le temps d'arriver là-bas, poursuit Grand-Père, la Packard avait complètement sombré dans le canal. »

Il raconte des histoires sur le père de Jason. La fois où il s'est fait prendre, à cinq ans, en train de chiper des caramels. Ses bagarres farouches avec son frère aîné, Dean, lorsqu'ils étaient adolescents. La voiture familiale qu'il a empruntée sans autorisation et précipitée dans l'eau.

Jason ne comprend pas cet épanchement d'anecdotes familiales. Cela semble important. Préparé. Il regarde son grand-père – le visage et le cou zébrés par le soleil, les oreilles tombantes, rouges et épaisses comme du jambon. Il dit quelque chose, mais ses mots se perdent dans le vent. La terre défile, une plaine entrecoupée de roches volcaniques et tachetée de sauge. Un ciel diaphane, des lambeaux de nuages. Le manteau précoce de l'automne affiche ses bruns éclatants et ses champs tondus, les premières notes amères de la fin de la saison flottant dans l'air.

« Je croyais que ton père allait lui arracher l'oreille avec les dents », dit-il.

Sur le siège qui les sépare, en équilibre sur une paire de gants de travail raidis et deux courroies en V, se trouvent les Saintes Écritures de Grand-Père, enfermées dans une pochette en cuir : la Bible, le Livre de Mormon, Doctrine et Alliances, la Perle de Grand Prix.

Ils portent leurs habits du dimanche, bien qu'ils ne se rendent pas au temple.

Ils traversent Wendell et s'engagent sur l'Interstate 84, en direction de Twin Falls. Grand-Père pousse la Ford jusqu'à cent quinze, cent vingt kilomètres-heure, et n'essaie plus de hurler par-dessus ce boucan. Il est beau, plus séduisant que les autres hommes de la famille Harder : grand, soigné, gercé par le soleil. À côté de lui, Jason se sent frêle et tendre. Il déteste son physique, son épaisse tignasse auburn, ses taches de rousseur, sa silhouette noueuse et dégingandée. La chevelure gris foncé de Grand-Père est gominée, les traces de peigne aussi nettes que des rangs d'orge, et son costard sent le déodorant Old Spice et la transpiration.

Une vague d'adrénaline parcourt Jason, une première fois puis une seconde. Ils ne sont pas en route pour le temple, bien qu'ils aient dit aux parents de Jason qu'ils allaient à Rupert, où Grand-Père doit s'adresser à la paroisse. C'est un mensonge plausible – Grand-Père, qui est haut conseiller, fait souvent le tour des paroisses mormones du sud de l'Idaho –, mais Jason est stupéfait que Grand-Père en soit l'auteur.

« Ça devrait vraiment valoir la peine », hurle Grand-Père.

Jason hoche la tête. Il est sur le point d'ajouter *plus que la peine*, mais l'envie lui passe immédiatement. La journée est enveloppée dans une peau, une membrane susceptible d'éclater au moindre mot de travers. Ils vont voir Evel Knievel franchir le canyon de la Snake River dans une fusée à vapeur.

« Qu'est-ce que tu penses ? demande Grand-Père. Qu'il va y arriver ?

– Pas sûr.

– Eh bien, parbleu. Je sais bien que tu n'en es pas sûr. Mais tu *penses* quoi ? »

Comment savoir ? Jason visionne tous les sauts qu'il peut, vénérant la Panasonic familiale chaque fois qu'Evel Knievel grimpe sur une moto et s'élance dans les airs. Tout a commencé à l'âge de neuf ans, le jour où il a vu la cascade ratée du Caesars Palace dans l'émission *Wide World of Sports* : Evel Knievel rebondit contre la rampe, son corps ondule et la moto rugit derrière lui comme un taureau furibond.

Il aurait dû mourir. Pourtant, Evel Knievel a survécu, est reparti et l'a refait encore et encore.

Mais le saut prévu aujourd'hui – une fusée, un canyon – est d'un autre ordre.

« Et toi, t'en penses quoi ? » hurle Jason.

Grand-Père rit.

« Il se pourrait qu'il y arrive. C'est possible. Après tout, il suffit de s'asseoir et de se laisser propulser au loin.

– C'est aussi ce que font les astronautes, mais ça n'a rien de facile. »

C'est une phrase qu'Evel Knievel lui-même a prononcée, dans un des articles que Jason a découpés au rasoir dans le *Times-News* et scotchés dans son album.

« Eh bien, répond Grand-Père, comme s'il n'allait pas se battre pour ce genre de broutilles avec un adversaire aussi peu expérimenté. Il ne va pas exactement sur la Lune. »

Jason a envie de questionner Grand-Père sur leur mensonge. Pour savoir précisément en quoi il serait acceptable, vu que les aînés, dont il fait partie, ne cessent de répéter au temple : *Tu ne porteras pas de faux témoignages.* Les parents de Jason lui avaient opposé un autre commandement lorsqu'ils lui avaient interdit d'aller au canyon : *Tu observeras le sabbat comme un jour saint.* Il s'était senti contrarié pendant plusieurs jours, jusqu'à ce que Grand-Père s'approche de lui – à sa manière, épaule contre épaule, le regard perdu dans le lointain, un matin, alors que Jason nourrissait les veaux – et lui demande s'il avait entendu parler de ce type, Evel Knievel.

Il pouvait comprendre que Grand-Père veuille assister au saut. Lorsqu'il était plus jeune, il participait à des courses de moto dans le désert et se rendait à Boise les jours de stock-car. Mais pourquoi mentir et se contenter ensuite de lui faire un clin d'œil ? Jason s'interroge, même s'il croit saisir maintenant : les règles sont les règles, les vérités éternelles restent immuables, mais la confrérie des hommes recèle des couloirs et des tangentes, des compartiments et des exceptions.

Ils quittent l'autoroute et coupent au sud à travers le désert. Très vite, le canyon apparaît, telle une vaste fente grise dans la terre. La foule se presse sur le versant opposé et, derrière elle, une couronne d'arbres encercle un ranch.

La plateforme de lancement se dresse à l'extrémité de la foule, un monticule de terre surmonté d'une rampe métallique aux allures de flèche de clocher, flanqué par des camions de télévision et un mobil-home blanc. En bas, les parois en basalte accidentées du canyon renvoient la lumière de l'après-midi en des angles étranges, argentée ici, cendreuse là. Les parois se désagrègent et s'effritent, formant des piles de blocs rocheux, puis de pierres, et enfin, tout au fond, des pentes terreuses couvertes de mauvaises herbes et d'humus, fendues par la lourde et tumultueuse Snake River.

Ils virent à l'est, s'éloignant de la ville, et s'insèrent dans une file de voitures qui avance au ralenti. Très vite, un bruit de fanfare leur parvient – l'étain discordant des cors, le roulement sourd des tambours. Grand-Père fait pétarader le moteur. À gauche, dans la centaine de mètres qui sépare la route du bord du canyon, la foule s'affaire et s'amasse, des motards font rugir leurs engins. Derrière eux se trouve la rampe de lancement. Le Skycycle, une fusée propulsée par un moteur à vapeur, est déjà installé. Incliné vers le ciel, rouge, blanc et bleu, il arbore le nom d'EVEL KNIEVEL en lettres dorées et le chiffre I sur la dérive.

« Skycycle, se moque Grand-Père. Ça n'a pourtant rien d'un vélo. »

Ils arrivent à l'entrée, où un homme pansu aux mains pleines de billets scrute leurs costumes. Grand-Père lui tend cinquante dollars, puis avance le pick-up et traverse le champ cahin-caha.

« Tu ne trouves pas ça ridicule ? » demande-t-il gaiement en se garant.

Devant eux, Jason distingue le sommet de plusieurs tentes. Les gens, qui ont campé ici toute la semaine, n'ont cessé de faire la fête, de boire, de se battre et de se baigner nus dans les bassins du canyon, effrayant les habitants du coin, au grand dam des autorités.

Grand-Père désigne négligemment les lieux d'un geste de la main. « Tout ça, c'est exactement ce que tu dois éviter maintenant que tu grandis. Boire et compagnie. Ce chahut absurde. Mais tu ne peux pas te terrer non plus. Tu dois vivre dans ce monde, en le maintenant en quelque sorte à distance. Mais – et il se met à tapoter d'un air absent la pochette en cuir du talon de sa main – tu devrais t'amuser un peu quand l'occasion se présente. On devrait bien s'amuser aujourd'hui, tu ne crois pas ?

– Je suppose.

– Tu supposes ? »

Jason rougit. Il se sent intimidé par cette étrange journée.

Ils retirent leur veste et leur cravate, les laissent pliées sur le siège et s'enfoncent dans la foule. Grand-Père se dirige d'un pas raide vers la rampe de lancement, zigzaguant entre des types affublés de casquettes de camionneur et de bottes de cow-boy, des gamins aux cheveux longs qui se lancent des Frisbee. Plus ils s'approchent plus la foule devient dense, mais Grand-Père se faufile, se fraie un passage, jusqu'à ce qu'ils se retrouvent à une vingtaine de mètres de la rampe. La scène semble tirée du film *Billy Jack* – des hommes torse nu, chevelures et barbes longues, les bras couverts de tatouages flous ; des femmes vêtues de shorts en jean, les cheveux hirsutes ; l'odeur de cigarette et de marijuana. Jason n'a jamais rien vu de tel, dans le coin les hommes ont les cheveux courts et les femmes des jupes longues, et la plupart des gens estiment que Richard Nixon a été traité injustement. Deux types en veste de cuir ont hissé des filles sur leurs épaules – des filles en débardeur, sans soutien-gorge –, et Jason observe les secousses et tressaillements sous l'étoffe. Quelqu'un s'exclame : « Bordel de merde ! » et, gêné pour Grand-Père, Jason s'imagine qu'il n'a jamais été confronté à de telles grossièretés ou qu'il pourrait croire que lui-même ne l'a jamais été, et il craint que le vieil homme ne regrette de l'avoir emmené ici, qu'il ne change d'avis. Mais le bruit d'un hélicoptère s'élève, un *tchop-tchop* de plus en plus fort et ronronnant, une vaste clameur explose et il est trop tard pour changer quoi que ce soit, parce que le spectacle a commencé.

L'hélicoptère s'incline et plonge vers le désert de l'autre côté du camion satellite. Des caméras de télévision scrutent la foule de leur œil étincelant. La fanfare, dont le costume décline deux nuances de bleu, se déchaîne au moment où l'hélicoptère se pose, soulevant une gerbe de poussière. Puis il apparaît : Evel Knievel, flanqué de deux hommes aux sourcils froncés arborant des lunettes de soleil aux verres polarisés et des chapeaux de cow-boy. Toute l'attention et l'énergie s'envolent vers lui, comme des copeaux métalliques vers un aimant. Il longe la foule, habillé comme un fermier à la coopérative le samedi – jean, chemise à boutons-pression, bottes de cow-boy –, à l'exception d'une canne au pommeau argenté. Il la saisit, la brandit, et la boule en argent s'embrase au soleil, projetant une colonne de lumière. La foule applaudit, hurle son nom, et Evel Knievel pénètre dans le mobil-home avec sa suite. Les applaudissements se dissipent, la fanfare s'arrête subitement.

« Eh bien, dit Grand-Père. Le voilà. »

Jason trouve l'attente insupportable, et en même temps il ne veut pas qu'elle prenne fin. Il éprouve une foi absurde, le sentiment que son avenir ressemblera davantage à ce jour qu'à tout ce qu'il a connu jusque-là – tous les sabbats, toutes les prières incessantes, traite et nourrissage, batteuse et moissonneuse. L'odeur de bouse de vache qui imprègne tout, tout le temps, y compris lui, proclamant haut et fort qu'il est chargé des tâches les plus basses. Il veut fixer ce moment, ne pas le perdre de vue. La clameur, la pression humide des corps, la voûte de ciel pâle et, en sourdine, ce moteur qui tourne, doux mais irrévocable, cette chose derrière la chose, derrière le tout, qui sème ce que l'on récolte.

Les motards braillent et agitent les poings au rythme de « Under My Thumb » des Rolling Stones, que diffusent les enceintes du camion satellite. La foule est vulgaire et sale, mais effroyablement belle. Devant eux, un homme en jean usé se dandine sur la musique. Ses cheveux couleur foin, les cheveux de Jésus-Christ, lui arrivent aux épaules et il porte un bandana rouge, blanc et bleu. Une cigarette pend entre ses lèvres, se redresse lorsqu'il tire une bouffée, puis retombe. À côté de lui, une fille aux cheveux bruns vêtue d'un short en jean et d'un T-shirt élimé aux couleurs de l'université de Boise tend le cou. « Il va sortir ou quoi ? » demande-t-elle, et le hippie fasciné répond : « Tu vas la fermer ou quoi ? » Et Grand-Père se balance d'avant en arrière, d'un pied sur l'autre, agacé.

Toute cette attente. Toute cette pression. Comme un jour de sabbat lorsque le temps se fige. Et puis la porte du mobil-home s'ouvre dans un claquement et Evel Knievel bondit, magnifique dans sa combinaison blanche aux bandes étoilées rouge et bleu qui lui barrent le torse comme des cartouchières. Bottes blanches. Col haut à la Elvis ouvert sur la poitrine et cheveux brun doré surmontés d'une houppe. Il brandit de nouveau sa canne et plonge vers la foule, qui s'écarte devant lui. Les enceintes assurent le commentaire en grésillant. Il semble flotter, malgré sa démarche saccadée. Il ne passe qu'à quelques mètres de Jason et Grand-Père, qui sentent l'onde des corps refluer. Evel Knievel est si près que le jeune homme distingue les rides sur son visage et son regard de quartzite, ses yeux perçants qui s'arrêtent sur ceux de Jason. Il lève brusquement la canne vers le ciel, prononce des mots que Jason ne parvient pas à comprendre, et le geste semble lui être destiné.

Evel Knievel s'avance et Jason tend le bras vers lui, comme les autres spectateurs qui l'entourent. Il attend que le cascadeur fasse de même, qu'il plonge le bras dans l'amas confus de mains idolâtres et saisisse celle de Jason.

Et c'est ce qu'il fait.

Il l'attrape brièvement, la serre une fois. Les os des doigts d'Evel Knievel lui rappellent un fagot de branches vertes. Ses yeux croisent de nouveau ceux de Jason – « Merci d'être venu, mon pote. » –, puis s'éloignent furtivement. Un cri s'élève : « Bonne chance, Evel », et il répond sans se retourner : « C'est entre les mains de Dieu maintenant. »

Il rejoint à grands pas l'espace dégagé à proximité de la rampe de lancement. L'hélicoptère décolle, relié à une nacelle destinée à Evel, qui tend les mains vers la foule comme pour la bénir. Il prend place et s'élève jusqu'à la fusée. Des informations jaillissent, inertes, des enceintes. Grand-Père serre l'épaule de Jason, qui voit son visage hagard, révérencieux, tandis qu'il hoche la tête vers le Skycycle. *N'en perds pas une miette.* La fusée rappelle à Jason la soucoupe volante de la série TV *Les Jetson*, mais en plus cool, l'arrière effilé et le nez lisse et brillant, les flancs dévorés par son nom énorme et des publicités colorées tout autour : Mack Trucks, bonbons Chuckles. Evel lève brièvement le pouce depuis le cockpit. L'équipe se retire et le Skycycle reste seul. Un silence, suivi d'une accélération, un gémissement perçant qui s'élève encore et encore, la pression qui s'accumule en un éclair – le Skycycle décolle avec fracas de la rampe et s'éloigne, pivotant avec grâce, se vissant dans l'atmosphère. Jason se sent cloué au sol et son estomac est parcouru de spasmes. C'est comme une prière, comme un espoir, et il réussira, ça ne fait pas le moindre doute. Jason le voit à l'arc que décrit la fusée. Elle règne sur la terre et tous ses serviteurs, une balle étincelante visant le cœur du ciel désertique.

Quelque chose jaillit avec un bruit sec de l'arrière de la fusée. Qu'est-ce que c'est ? Le parachute ? Il y a comme un changement dans l'air. Une infime baisse de pression. La fusée ralentit, ralentit, traînant un parachute blanc derrière elle.

« Oh, ma parole, dit Grand-Père. Juste ciel ! »

La fusée pique du nez, dérivant vers le fond du canyon tel un roseau au-dessus d'un canal. Jason a l'impression de recevoir une gifle, d'être écrabouillé. Les gens se précipitent jusqu'au bord du canyon, mais Grand-Père et Jason restent en retrait. Un tourbillon d'odeurs corporelles et de fumée de cigarette les assaille. Jason a peur de se mettre à pleurer.

Ensuite, ils roulent longtemps en silence. Pas d'histoires à raconter. La journée renoue avec la terre, l'ennui et la déception. Le pick-up sent la boue. Un film de poussière gris recouvre les chaussures et les chaussettes de Jason. Il fixe la fine ligne de rouille qui borde les évents du chauffage.

Lorsqu'ils approchent de Wendell, Grand-Père se met à ricaner.

« Ça lui servira de leçon, dit-il. Il commençait à croire à ses propres foutaises. »

13 janvier 1975

SHORT CREEK, ARIZONA

Ruth tire sur les cheveux de Loretta comme sur les rênes d'un cheval : elle brosse, tire, retient. Loretta se raidit à chaque coup. Dans le miroir rond et flou qui surmonte la commode, elle observe le visage de Ruth, aussi déterminé et résigné que d'habitude – le visage qu'elle a lorsqu'elle pétrit la pâte. De légers effluves de peinture persistent dans la chambre, et du rez-de-chaussée s'élève l'odeur du gâteau de Ruth aux graines de caroube et aux dattes. Loretta laisse tomber lentement ses yeux, puis sa tête, mais Ruth la ramène sans ménagement à sa position initiale, une main fermement posée sur chacune de ses oreilles. Elle sépare soigneusement les cheveux de Loretta, traçant une ligne ivoire le long de son crâne, et se met à tresser, les lèvres serrées en un petit poing intransigeant.

« Je crois qu'elles sont plus jolies lorsqu'elles tombent aux épaules », ne peut s'empêcher de dire Loretta.

Ruth retourne une tresse, qu'elle plaque contre la tête de Loretta.

« C'est un jour de joie, tante Loretta, dit-elle, mais aussi un jour sacré. Il importe de rester pudique devant le Seigneur. »

L'estomac de Loretta se noue. *Tante Loretta.* C'est comme ça que les enfants l'appelleront.

« Je crois que tu le sais », ajoute Ruth. Elle scrute le miroir, puis les yeux de Loretta, sans changer d'expression. Loretta soutient son regard, imitant son impassibilité. Au début, elle pensait que son expression reflétait de la colère ou de la frustration, mais elle a fini par comprendre que Ruth s'est simplement vidée et parée des habits du devoir en toutes circonstances. Même avec ses enfants. Même le soir où elle était venue avec Dean chez les parents de Loretta et qu'ils avaient tous prié à genoux sur la véranda. « Le Seigneur m'a accordé une preuve de la vertu de notre choix, avait déclaré Ruth, le regard vide. Je sais que nous serons glorifiés dans le royaume céleste. » Comme si elle s'était forcée à sortir d'elle-même. Dean avait rougi, ses énormes oreilles étaient devenues écarlates, et, même si Loretta le connaissait à peine, même si elle n'avait que quinze ans, elle avait vu dans ses petits yeux de lapin que ce n'était pas le royaume céleste qu'il avait à l'esprit.

Les murs de la chambre sont nus et propres, éclairés par le soleil de la fin de matinée, qui se cache de l'autre côté du rectangle de plus en plus éclatant de la fenêtre. Lit, commode, tapis couleur bronze. Loretta a du mal à considérer cette pièce comme sa chambre – ce coin vide d'une maison aux airs de grange. Tout ce qu'elle possède est rangé dans une boîte à chaussures au fond du placard : deux décorations de Noël qui appartenaient à sa grand-mère – une étoile argentée bordée de rouge et un flocon de neige aux paillettes scintillantes ; un journal intime dans lequel elle a écrit à dix-sept reprises lorsqu'elle avait onze ans, y compris une page répertoriant les qualités de « L'homme que je veux épouser » ; trois photographies aux bords usés et cornés, assombries par des orbes jaunes – elle, bébé, dans les bras de ses parents ; elle encore, âgée de trois ou quatre ans, debout, en robe, ses yeux froncés fixant quelque chose hors du cadre ; et le border collie qu'ils possédaient lorsqu'elle était enfant, le museau enfoui dans la pelouse ; une carte de vœux représentant une cigogne, une pièce de un dollar en argent scotchée à l'intérieur ; deux bagues en étain et une paire de boucles d'oreilles ornées de minuscules pierres en verre taillé couleur émeraude, encore sur leur support en papier ; une petite bourse en cuir pleine de têtes de flèche et d'éclats de pierre ramassés dans le désert ; et enfin un mouchoir sur lequel sa mère avait brodé *Loretta Sara Buckton* au-dessus de sa date de naissance, *21 mai 1959*.

Elle ne possède rien d'autre, nulle part.

Ruth finit de tresser une couronne autour de la tête de Loretta, puis rejoint les deux nattes dans son dos. Elle passe ses mains chaudes, qui sentent le détergent, sur les cheveux de Loretta, sur sa robe. Examine attentivement chaque partie de son corps, hormis ses yeux. Enlève un fil sur son épaule. Elle porte la même robe que Loretta, en coton blanc amidonné, corsage droit, broderie mitée façon dentelle au col, aux poignets et à l'ourlet, qui tombe en dessous de la cheville.

« Je te laisse prier », dit Ruth.

Elles se lèvent. Ruth attrape Loretta par les épaules et scrute ses yeux comme pour enfoncer quelque chose dans son cerveau. Quel âge a Ruth ? Quarante ans ? Plus ? Elle a sept enfants, dont elle semble souvent être la grand-mère. Mince, la peau sèche, la bouche gravée de ridules. Ses cheveux ras suscitent les murmures des sœurs, qui trouvent cette coupe trop masculine, rebelle. Sur ce point, elle est comme Dean, qui porte la barbe bien que les frères le déconseillent. *Épouse-sœur*, songe Loretta, et l'expression atterrit avec une légèreté trompeuse dans son esprit – des mots qu'elle a entendus toute sa vie sans avoir conscience de leur profonde contradiction.

Loretta n'appellera jamais Ruth « Sœur », mais voit en elle le moyen de parvenir à une chose : être plus forte que ses adversaires.

« Nous porterons une glorieuse semence jusqu'au Seigneur », ajoute Ruth, qui enferme Loretta dans ses bras, en la touchant à peine. Loretta se répète que ce n'est pas vrai. *Je ne porterai aucune semence.* Elle se retirera en elle-même, loin de tous.

« Bienvenue dans notre famille », murmure Ruth par-dessus l'épaule de Loretta, sur un ton qu'on ne pourrait imaginer moins chaleureux. « Notre famille éternelle. »

Ils attendent oncle Elden, le prophète. Le salon est résolument simple, avec de la moquette beige au sol et deux grands canapés l'un en face de l'autre, coincés entre deux causeuses, le tout recouvert d'étoffe bleu marine imprimée de petites fleurs blanches. La maison entière semble inhabitée, se dit Loretta, bien que Ruth, Dean et les gamins y vivent depuis presque trois ans. Quand les Harder ont emménagé dans cette demeure immense à la limite nord de la ville, à une centaine de mètres de la frontière avec l'Utah, les gens ont aussitôt pensé que Dean allait prendre une nouvelle épouse.

Les parents de Loretta sont assis sur l'un des canapés, respectueux des événements de la journée. Elle sent les yeux de sa mère qui cherchent les siens. Son père ne la regarde pas, elle le sait. Il a tout décidé sans elle, y compris la promesse qu'a faite Dean d'attendre ses seize ans pour consommer leur union. Elle est écœurée d'avoir été tenue ainsi à l'écart.

Loretta, Ruth et Dean sont debout au milieu du salon, face à la cheminée, et Ruth tient un coussin contre sa taille, comme pour protéger un trésor. Loretta sait que c'est la bague à trois anneaux en argent qu'elle portera au troisième doigt de sa main gauche. Les enfants sont alignés du plus âgé au plus jeune. Samuel, l'aîné, treize ans, l'air renfrogné, a un gros furoncle derrière une oreille. Il porte un costume noir et une chemise blanche boutonnée jusqu'au cou, comme Dean Jr, sept ans. Les filles nées juste après Samuel, Ruth et Elizabeth, ont l'air d'épouses-sœurs miniatures, avec leurs tresses et leurs robes de coton qui touchent le sol. Même Sarah, quatre ans, et Janeen, cinq ans, sont vêtues de longues robes blanches. Seul Benjamin, le tout-petit, a une tenue d'enfant : un bermuda noir et un pull-over blanc à manches courtes. Il gigote mais garde un visage figé, les lèvres serrées avec une intensité comique, comme s'il craignait qu'un bruit en jaillisse. C'est son préféré, Benjamin. Lorsqu'elle croise son regard et sourit, il l'imite de manière furtive.

Le prophète arrive enfin, lent et voûté au bras de son fils robuste. Il leur adresse un sourire gris assorti d'un murmure. Un œil laiteux vagabonde. C'est un homme-noisette – minuscule, desséché, souffreteux et squelettique – et sa proximité avec la mort ne fait qu'accroître son autorité. Ils se rapprochent. Oncle Elden se tient devant eux, serrant ses mains noueuses et tremblantes.

Ruth et Loretta entourent Dean tandis que le prophète, de sa voix éraillée, parle d'exaltation, de salut et d'obéissance au principe sacré du mariage plural. Il s'exprime d'une voix basse et monotone, ménageant de nombreuses pauses comme pour se reposer. « C'est ici, frères et sœurs, dit-il, dans la Genèse. Au tout début. Lamech et Ésaü... Moïse et Jacob. Tous vivant... selon le Principe. »

Le prophète poursuit en évoquant les commandements négligés et les mauvais traitements infligés aux vrais Saints dans le monde. « Le gouvernement de ces États-... Unis persécute ce sacerdoce. L'Église mormone elle-même... » Une quinte de toux discrète l'interrompt. Son fils lui tend un mouchoir, et quand oncle Elden l'éloigne de sa bouche un filet de salive capte la lumière. « ... persécute ce sacerdoce », répète-t-il en murmurant.

Sa voix a l'effet d'une drogue sur Loretta, lui inocule un sens apaisant du sacré qui pénètre bien au-delà de son cerveau et lui chuchote qu'elle a tort, que c'est là le divin, après tout. Oncle Elden parle du « raid de 53 », au cours duquel les agents fédéraux envoyés par Satan ont arrêté les hommes de Short Creek et emmené femmes et enfants, et de la menace constante d'un assaut des ennemis de la vertu. « Aucun peuple vertueux... ne vit sans se souvenir des sacrifices de ses pères. »

Dans sa tête, Loretta s'envole vers son avenir profane. Dans ce monde-là elle porte des pantalons pattes d'éléphant, des chemisiers colorés à manches courtes – et même des T-shirts –, ses cheveux sont longs et détachés et ses yeux ourlés de mascara. Comme les traînées. Elle regrette de ne pouvoir montrer son futur moi à son père pour le regarder se consumer de rage. Son avenir à la Tussy, rose et audacieux, qui pourrait être n'importe où ailleurs. Elle aura une voiture, comme celles qui brillent sur les pages des magazines – peut-être même la Mustang rose de la pub –, elle écoutera du rock et regardera la télévision, et il n'y aura ni Dean ni Ruth, bien sûr, ni oncle Elden, et pas Bradshaw non plus, ni aucun autre homme. Ou plutôt, il y aura un homme, mais qu'elle n'a pas encore rencontré. Une forme anonyme et chaleureuse, qui n'emploie pas la force.

Oncle Elden émet un râle et poursuit. Loretta se dit qu'elle va devoir apprendre le nom des voitures et des modèles qui lui plaisent pour pouvoir choisir la meilleure à l'avenir, celle qui montrera au monde qu'elle est libre, qu'elle fait partie de ces gens-ci et non de ces gens-là. Le prophète évoque le voile du ciel et les voilà qui s'engagent tous dans une mascarade : Dean et Ruth se tiennent derrière un rideau tenu par les parents de Loretta, Dean attrape Loretta à travers l'étoffe et la ramène, l'attire vers eux, car c'est ainsi qu'elle montera au ciel, tirée par Dean et Ruth.

Plus tard, Dean retrouve Loretta dans sa chambre, la pièce anonyme impossible à réchauffer à cause du froid du désert. Il ferme la porte, s'asseoit sur le lit à côté d'elle, les mains posées sur ses genoux. Elle perçoit par vagues à quel point il brûle de se rapprocher d'elle. Des veines épaisses saillent sur le dos de ses mains, et il serre les genoux.

« Je l'ai promis à ton père, petite sœur, dit-il d'une voix calme. Mais tu es une tentation douloureuse. »

Elle arrête de respirer. Une bourrasque s'empare de ses poumons. Loretta se sent submergée, bien que ce moment n'ait rien de surprenant. Il fondait droit sur elle, un énorme météore dégringolant du ciel, une pierre géante, inévitable. Mais elle a détourné les yeux, comme s'il n'existait pas. La vie est ainsi faite, se dit-elle – la tiédeur de l'ennui et de la révérence émousse l'esprit contre les catastrophes.

Quelque part dans la nuit, deux chiens aboient férocement, puis se taisent.

« Je crois vraiment que nous ferions mieux d'attendre », reprend Dean.

Il parle avec tant de précaution. Comme s'il tentait de la dissuader de quelque chose. Elle l'observe du coin de l'œil : costume en laine noire, élimé aux poignets et aux genoux, et richelieus noirs cirés. Une odeur pas désagréable de chair et d'étoffe. Le chaume brun, roux et blanc de sa barbe peignée et les minuscules zones gercées de ses joues osseuses comme des points de fard sur une poupée.

Elle se répète pour ne pas oublier : *Ce n'est pas légal.* Ça ne compte que si on y croit, et elle n'y croira pas.

« Tu n'es pas d'accord ? » demande-t-il.

Il pose ses mains sur les siennes, ses ongles fendus et blanchâtres. Presse doucement. Il est plus jeune que le père de Loretta, mais plus usé. Plus grand. Plus mince. Plus fort. Elle se demande où est Ruth à cet instant, et ce qu'elle pense. Si elle croit qu'il va honorer sa promesse.

« Nous sommes appelés à porter une semence vertueuse jusqu'au Seigneur, dit-il. C'est le principe le plus sacré. »

Elle aimerait pouvoir rire, car ce langage a quelque chose d'insensé, mais il est bien possible qu'elle ne rie plus jamais. Il se penche vers elle et lui chuchote humidement à l'oreille, tandis qu'un poil de moustache rêche la chatouille : « Tu trembles, petite sœur. »

Il lui attrape la cuisse au-dessus du genou et presse. Sa main est gigantesque. Un filet de sueur dégouline du crâne de Loretta, lui sillonne le dos.

« Moi aussi », murmure-t-il.

Sa main remonte de quelques centimètres et serre de nouveau : à présent, elle sait que nier l'existence du météore ne l'a pas fait disparaître et que c'est pire que ce qu'elle craignait, ce destin, cette pierre, parce qu'elle sent un picotement – une palpitation légère, répugnante – entre ses jambes. La main de Dean fait presque le tour de sa cuisse, qu'il tient fermement. Elle le trouve laid et repoussant, un mufle, et a envie de se tortiller, de serrer les jambes.

Dean expire comme un cheval qui trépigne et retire sa main.

« C'est dur, petite sœur, tellement dur, dit-il. Mais nous attendrons. »

Il parle comme si c'était lui qui se refusait à elle. Comme si, par sa vertu et sa maîtrise, il les protégeait d'elle-même.

« Tu verras que c'est mieux ainsi. »

Il se lève et ne prend pas la peine de dissimuler la protubérance oblique sous son pantalon en laine noir. Loretta a les yeux qui piquent et sent tout son corps défaillir, ses veines et ses os, ses pores et ses cheveux.

« Bienvenue dans notre famille, dit-il. Nous marchons dans la vraie lumière du Seigneur. »

Il pose la main sur la tête de Loretta et reste planté là. Bien en vue. Elle cligne frénétiquement des yeux.

Dean l'attrape par le menton et ajoute : « Ton père m'a parlé de tes escapades nocturnes. »

Il doit sentir son menton frissonner.

« C'est terminé maintenant, cela va de soi. »

Elle fait oui de la tête.

« J'aimerais te l'entendre dire. »

Elle essaie trois fois de prononcer le mot, ce mot *oui*, et lorsqu'elle y parvient tout s'effondre. Des larmes lui brûlent le visage, elle halète et tousse. Il caresse sa tête, ses cheveux humides à la racine. Elle déteste pleurer.

« Chh, petite sœur, dit-il. Tout va bien. »

Il s'en va et laisse Loretta tremblante, recroquevillée sur ce lit étranger, sur l'édredon que Ruth a cousu à partir de pièces de vieux jeans piquées de minuscules oreilles de lapin en fil de laine blanc. Elle reste étendue là un long moment, une éternité, les yeux fixés sur le mur, à se dire, *Bradshaw avait raison, Bradshaw avait raison*, jusqu'à ce qu'elle se ressaisisse, qu'elle redevienne elle-même et qu'elle se promette de faire bien plus que s'enfuir.

EVEL KNIEVEL S'ADRESSE À UNE NATION QUI L'IDOLÂTRE

Le premier truc au-dessus duquel Evel Knievel a sauté ne payait pas de mine : un monticule de terre, là-bas, dans les plaines des environs de Butte, Montana, une petite bosse couverte de mauvaises herbes. Je bricolais le Super Hawk du vieux, ce fichu quatre-temps à la fourche en coton, quand quelque chose, ou quelqu'un, a poussé ma main vers la colline. J'ai beaucoup réfléchi à ce moment depuis, Amérique, et on peut sans exagérer parler d'intervention divine.

Je me suis envolé. Un sacré envol.

Entre 1,8 et 2,3 secondes dans les airs – disons 2. Deux secondes de vol. Deux secondes de tout ce qui semblait impossible dans la vie. Époustouflant. Exaltant. Mais aussi incroyablement naze : la vie file et défile, et tout se réduit soudain à un minuscule éclair, à un moment d'accélération qui passe si vite qu'on a du mal à y croire. Tout ce qu'on peut faire, c'est s'en souvenir et vouloir le revivre. N'empêche, ces deux secondes, putain : le sang chaud de mon cœur s'est mis à accélérer comme jamais par la suite, bien que je n'aie cessé depuis de traquer cette sensation aux quatre coins de la planète, de ce modeste monticule près de la ville de Butte au gigantesque océan de foutaises et de vénération dans lequel j'ai baigné pendant si longtemps.

J'ai planté la bécane, évidemment. J'avais quinze ans. Mes parents, tristes et âgés, avaient décampé ; mon grand-père, qui toussait un truc noir toute la journée, sentait la pisse et le whisky ; ma grand-mère, indifférente à tout, faisait juste semblant, jour après jour ; et j'adorais sortir la bécane du vieux. Bon sang, elle était belle à l'époque, même si aujourd'hui je la considérerais comme un tas de boue. Je l'enfourchais et je remontais le dédale des routes en bas de la mine et de la mare toxique où des oies crevaient chaque hiver, où elles volaient à leur perte, persuadées qu'elles pouvaient s'y poser en sécurité, puis je redescendais à toute berzingue, en deçà des montagnes et de la statue de Jésus-Christ bénissant la Summit Valley, et je fonçais dans les plaines en rugissant.

Ce jour-là, moi, Evel Knievel, j'ai volé pendant deux secondes et j'ai trouvé ma place – le lieu où je chercherai toujours à retourner. Cette petite bosse dans l'atmosphère façonnée à mon image. J'ai atterri sur la roue avant, comme un manche, la bécane a zigzagué et on s'est plantés, épaule et hanche écorchées, une vilaine rayure sur le réservoir. Ce soir-là, quand mon grand-père est rentré, empestant l'alcool, et qu'il l'a vue, il a balancé un coup de pied dans la porte de ma chambre et a explosé, Bobby par-ci, Bobby par-là – le nom qui n'a jamais été le mien. Quand il m'a attrapé par le bras, je l'ai attrapé à mon tour, par le col de sa chemise, comme un héros de cinéma d'autrefois, je l'ai poussé contre le mur et j'ai lu la nouvelle sur son visage : Evel Knievel était loin d'être celui qu'il croyait.

17 février 1975

SHORT CREEK, ARIZONA

Ruth vérifie les bons de commande tandis que Samuel et Loretta, chargés de préparer la livraison, traînent les seaux lourds depuis les palettes où ils étaient entreposés pour les empiler près de la porte du garage, à côté de gros sacs avachis. Il est tôt – ils se lèvent à cinq heures, et si Loretta n'est pas debout sur-le-champ, Ruth revient à sa porte deux minutes plus tard – et leur souffle forme des nuages de buée dans la lumière jaune et glaciale. Le garage, un bâtiment énorme – de quoi rentrer deux voitures – au sol en béton et aux murs en plaques de plâtre brut, abrite des palettes pleines de blé, d'orge, de farine, d'avoine et de lait en poudre.

Samuel hisse un troisième seau de riz brun sur une pile, puis retourne vers les palettes, croisant Loretta qui passe avec un sac d'avoine.

« Un autre seau de lait ici », demande Ruth.

Samuel roule des yeux en direction de Loretta. « Un de plus ? » murmure-t-il. Ruth lui lance un regard sévère.

« C'est pour la maison de retraite de Cedar », répond-elle. Un gros client, une société, plutôt que les habituelles familles de vingt enfants. C'est nouveau, se dit Loretta. Un signe supplémentaire, à n'en pas douter, des bénédictions qui leur parviennent depuis qu'ils se sont mis à vivre selon le Principe.

« Une maison de retraite ? demande-t-elle.

– Une maison de retraite, confirme Ruth, avant de pointer son petit bout de crayon taillé à la main sur un sac d'avoine. Celui-là est censé faire dix kilos, pas cinq. »

Loretta avait nourri mille attentes et autant de craintes sur cette vie, mais elle n'avait pas prévu que les Récoltes de Sion monopoliseraient chaque journée. L'entreprise règle l'horloge du foyer – préparation des livraisons le matin, organisation des inventaires l'après-midi et, à la mi-journée, ce creux étrange au cours duquel Ruth décrète l'Heure Silencieuse des Écritures et désigne un passage de la Bible ou du Livre de Mormon, de la Perle de Grand Prix ou de Doctrine et Alliances. Les plus petits colorient en silence des albums du Livre de Mormon, mais même Elizabeth et Dean Jr – respectivement neuf et sept ans – sont censés lire les Saintes Écritures, en faisant glisser leur index sous les lettres minuscules. « Et si tu affirmes qu'il n'y a pas de loi, tu affirmes aussi qu'il n'y a pas de péché. » Pour Loretta, cette partie de la journée est la pire, car elle lui rappelle clairement qu'aucune parcelle de sa vie ne lui appartient.

Le nouveau chauffeur doit arriver à sept heures. L'ancien a démissionné en janvier et Dean prétend être trop occupé pour gérer lui-même les livraisons et les paiements, bien que Loretta doute que ce soit vrai. Il part dans son gros camion après le petit-déjeuner et rentre pile pour le dîner : Ruth dit qu'il prospecte des nouveaux clients, serre des mains, développe l'affaire, toutes les choses importantes qui passent inaperçues. Peut-être bien que ça fonctionne. Les ventes sont en hausse. En décembre, Dean a doublé la dîme mensuelle due à l'Ordre uni sur ses revenus. Tout le monde a besoin de son « année de stock », en prévision d'un désastre ou des derniers jours, mais les provisions sont constamment érodées par la voracité de ces immenses familles. Personne n'arrive à suivre. Les Récoltes de Sion ont toujours prospéré mais, dès que Dean s'est mis à accepter les bons d'alimentation, l'entreprise est montée en flèche.

Quelques semaines plus tôt, au cours du dîner, quand Dean a indiqué que le chauffeur avait démissionné, Loretta s'est portée volontaire pour assurer elle-même les livraisons. Ruth, assise de l'autre côté de la table, a froncé les sourcils. Les enfants se sont arrêtés de manger.

« Quoi ? » a demandé Loretta, qui sentait qu'elle s'était encore heurtée à un tabou, sans pouvoir le définir précisément. Il y en avait partout.

Dean a marqué une pause, la bouche pleine de nourriture à moitié mâchée.

« On a besoin de toi ici », a-t-il finalement répondu.

Ils terminent les piles, Samuel et Loretta alliant leurs forces pour traîner les derniers sacs de trente kilos tandis que Ruth passe sa liste en revue. Une fois satisfaite, elle scotche une facture sur chaque montagne de nourriture. À l'intérieur, les fillettes cuisent de l'avoine, ce même gruau insipide qui ouvre chaque jour insipide, agrémenté seulement de miel et de lait en poudre, car Ruth affirme que le sucre raffiné est l'arme dont se sert Lucifer pour donner le cancer. Elle est obsédée par cette maladie et ce qui, selon elle, la provoque : sucre, excès de viande, péché. À l'étage, Dean prie et étudie les Saintes Écritures. Il fait désormais partie du Collège des Anciens, comme il ne se prive pas de le répéter.

Aujourd'hui, il y a huit commandes : du blé, du riz, de l'avoine, du lait en poudre, du sucre roux et le mélange d'épices de luxe pour les plus âgés de la famille Jordan ; des céréales au riz soufflé, du lait en poudre, l'assaisonnement à l'oignon séché et l'assortiment de soupes pour les Johnson ; un article de chaque, voire deux, pour le frère Hale, compte tenu de ses quatre épouses et de leurs trente-quatre enfants ; quant aux Miller, ils testent le mélange de boulgour sans viande. La salle paroissiale, pour finir, recevra le lot hebdomadaire complet – tous les articles du catalogue –, que Ruth a baptisé « Manne ». Et puis il y a les commandes plus modestes, les bricoles.

Cet après-midi et demain, ils prépareront la plus grosse commande à ce jour : trois Mannes pour la prison du comté. Un nouveau marché à l'année. Parfois, dans ses prières, Dean remercie le Seigneur pour ce contrat.

Loretta, Samuel et Ruth rentrent manger leur avoine, ce fourrage à chevaux. Dans sa tête, Loretta s'échappe vers son avenir, où les petits-déjeuners seront un délice : un festin de fruits, de confiture et de sucre, des cuillères entières de douceurs cancérigènes. Puis ils entendent des pneus crisser sur le gravier, le nouveau livreur, et ils regagnent le garage, dont Ruth remonte la porte. Loretta jette un coup d'œil vers l'extérieur et a le souffle coupé lorsqu'elle le voit, appuyé contre le camion, le pied croisé à la cheville, le pouce glissé dans la boucle de son ceinturon. Ce sourire éclatant, vicieux. Ces yeux pâles. Bradshaw.

La mère de Loretta lui avait offert un journal intime pour ses onze ans. La fillette qu'elle était à ce moment-là y avait noté : « J'adore le Seigneur plus que tout, hormis maman et papa, mais peut-être que je les aime autant tous les trois, et après ça mes frères et sœurs, Tommy en premier. » Tommy, l'aîné, qui est parti et n'a plus donné signe de vie à la famille. Aimait-elle à ce point le Seigneur ? Ou n'étaient-ce que des mots ? « Quand je chante les cantiques au temple, je sens l'esprit en moi. Mon préféré est *Onward Christian Soljer* et *Til We Meet Again.* » À l'époque, elle les fredonnait du matin au soir. Aujourd'hui, elle les trouve lugubres.

Parfois, la nuit, lorsqu'elle n'arrive pas à dormir, Loretta passe en revue le contenu de sa boîte à chaussures. Tout ce qu'elle a – tout ce qu'elle est – est minuscule et décoloré. Elle n'a rien apporté d'autre de chez elle, hormis des vêtements et un kit de papier à dessin et fusain, un cadeau d'anniversaire de son père. Elle n'a essayé qu'une seule fois de dessiner quelque chose : une moitié de chat, tellement difforme qu'elle a renoncé. Lorsqu'elle met le nez dans sa boîte – avec ses photographies d'elle bébé et de son chien mort depuis longtemps, les décorations de Noël, les pointes de flèche –, elle finit toujours par lire son journal, dont la dernière entrée, la dernière des dix-sept consignées pour des raisons aujourd'hui oubliées, est la liste des qualités de « l'homme que je veux épouser : vertueux, gentil, beau, fort, bon chanteur, héros, à moi toute seule !!!! ».

Bradshaw sourit, avance la mâchoire et dit : « Bien le bonjour, messieurs-dames. Je m'appelle Rex Baker. Il paraît que je suis votre nouveau livreur. »

Loretta a les jambes qui flageolent. Un émoi chaotique s'empare de son esprit. *Rex Baker ?* Ruth hoche la tête et demande aux enfants de venir aider. Ce qu'ils font tous, même Benjamin, qui titube entre leurs jambes. Ruth inspecte soigneusement les piles de marchandises en faisant des calculs dans sa tête. Bradshaw adresse un clin d'œil à Loretta, qui craint à tout moment de s'effondrer.

« C'est quoi vos noms à tous ? demande Bradshaw en abaissant le hayon du camion.

– Ne vous occupez pas de ça, répond Ruth.

– D'accord, OK, d'accord. » Il lève les mains comme s'il était en état d'arrestation. « Désolé, m'dame. J'essayais juste d'être sociable.

– Ce n'est pas grave.

– J'ai de la famille chez les LeBaron, vous savez. Au Mexique. Je suis sympa. »

Ruth hoche la tête, repousse ses avances faussement complices, mais Loretta sait qu'il n'abandonnera pas. Elle sait que ce qu'il raconte est faux, du moins si ce qu'il lui a dit est vrai, qu'il a grandi à Cedar City, tout près du monde de Short Creek, mais qu'il n'en a jamais fait partie, sans parler des adeptes d'Ervil LeBaron au Mexique. Le groupe des fusils et de la Révélation, les plus purs des croyants, assoiffés d'apocalypse.

« Je ne suis pas un étranger », dit-il. Loretta l'imagine soudain debout derrière une fenêtre, une fenêtre éclairée dans une nuit ténébreuse, regardant à l'intérieur. *Rex Baker.* Il faudra qu'elle se souvienne de l'appeler Baker.

C'est sa nuit. Dean se présente vers vingt heures alors qu'elle fait semblant de lire le Livre de Mormon. Ses pieds sont nus et blancs et ses manches sont retroussées sur ses biceps. Elle sait qu'il s'est lavé les pieds, les mains et les avant-bras, le visage et le cou. Il lui adresse un sourire las, tête baissée, et s'enfonce dans le fauteuil à bascule. Ses genoux sont ouverts vers l'extérieur comme des coudes, il tient sa mâchoire dans une main et la malaxe avec anxiété.

« Le nouveau livreur a l'air convenable, dit-il de sa voix lente de baryton. Il s'en est sorti avec les livraisons. Très convenable.

– Oh ? répond-elle en feignant de se replonger dans un passage qu'elle n'a pas fini d'assimiler. Tant mieux.

– Oui, il est bien. »

Depuis leur nuit de noces, Dean lui rend visite dans sa chambre deux soirs par semaine. « Toi et moi, on est partenaires maintenant, lui dit-il parfois. Partenaires dans tous les sens du terme. » Il ne l'a pas touchée, n'a pas mentionné sa promesse ni fait allusion à son désir. Il s'asseoit dans le fauteuil à bascule et se frotte méthodiquement les mains, passant d'une phalange à l'autre, d'un doigt à l'autre, parle de ce qu'il a à l'esprit ou émet des observations simples et creuses. Bien qu'il lui demande son opinion, elle s'exprime peu, lui offre le genre d'acquiescement qu'il recherche et se cache en elle-même. Elle voit bien qu'il est fier de sa propre retenue et qu'il s'imagine que celle-ci sera récompensée.

Il tend les jambes et bâille.

« Je crains d'être confronté à des difficultés avec les Anciens, dit-il. Une situation compliquée. »

Il attend. Loretta ferme son livre. « Qu'est-ce qui se passe ? demande-t-elle.

– Ils m'en demandent plus que ce qui me semble correct. Je crois qu'ils m'en demandent plus que ne l'exige la loi de Consécration. »

La loi de Consécration. Oncle Elden en parle constamment du haut de sa chaire, comme il parle de la loi de Chasteté, qui régit les périodes de relations sexuelles, et de la loi de Sarah, qui permet aux épouses de refuser des épouses-sœurs. La loi de Consécration est fondamentale pour étayer l'idée selon laquelle les gens ici sont différents, mieux, plus vertueux – chacun partage toute sa richesse avec les Anciens, qui la divisent et la redistribuent aux familles, selon les besoins. Nous sommes une communauté de Dieu, clame oncle Elden, pas une communauté de désirs humains.

« Ils me demandent de leur remettre tout ce qui provient des Récoltes de Sion, explique Dean, la voix légèrement plaintive. Ils exigent de voir les comptes. »

Les idées se bousculent dans la tête de Loretta : n'est-ce pas là le principe même de la communauté ? Dean ne fait-il pas partie des Anciens de la communauté ?

« Je leur verse déjà deux fois plus de dîme qu'avant notre union, dit-il. Je lutte dans mon âme, petite sœur, pour comprendre ce qu'on me demande de plus.

– N'êtes-vous pas censé tout donner ?

– C'est ce qu'ils disent. » Il passe sa langue sur une molaire, puis ajoute d'une voix rapide et de plus en plus forte : « Est-ce seulement l'avarice qui me pousse à me demander pourquoi ? N'y a-t-il pas un moment où j'aurai fait ma part, plus que ma part, beaucoup plus que ma part, même, un seuil au-delà duquel je pourrai garder ce qu'il reste sans être accusé de manquer de vertu ? »

Il s'arrête, comme embarrassé de s'être autant dévoilé. Loretta ne sait pas quoi dire. Elle ne s'attendait pas à ça. La prospérité grandissante de Dean – son mariage avec elle, le développement des Récoltes de Sion, son accession au Collège des Anciens – semblait indiquer que la chance lui souriait. Une source d'estime et d'autorité inespérée. Pourtant, à cet instant, tandis qu'il se frotte les tempes et respire profondément, il a l'air d'un homme plongé dans les ennuis et l'incompréhension. Il s'est mis à acheter de l'or, elle le sait, car il se méfie de l'argent papier. Il n'achète que des pièces d'une once, un point auquel il tient absolument, citant des versets de l'Ancien Testament qui interdisent d'avoir « diverses pierres de poids » dans sa bourse et préconisent un « poids exact et sûr ». Il ne remet pas l'or aux frères. Il ne paye pas de dîme dessus. Il le garde pour lui.

« Il me semble, dit-elle lentement, qu'il *devrait* y avoir une récompense. » Dean se redresse dans son fauteuil.

« Il me semble aussi, dit-il. Très certainement. Ce n'est pas que je ne veuille pas subvenir aux besoins de la communauté, ou partager les richesses. Ce n'est pas, je l'espère, par pure vanité ou amour du lucre infâme que je me pose cette question. Je lutte dans mon âme, Loretta, et prie à ce sujet depuis longtemps. Je ne souhaite rien qui ne me soit destiné par le Seigneur. »

Il se penche en avant dans le fauteuil, plante ses coudes sur ses genoux. Plisse les yeux, baisse la voix et regarde Loretta avec une intensité qu'il réserve aux moments d'extrême importance spirituelle – ces moments où il se croit écouté, dans la chaire ou en prière, et où un air de gravité, de sérieux, de conscience de soi, le submerge au point de trahir sa plus grande faiblesse : la certitude d'être un homme vertueux.

« Je crois que le Seigneur veut que je garde une partie des fruits de ma prospérité pour ma famille », dit-il.

Loretta hoche la tête. Bien sûr qu'Il le veut. La seule question était de savoir comment Dean parviendrait à s'en convaincre. Elle songe à son bureau, où les tiroirs et les meubles de rangement sont tous verrouillés. Elle songe à sa manière de cacher les clés du camion, de la fourgonnette et du break, comme s'il s'agissait là de précieux trésors. Elle songe à sa manière de donner de l'argent au compte-gouttes à elle ou aux enfants – pas à Ruth, qui a sa confiance – en allant dans son bureau, en fermant la porte, puis en revenant avec des billets pliés dans la main. Elle songe à la cale épaisse qu'il a fixée contre la fenêtre coulissante de sa chambre. Dean avait taillé le bois à la bonne taille et grimpé à une échelle jusqu'à la fenêtre de Loretta pour l'installer, si bien que même les jours les plus chauds il est impossible de l'ouvrir. Elle songe à l'or. Un sac d'or comme dans les contes de fées. Elle s'imagine lui prendre cet or, et le garder pour elle.

« Le Seigneur refuserait-Il de me bénir pour ça ? De nous bénir ? demande Dean.

– Non, Dean. Il voudrait que nous soyons tous bénis. »

22 mars 1975

GOODING, IDAHO

Équipés de gants et de masques en papier, Jason et Boyd saupoudrent les grains d'orge de strychnine. Comme des chirurgiens à la télé, se dit Jason. Des odeurs de poussière et d'huile, de bois et de machine, imprègnent le hangar. Dehors, il fait aussi chaud qu'au mois d'août et les lièvres se propagent dans le désert comme une nuée d'insectes. Cela fait plusieurs semaines qu'ils bondissent dans la sauge, se donnent la chasse, s'arrêtent et se flanquent des coups de patte comme des boxeurs, les femelles repoussant les mâles en rut.

« Fou comme un lapin », lui avait dit sa mère un peu plus tôt alors qu'ils les regardaient détaler autour de la meule de foin, près de la salle de traite. « C'est de là que ça vient. »

« C'est de là que vient quoi ? » avait répondu Jason sur un ton sarcastique. Son père et sa mère étaient tellement ridicules. Il avait l'impression d'étouffer entre tout ça – ses parents ridicules, leur Église ridicule, cette ferme et ce patelin ridicules.

« Un carnage, lance Jason tout en hissant le dernier sac sur la remorque. Élève ce stupide animal, tue ce stupide animal, trais ce stupide animal, empoisonne ce stupide animal. »

Il racle sa gorge poussiéreuse et vise le sol, où son crachat s'entortille et s'assombrit tel un ver. Il trouve les lièvres plutôt sympathiques.

« Moi, j'adore zigouiller les lapins », dit Boyd. Ces derniers temps, il ne manque pas une occasion de contredire Jason. « Dommage qu'on ne puisse pas le faire toute l'année. »

En cette fin d'après-midi, Jason avait espéré emprunter la LeBaron pour aller à Twin Falls, où il aurait pu voir *Les Dents de la mer* au cinéma, mais c'était sans compter son père, qui lui avait imposé cette tâche. À chaque week-end sa corvée supplémentaire. Sa punition pour avoir dépensé son argent en cassettes huit pistes, hamburgers à l'Oh-So-Good Inn et gasoil pour traîner dans Main Street. Cela fait plus d'un mois que sa mère est tombée sur la pile de cassettes dans son placard – Bowie et BTO, Sweet et les Doobie Brothers –, découvrant, de fil en aiguille, qu'il avait presque vidé son livret d'épargne. L'argent rapporté par le bétail qu'il avait lui-même élevé et vendu à la foire du comté. Et qui devait financer sa mission – deux années pendant lesquelles, comme tous les garçons mormons âgés de dix-neuf ans, il était censé convertir les païens. Jason savait déjà qu'il n'irait pas en mission, mais ses parents, qui l'ignoraient, s'étaient affolés en constatant qu'il avait tout dilapidé. Depuis, chaque fois qu'il demandait la permission d'aller quelque part, son père lui assignait une corvée. Comme empoisonner les lièvres.

« Ces petits enculés vont s'en prendre plein la tronche », insiste Boyd en souriant derrière son masque.

Le père de Jason leur avait demandé d'essayer d'abord la strychnine, quitte à employer d'autres méthodes – pièges, arsenic, battues – en cas d'échec. « C'est ce qu'il y a de plus efficace, mais tout y passe, avait-il dit. Chiens. Oiseaux… On a tôt fait de tout liquider pour se débarrasser d'une seule peste. »

Tout le monde tente d'éloigner les lièvres des jardins et des cultures, mais c'est peine perdue. Clôtures. Farine de sang. Chasses nocturnes dans le désert. Les bestioles continuent d'affluer.

Boyd balance son épaisse frange noire sur le côté, dégageant ses yeux. « Ils vont saigner à mort par leurs petits trouducs, dit-il.

– Joli, rétorque Jason. Un vrai amoureux de la nature. »

Boyd, qui est à moitié shoshone, s'est récemment pris de passion pour la politique. « Je m'éveille à mon héritage », lance-t-il parfois sur un ton faussement sérieux, ce qui ne signifie pas qu'il ne l'est pas. Chaque jour, il semble s'enflammer pour une nouvelle cause : l'American Indian Movement, My Lai, la réserve sioux de Pine Ridge, les procès du Watergate. Boyd réclame la libération du militant amérindien Leonard Peltier. Il peste contre l'État, qui complote pour déloger les Noirs des centres-villes. Jason n'a jamais rien entendu de tel. Il a toujours baigné dans les eaux chaleureuses du trio famille, foi, parti républicain. Il adore écouter Boyd, aussi déconcertant soit-il, car il lui donne le sentiment d'être un hors-la-loi.

Ils accrochent la remorque au tracteur. Jason s'engage sur la route du comté, Boyd assis sur l'aile, avant de descendre les quatre cents mètres qui les séparent de la ferme de Grand-Père, un petit carré en briques au milieu d'une pelouse envahie par les mauvaises herbes et clairsemée à la périphérie. Un véhicule les croise en klaxonnant. Jason tourne et suit le chemin de terre qui mène aux champs.

Ils cahotent pendant une quinzaine de minutes jusqu'à la limite sud des neuf cent cinquante hectares des Harder, où ils entreprennent de tracer le pourtour des terres familiales à l'aide du poison.

Jason roule lentement, laissant Boyd répandre une traînée d'orge qui marque la terre noire comme la craie sur un terrain de base-ball. Le tracteur, qui grince et vibre, empeste l'huile brûlante. Seul le blé d'hiver est planté aussi tôt, mais d'après Grand-Père, s'ils s'y mettent dès maintenant, ils tueront peut-être suffisamment de lièvres pour effrayer ceux qui restent avant que toutes les cultures ne se mettent à germer. Ils s'arrêtent au coucher du soleil et contemplent l'étendue désertique à l'ouest. La boule de feu effleure l'horizon dentelé, des ombres virent dans leur direction et des taches sombres détalent dans le désert.

« Par ici, lapins, lapins, lapins... », dit Boyd.

Lorsqu'ils retournent chez Grand-Père au milieu des claquements de la remorque vide, une pâle poussière spectrale illumine la nuit. Boyd siffle, complètement faux, un air de Led Zeppelin – « Going to California » – et Jason entend un bruit qu'il peine à identifier. Un sifflement ou une toux sèche. Puis, il voit Grand-Père à quatre pattes sur la pelouse.

« Bordel ! » lance Boyd, qui bondit de l'aile du tracteur. Au moment où Jason coupe le moteur, il entend les haut-le-cœur du vieil homme, qui étouffe, et quand celui-ci se tourne vers eux, le visage crispé par la peur, les yeux blancs, Jason, pétrifié, reste cloué à son siège jusqu'à ce que Boyd se mette à beugler : « Hé ! »

Ils installent Grand-Père dans son pick-up, le calent entre eux, et Jason prend le volant.

« Ça va aller, monsieur Harder ? » demande Boyd.

Il hoche la tête. Sa respiration est moins rapide, moins frénétique.

« J'ai du mal à reprendre mon souffle, murmure-t-il.

– Sans blague, lance Boyd.

– Fais pas le malin », dit Jason.

Grand-Père émet un petit rire. Il tousse encore et encore.

« Désolé, dit Boyd, qui pour une fois a vraiment l'air désolé.

– Non, non, murmure Grand-Père. Au contraire, fais le malin. » Il glousse et tousse en même temps.

Ils parviennent à l'entrée de la ville. À droite, sur une butte, apparaît l'hôpital désaffecté des tuberculeux, tel un château décrépit. La Highway 10 se transforme en Main Street et Jason ralentit à peine lorsqu'ils dépassent l'enseigne au néon du Bowl-A-Rama, l'îlot fluorescent du Oh-So-Good Inn, le Safeway et le temple mormon, puis le magasin de matériel agricole et l'école publique pour sourds et aveugles. Ils prennent à l'est, parcourent quatre pâtés de maisons et s'arrêtent devant le petit hôpital de plain-pied en briques. Gooding Memorial.

Ils aident Grand-Père à entrer, le confient au personnel et s'asseoient sur des chaises en plastique, dans une salle d'attente aux néons bourdonnants. Jason a le sentiment qu'il y a tellement de choses à dire ou à faire qu'il ne sait pas par où commencer.

« Surtout, n'appelle pas tes vieux », dit Boyd.

Jason n'a jamais vu son grand-père en si mauvaise posture – soumis ou contraint de réclamer de l'aide. Où qu'ils aillent, il est accueilli comme un leader, un patriarche, un homme sur lequel on peut compter. Beaucoup de gens semblent penser qu'il est plus gentil qu'il ne l'est en réalité, ce qui ne fait qu'accroître le sentiment d'autorité qu'il inspire à Jason. Il peut donner subitement un coup de pied à un chien, gronder un enfant. Un jour, Jason l'a vu renvoyer un ouvrier qui avait volé un peu de lait. Tout le monde savait qu'il se servait. C'était même attendu. Mais, un jour, Grand-Père avait vu Bart sortir une bouteille vide de son pick-up, la remplir à la citerne de la salle de traite et ressortir avec. Grand-Père s'était raclé la gorge et gratté rageusement l'arrière de la main. Il s'était dirigé vers Bart en beuglant : « Mon fils te doit quelque chose ? »

Si Jason s'était senti mal pour Bart, ce n'était pas au point de ne plus admirer son grand-père, qui s'était montré mesquin mais pas faible. C'était quelques mois avant le saut d'Evel Knievel. Jason avait demandé à ses parents la permission d'y assister, mais sa mère avait refusé – « Respectons le sabbat comme un jour sacré. » Ses parents avaient fini par penser que l'intérêt qu'il portait aux choses « profanes » – les cascadeurs et le rock, les romans de hobbits et les filles soi-disant faciles, dévergondées, de Wendell – devenait incontrôlable. *Quand je m'en irai,* s'était dit Jason, furieux, *je m'adonnerai à toutes sortes de vices le dimanche*. Mais ce n'était pas ce qu'il avait répondu. Il s'était contenté d'un « OK ». Et puis, son grand-père était entré en scène et lui avait montré ce qu'on fait lorsqu'on veut vraiment quelque chose. On fonce.

C'est à ce moment-là qu'il s'était mis à dépenser l'argent de sa mission.

À sa connaissance, Grand-Père n'avait jamais parlé à qui que ce soit du saut d'Evel Knievel et n'était plus jamais revenu sur le sujet – même si, lorsqu'il lui adressait un clin d'œil pendant les repas de famille, Jason avait le sentiment qu'il lui rappelait leur secret. Le seul à qui Jason s'en était ouvert était Boyd, et il le regrettait. Avant le saut, Boyd ne vouait que du mépris à Evel Knievel, qu'il considérait comme un idiot et un fanfaron. Après l'échec du canyon, il était devenu impitoyable.

« Vingt-cinq dollars, s'était-il moqué. Autant jeter ton fric par les fenêtres.

– C'était pas mon fric.

– C'est tellement hilarant. Je me fais dessus.

– Comme d'hab. »

Jason chuchotait au téléphone, debout dans la cuisine, le long fil vert enroulé autour du bras. Sa mère était entrée, avait posé une plante en pot dans l'évier, et Jason avait contourné le muret pour aller dans le salon.

« T'étais mort de rire ? avait insisté Boyd. Je parie que t'étais plié en deux. »

Jason n'était pas mort de rire. Ce qui s'était passé lui avait donné des palpitations nauséeuses. Ce jour-là, il était certain qu'Evel Knievel franchirait le canyon. Cette certitude s'était épanouie de manière fugace bien qu'elle ait été profondément erronée. Jason, qui avait passé sa vie à chercher un sens aux événements – à trouver une morale à chaque histoire, à déceler la main de Dieu dans les faits les plus insignifiants –, en avait conclu que cet épisode révélait un trait de sa personnalité, un trait profond, définitif et fondamental. Une incapacité à voir juste.

Les parents de Jason arrivent enfin. Ils s'arrêtent à la limite de la salle d'attente – qui n'est pas vraiment une pièce, mais un simple espace au bout d'un couloir, délimité par un tapis fin et deux canapés en vinyle. Son père s'éclaircit la voix. « Alors ?

– Je ne sais pas trop, répond Jason. Ils l'ont emmené faire un truc. Ils ont dit que quelqu'un viendrait nous donner des nouvelles, mais ça fait presque une heure. »

Ses parents restent plantés derrière le canapé, comme s'ils n'étaient pas certains de rester. Le père de Jason, grand et mince mais cambré, rougit tout le temps. La mère de Jason est plus petite, jolie de loin mais banale de près : ses cheveux bruns courts, son nez retroussé et ses yeux pailletés d'éclats noisette ont quelque chose de pragmatique et de taciturne.

Ils s'asseoient et sa mère le mitraille de questions : Comment est-ce qu'ils l'ont trouvé ? Est-ce qu'il a vraiment du mal à respirer ? Est-ce qu'il a expliqué ce qui lui est arrivé ? Les médecins semblent-ils inquiets ?

« J'aimerais qu'on prie ensemble », dit son père.

Le cou de Jason se hérisse d'embarras, à cause de Boyd, et parce qu'ils sont assis là, dans cette pièce ouverte, où n'importe qui peut surgir à tout moment. Pourtant, il penche la tête et croise les bras.

« Notre Père qui es aux cieux », commence son père d'une voix ronronnante et grave, comme s'il remontait chaque mot des profondeurs d'un puits. « Nous nous tenons devant toi ce soir pour te demander de veiller sur notre père et grand-père, de le protéger à cet instant, car il en a besoin. » Jason jette un coup d'œil furtif vers Boyd, qui affiche un sourire narquois. « Nous te demandons de lui accorder la force de lutter contre ses faiblesses et de nous aider à rester forts pour lui offrir le soutien dont il pourrait avoir besoin. Notre Père qui es aux cieux, nous te demandons aujourd'hui de faire pour lui ce qu'il a fait pour tant d'autres au cours de sa propre vie. Au nom de Jésus-Christ, amen. »

Ces derniers temps, à chaque amen, Jason ressent un petit vide. Les questions, les doutes et l'ennui qui l'assaillent depuis des mois le détachent de l'Église. Trois heures d'office le dimanche, soirée familiale le lundi, groupe de jeunesse le mercredi, cinq millions de prières par jour. Il avait pris la dimension de cette vie, de ces paroissiens, et avait décidé qu'il en avait assez. Il voulait être différent, il voulait que les autres sachent qu'il était différent et lorsqu'il avait fini par le reconnaître il était déjà différent.

Il avait huit ans le jour de son baptême. Il repense souvent à ce moment : les fonts baptismaux étincelants – une énorme baignoire encastrée dans le sol d'une petite pièce de la salle paroissiale – et l'étoffe rêche, propre, de la tenue traditionnelle – une combinaison en tissu-éponge. La famille et les amis occupaient toutes les chaises pliantes. Après une prière et la lecture des Écritures par l'évêque, Jason s'était dirigé jusqu'au bord de la baignoire, en haut de quelques marches carrelées qui plongeaient dans l'eau. Son père attendait en bas, immergé jusqu'à la taille, les mains croisées devant lui et les poignets de sa combinaison assombris par l'eau. Il était solennel, austère, et pourtant Jason savait qu'il éprouvait de la joie. En descendant les marches, le garçon avait eu l'impression que les gens s'élevaient au-dessus de lui – sa mère au premier rang, les larmes aux yeux, tante Bonnie, tante Jenna et leurs familles, des amis de la paroisse. Son père avait lu lentement la prière, puis incliné Jason vers l'eau fraîche et chlorée. Lorsqu'il s'était relevé, il avait eu le sentiment d'être un animal soyeux, un guépard ou un puma, vif et scintillant. Pourtant, lorsqu'il était sorti, la combinaison pendait lourdement et il avait pataugé jusqu'au vestiaire, où le jour s'était achevé sur des sensations parfaitement ordinaires : la chemise à manches longues qui collait à sa peau humide, l'odeur moite des serviettes et des chaussettes, les boucles de poils noirs sur le torse de son père, les coups sonores de son peigne contre le lavabo.

Ce soir-là, sa mère avait préparé une pizza à la viande hachée pour le dîner. Rien de ce qu'avait fait Jason jusque-là ne semblait avoir rendu son père et elle aussi heureux – y compris le jour où il était rentré de l'école avec d'excellentes notes dans toutes les matières ou celui où il avait remporté un prix chez les louveteaux. Désormais, il appartenait pleinement à l'Église. Il était responsable de ses actes dans le grand livre éternel. Cette nuit-là, en bordant Jason dans son lit, sa mère avait parlé d'éternité, du temps infini qui les attendait. Son père avait beau être le patriarche, c'était sa mère – la convertie – qui revenait le plus souvent sur la foi et la vertu, qui semblait prendre ces choses à cœur au quotidien.

« À partir de maintenant, mon fils, tes actes ont des conséquences pour l'éternité, lui avait-elle déclaré en caressant ses cheveux raides. Nous pouvons vivre ensemble en tant que famille, ici-bas et pour l'éternité. Sans jamais être séparés. Mais nous devons être vertueux. Tu dois être vertueux. Tu le seras, n'est-ce pas, mon fils ? »

Quoi que Jason ait été censé ressentir à ce moment-là, il ne s'était rien passé. Mais, comme c'était manifestement ce qu'on attendait de lui, il avait répondu : « Je serai vertueux, maman. »

Le médecin arrive, jovial et souriant, avec des lunettes carrées à monture métallique. Il les informe que Grand-Père semble atteint d'une forme avancée d'emphysème et qu'il devra rester hospitalisé au moins une nuit de plus.

« Pour le garder à l'œil, ajoute-t-il en hochant la tête. Et essayer de lui faire des radios des poumons. »

Un emphysème. Alors qu'il n'a jamais fumé ou travaillé dans une mine d'amiante.

« Ça arrive, dit le médecin. Sans raison apparente. »

Jason va passer la nuit chez Boyd car ses parents veulent rester à l'hôpital. Il adore passer du temps là-bas. Il n'y a pas de règles. La mère de Boyd est le plus souvent absente. Ils mettent la pagaille et personne ne bronche. Et il n'a pas à craindre que ses parents débarquent et décrètent, au milieu d'un épisode de *Kojak*, que ce genre de feuilleton n'est pas approprié.

Une fois sur place, ils réchauffent deux pizzas surgelées et regardent la télé pendant que la mère de Boyd termine sa vacation au Lincoln Inn. Boyd s'asseoit jambes croisées sur son canapé – à l'indienne, comme il le précise avec sarcasme. Autant Jason est grand et gauche, autant Boyd est épais et terrestre : une tête aussi ronde qu'une balle, un nez large et plat, des cheveux noirs et épais, des yeux noirs et un sourire vague, qui semble d'abord penaud, puis provocateur. À l'école, les gamins passent leur temps à l'appeler « Chef », « Little Bear » et compagnie, et il répond toujours : « Elle est bien bonne, George », ou « Hilarant, une fois de plus, George. » Jason est le seul à savoir que George fait référence au général Custer et que le plus grand fantasme de Boyd est de lancer un raid sur le lycée de Gooding avec ses frères et sœurs indiens.

« Alors, mec, Oui ou Non ? » demande Boyd.

Oui ou Non ? – leur jeu rhétorique. Tout est sujet à discussion, du jean moulant de Corinne Jensen à l'échec d'Evel Knievel au canyon.

« Dieu : Oui ou Non ?

– Ça craint, dit Jason. C'est pas le moment. »

Boyd secoue la tête. « Au contraire, c'est le moment parfait. »

Jason fixe l'écran de télévision. Un feuilleton médical. Les secours tentent de ranimer un pompier qui s'est effondré dans un bâtiment en flammes. Ils le défibrillent pour tenter de faire repartir son cœur.

« Ma foi… moi, je dis oui », reprend Boyd.

Jason l'observe.

« Ce qui arrive à ton grand-père est si parfaitement injuste, mec, ajoute Boyd. Si net. Si précis. Si *construit*. Un monde sans dieu serait chaotique. Insensé.

– Tu trouves ça sensé ? »

À l'écran, le pompier revient à la vie en toussant.

« Perversement, parfaitement insensé. Une maladie qu'il ne mérite absolument pas. Le type n'a jamais fumé, et voilà ce qui lui tombe dessus.

– Dans un monde sans dieu, dit Jason, il n'y aurait aucune notion de bien et de mal. Peu importe que les causes et les effets soient alignés – le bien et le mal, c'est le principal. Dans un monde sans dieu, les méchants triompheraient, les gentils seraient punis, asservis ou je ne sais quoi, ils attraperaient des maladies qu'ils ne méritent pas. Comme au Mordor. »

Boyd secoue la tête. « T'arrives à mettre ces fichus hobbits à toutes les sauces. »

Les dernières lignes du générique défilent en silence sur des images d'ambulanciers figés dans des poses de courage, d'inquiétude et de joie.

« Je ne sais pas, dit Boyd. Dieu doit aimer nous casser les pieds. Peut-être qu'Il trouve ça drôle. Peut-être qu'Il nous balade parce qu'Il s'ennuie. T'as pensé un peu à ça : si nous on s'ennuie, Lui, à quel point Il doit s'ennuyer ? »

Une pub pour des tampons hygiéniques apparaît sur un air du bicentenaire. Une gymnaste dans un justaucorps immaculé bondit sous des drapeaux flottants.

« Bon Dieu, poursuit Boyd. Si on était vraiment tous aussi libres, est-ce qu'on nous le rappellerait à tout bout de champ ? Est-ce que les gens libres passent leur temps à parler de liberté ? Du genre, les tampons – et la liberté. Les steaks hachés – et la liberté. Tout – et la liberté. Est-ce qu'un peuple complètement libre s'en rendrait vraiment compte, s'il était totalement, étonnamment, libre ? »

Ils regardent *Saturday Night Live* au moment où la mère de Boyd rentre, visage bouffi et voix rauque. Elle fixe l'écran, qui projette un voile bleu sur la pièce, et dépose son sac à main en se baissant d'un air mal assuré, sans plier ses jambes maigrichonnes. Ses cheveux empesés et rebelles, aussi bruns que la fourrure d'un lapin, couvrent à peine son crâne, et elle jure plus qu'aucune autre femme de l'entourage de Jason. Elle s'affale dans le fauteuil inclinable face à la télé et pique du nez. Elle dégage une odeur douceâtre et alcoolisée, imprégnée de fumée de cigarette. À l'écran, John Belushi et ses comparses flottent dans des costumes d'abeille. Des traits parasitent l'image, font pencher momentanément la scène de côté. Le visage de la mère de Boyd plonge, puis remonte brusquement. Elle se lève, tangue, pose une main sur le bras du fauteuil inclinable.

« Oh là là, dit-elle. Les garçons, je suis complètement pompette. »

Boyd rit ouvertement, sans détourner les yeux. Sa mère chancelle, observe l'écran. Jason se sent sombrement clandestin, comblé par ce monde à mille lieues du sien.

« Des abeilles », dit-elle.

21 mai 1975

SHORT CREEK, ARIZONA

Le gâteau attend sur la table de la salle à manger. *Joyeux anniversaire, tante Loretta* proclament les lettres en raisins secs. Il attend, depuis des heures, sur la longue table en bois flanquée de bancs, comme dans un monastère ou un pénitencier. Il attend, tout simplement, dans son moule rectangulaire, sans la moindre décoration, sur un torchon à carreaux blancs et rouges. Personne ne fait grand cas des anniversaires ici. Chaque fois que Loretta passe devant le gâteau, elle a envie de prendre ses jambes à son cou, de retrouver Bradshaw et de partir.

Dans les lettres qu'il lui fait passer, il n'arrête pas de lui demander d'attendre. Le temps de rassembler quelques bricoles. Un peu d'argent. Tiens bon, bébé. C'est pour bientôt.

Il ne sait même pas que c'est son anniversaire aujourd'hui.

Ce matin-là, lorsqu'il est passé récupérer les commandes, Loretta lui a glissé un mot en lui tendant un sac de riz, et il a fait de même quand elle l'a aidé à hisser un carton dans son camion. C'est comme ça tous les jours ou presque – un clin d'œil, un petit mot, le contact furtif d'un doigt. Ce que Loretta croyait impossible s'est révélé simple, aussi simple que cette vie. Elle se rappelle s'être demandé comment elle allait cacher sa vraie personnalité, avant de découvrir que c'était un jeu d'enfant, puisque personne ne lui posait jamais de questions sur elle-même.

D'ailleurs, ce soir, quand Dean viendra dans sa chambre, ce sera pareil, en plus intense. Ce n'est pas elle qui sera avec lui, mais son ombre, et ce ne sera pas la fin du monde, juste un obstacle de plus qu'elle franchira en se retirant en elle-même. La chair ne lui fait pas peur.

Tu es à moi, Lori, et aucun mariage polygame à la noix ne peut changer ça, bébé. On va être ensemble, promis.

Dans ses lettres, Loretta a failli préciser à Bradshaw que c'était son anniversaire aujourd'hui. Il l'ignore, elle en est certaine. Il n'est pas du genre à se souvenir des anniversaires, bien qu'il aime qu'on fasse grand cas du sien. Il croit que Dean et elle l'ont déjà fait, qu'ils le font depuis un certain temps. *Je t'aime tellement, Lori, que ça ne compte pas.* Elle ne l'a pas détrompé car, bizarrement, elle trouve ça trop intime. Maintenant, elle le regrette, car il aurait peut-être réagi et ils seraient déjà partis.

Depuis la première nuit où il est venu dans sa chambre, Dean a été patient, doux et gentil. Il n'a jamais répété combien il la désire, ne s'est jamais approché d'elle de manière ambiguë. En revanche, tous les matins et tous les soirs, lorsqu'elle voit Bradshaw, lui a les yeux qui pétillent et s'écarquillent, et il enchaîne les tâches à un rythme effréné. Son regard avide ne la quitte jamais. Chaque fois qu'elle lui jette un coup d'œil, il a déjà les yeux posés sur elle et, s'il existe un démon parmi ces hommes, elle sait que c'est bien lui.

Ma Lori, je te promets qu'on va faire payer ce vieux fils de p. Je me réveille chaque jour rien que pour te voir.

Ruth a préparé un ragoût de poulet aux tortillas, accompagné de morceaux de tomate en boîte, que Samuel et Benjamin s'empresseront de mettre de côté et que leur mère les obligera à manger. Le plat rectangulaire trône au centre de la table, à côté d'un grand saladier de haricots verts, de plusieurs tranches de pain fraîchement coupées – à consommer sans beurre – et d'une cruche d'eau glacée.

Dean préside la table, flanqué de Ruth à droite et de Loretta à gauche, puis viennent les sept enfants. La tête penchée, il joint les mains devant lui, en appui sur ses coudes. Ils croisent tous les bras et baissent la tête. « Notre Père qui es aux cieux », commence-t-il, et l'esprit de Loretta se met à vagabonder. Dean prie plusieurs fois par jour : il adore s'entendre prier. Parfois, pour faire durer le plaisir, il ajoute un sermon ou réprimande un enfant. *Et nous prions, Seigneur, pour que tu accordes à Elizabeth la patience de devenir plus obéissante.* Puis il conclut, tout le monde murmure « Amen », et la nourriture commence à circuler autour de la table.

« Ce soir, j'aimerais que chacun réfléchisse à un point qu'il aimerait partager avec la famille à propos de tante Loretta, dit Ruth. Quelque chose qu'elle a apporté à notre famille. Que vous aimez en elle. »

Samuel marmonne dans son assiette : « Elle est gentille », et Ruth hoche vigoureusement la tête. « Elle est très gentille, Samuel », reprend-elle. « Elle aime le Seigneur ? » propose Elizabeth, et Ruth acquiesce de nouveau en regardant Loretta. « Elle me lit des hi'toires ! » lance Benjamin d'une voix forte, et tout le monde éclate de rire. Y compris Loretta. Quand le silence revient, Dean s'éclaircit la gorge et ajoute :

« Je crois que Loretta a apporté de la douceur dans notre foyer », et Ruth acquiesce en pinçant les lèvres.

Loretta ne s'est jamais habituée au silence de ces enfants, à leur obéissance, bien qu'elle comprenne la raison de leur comportement lorsqu'ils tiennent tête à Ruth, qui les frappe impitoyablement avec sa grosse cuillère en bois ou les pince à des endroits sensibles. Si Loretta considérait Ruth comme une femme dure, dépourvue d'humour, avant le mariage, elle a fini par comprendre qu'elle était très loin du compte. Ruth est plus dure que dépourvue d'humour – elle considère la vie comme une épreuve et estime que sa tâche est de mener ses enfants au Ciel, de leur apprendre à ignorer le plaisir pour ne rechercher que le salut.

Elle ne s'est pas privée de le rappeler à Loretta. *Tu dois bannir cette part de toi-même qui serait tentée d'élever un enfant dans la faiblesse en le choyant. Quand tu encourages la douceur sur terre, tu mets leur âme en péril. C'est la partie la plus difficile de l'amour divin : être sévère avec ses enfants.* Ruth parle souvent des futurs enfants de Loretta. *Tes enfants.* Ils existent déjà, ces enfants, et leur âme n'attend que l'occasion de descendre sur terre. C'est son travail de les porter jusqu'ici. Ruth en est convaincue, Dean en est convaincu, les parents de Loretta en sont convaincus, comme presque tous les gens que Loretta connaît. Loretta elle-même en est convaincue. Elle le nie, mais lorsqu'elle pense à son avenir sans enfants – ses jours et ses nuits de liberté palpitante –, elle imagine les âmes qui en paieront le prix, qui resteront bloquées, et se sent – un peu – coupable, mais aussi plus grande et plus vaste. Elle se voit comme Dean doit se voir, un être devant qui la volonté des autres doit plier.

C'est l'heure du gâteau triste et plat, affublé du message en raisins secs et d'une unique bougie. Les enfants chantent « Happy Birthday ». Elle s'était demandé s'ils seraient autorisés à le faire ou si Ruth considérerait cela comme une extravagance profane. Janeen, six ans, chante à tue-tête, puis gratifie Loretta d'un large sourire qui révèle le grand espace entre ses petites dents bosselées. Loretta rougit, incapable de réprimer l'amour qui monte en elle.

Quoi qu'il en soit, les idées de Ruth sur l'éducation des enfants lui ont donné envie de les choyer encore plus. Elle veille sur eux avec une profonde tendresse, ressent plus intensément qu'eux les affronts et les blessures qu'ils subissent. Elle ne peut se résoudre à couper les ongles du petit Ben depuis qu'elle a entaillé sa chair par accident et qu'il a pleuré et gémi, tout chaud et crispé dans ses bras, pendant plus d'une demi-heure. Elle adore coiffer les petites et les voir sourire lorsqu'elle leur dit qu'elles sont jolies. Elle taquine Samuel, qui rougit comme une pivoine. Et, la nuit, lorsqu'elle essaie d'imaginer son avenir, lorsqu'elle pense à ce que Bradshaw doit faire avec tout l'argent qu'il récupère chez les clients, lorsqu'elle se rappelle combien elle détestait Dean et qu'elle se rend compte que cette haine s'est muée peu à peu en accommodement, qu'elle a trouvé une place en elle pour tout ça, elle prend peur à l'idée de ne plus jamais revoir ces enfants, à l'idée qu'ils puissent l'aimer aussi et qu'ils souffrent de son départ.

Le gâteau a un goût d'œuf atroce, bizarre.

« Sarah ! » aboie Ruth, car la benjamine a ri la bouche pleine, projetant un morceau de gâteau humide sur le devant de sa robe. La fillette tente de l'essuyer en silence avant que Ruth ne se lève et s'approche. Sa mère lui enlève brutalement la serviette de la main, la plonge dans son verre d'eau et se met à tamponner la tache.

Dean s'essuie la bouche, caresse sa barbe et se penche en arrière d'un air satisfait. « Merci, Mère », dit-il à Ruth avant de reculer sa chaise et de se lever. Soudain, Loretta se remet à penser à ce soir. À ce qui doit se passer. Elle s'est préparée. S'est rassurée. Est-ce que ça peut vraiment mal tourner ? Combien de temps est-ce que ça peut prendre ? Une heure, songe-t-elle, ce n'est pas grand-chose. Combien d'autres heures a-t-elle endurées ? Pourtant, elle se sent défaillir d'épouvante.

Ruth, Loretta et les fillettes s'occupent du nettoyage. Dean et les garçons préparent les livraisons du lendemain dans le garage. C'est bientôt l'heure du coucher et elle commence à rassembler les enfants – c'est soir de bain pour Janeen et Sarah, et les autres fillettes ont besoin d'aide pour relever leurs cheveux. Ruth va et vient en permanence dans l'immense maison : de la cuisine, où elle rince un verre, au salon, où elle redresse les livres d'Écritures saintes des enfants sur une étagère ; de la porte du garage, où elle pose une question à Dean, au long escalier, qu'elle finit par monter ; du couloir recouvert de moquette, qui permet d'accéder aux chambres, à la salle de bain située à son extrémité, où elle gronde Sarah, qui s'attarde trop dans son bain.

Loretta rejoint les garçons dans leur chambre. Son moment préféré de la journée. Benjamin l'attend, avec ses cheveux ras et ses grands yeux lumineux. Tout son visage – mûr et joufflu – s'anime d'impatience. Elle s'asseoit sur le lit du bas, lève les pieds et s'appuie contre le dossier pendant qu'il s'installe entre ses jambes, dans son pyjama tout blanc confectionné par Ruth. Il adore *Le Petit Chien fantaisiste*.

C'est un des rares livres que sa mère tolère, car le chiot est puni à la fin. Benjamin se blottit dans le creux du bras de Loretta, qui commence à lire. Vers le milieu de l'histoire, il pose la tête contre sa poitrine. Sa main potelée s'enroule en un poing ouvert sur son ventre. Elle perçoit l'odeur de ses cheveux et de sa peau, une odeur familière – d'herbe, de transpiration, de jeu, de garçon et d'autre chose, une odeur de famille. Elle termine le livre. Le chiot indocile finit par avoir ce qu'il mérite : il est privé de dessert. Elle croit que Ben s'est endormi, mais il lève la tête et dit : « Encore », et elle recommence. Le chiot fouine et désobéit. Ben change de position, se replace contre elle. Loretta appuie la joue contre sa tête. Un petit être si chaud, si fragile – fait de chair et d'os, d'un ventre et d'un cerveau – qui n'a que ces gens, cette famille, pour s'occuper de lui.

Couchée sous les couvertures, tout habillée, le plaid remonté jusqu'au menton, elle regarde Dean ôter une bretelle de son épaule, puis l'autre, et quitter soigneusement son pantalon de laine noir, sans le laisser tomber au sol. Il enlève sa chemise et la drape à l'extrémité du lit. Une traînée rouge lui parcourt le côté du visage, avivant la cicatrice en demi-lune sur le lobe de l'oreille, lui descend le long du cou et de la poitrine, avant de plonger dans le col en V de ses sous-vêtements presque transparents – les sous-vêtements bénis qui le protègent du mal. Sa respiration est superficielle et rapide. Un bulbe sombre soulève déjà la fine étoffe. Il laisse tomber ses mains pour le dissimuler, contourne le lit et dit : « Je m'excuse si cela peut paraître vulgaire. » Puis il se glisse sous les couvertures, se redresse sur un coude et prend sa mine sérieuse, celle qu'il revêt lorsqu'il s'exprime au temple. « Et je suis désolé, petite sœur, de la manière dont je me suis comporté envers toi au cours de notre première nuit ensemble. J'ai le sentiment d'être possédé par un démon quand je pense à toi, belle Loretta, et c'est dans cette bataille, dans ce supplice de la chair, que j'ai trouvé du réconfort spirituel ces derniers mois, que j'ai été mis à l'épreuve. J'ai imaginé que j'avais véritablement livré bataille contre cette chair et, comme toutes les batailles de ce genre, mon âme en est sortie grandie. Hormis cette première nuit.

– Ce n'est rien », murmure Loretta. Elle avait espéré qu'il fasse vite, sans s'encombrer de mots inutiles. Elle aurait voulu traverser ce moment comme dans un rêve. Mais le voir ainsi au pied du lit, les mains devant son sexe en érection, l'avait surprise. Elle était intriguée. Pas excitée, non – mais curieuse de ce pic, et de la manière dont il pouvait ressembler ou non à celui de Bradshaw, qu'elle n'avait senti qu'à travers l'étoffe de son jean, bien qu'il l'ait incitée à aller plus loin. Lorsqu'elle imagine son avenir et qu'elle s'interroge sur la manière d'y parvenir, elle se rend compte que Bradshaw et son pénis pourraient en faire partie, elle se demande s'il y en aura d'autres, et quels sentiments lui inspireront ces autres, s'il se pourrait qu'ils soient des moyens d'atteindre autre chose ou simplement une fin en soi, de sorte qu'elle se sent aussi curieuse que si elle voyait quelque chose pour la première fois. Qui plus est, elle a toujours eu le sentiment que tout ça – le romantisme, la passion, l'amour, le sexe, les hommes et les femmes – était surfait, surévalué, survendu, dans le monde profane comme au sein de l'Église qui, l'un comme l'autre, les considéraient comme de la magie alors qu'il ne s'agissait que de réactions physiques, animales. Loretta aimerait que Dean s'active et qu'il arrête de parler de Dieu, de tentation et de chair, mais il recommence à radoter et elle se demande comment il peut croire que ça change quoi que ce soit, qu'ils l'aient fait la semaine dernière, aujourd'hui ou demain. Quelle importance ?

Dean est appuyé sur un coude, les yeux baissés vers elle. Elle est allongée sur le dos, les bras le long du corps, et, elle l'admet volontiers, il lui sourit de manière tendre, aimante, sincère. Le corps de Dean dégage une forte chaleur sous les couvertures, comme une vache laitière un jour d'hiver. Il met sa main entre les jambes de Loretta et presse légèrement en se penchant pour l'embrasser sur la bouche. Les poils de sa barbe lui piquent le visage. Il l'embrasse une, deux, trois fois, et son érection, la source de toute cette chaleur, pousse contre la jambe de Loretta, tandis que ses doigts pénètrent dans la fente de ses vêtements, puis glissent de haut en bas, encore et encore. Il retire sa main, saisit le petit pot de vaseline que Ruth a donné à Loretta en ajoutant simplement « Parfois, ça peut servir », et se met à parler de « réconfort céleste », l'une des véritables bénédictions que Dieu accorde aux vertueux. Loretta essaie de ne pas écouter, de se concentrer uniquement sur le corps. Elle s'en fait une tâche. Une corvée. Dean lui écarte délicatement les jambes, la déploie, et se glisse sur elle, toujours habillé, le sexe hors de la fente, qui cogne et pousse, tandis qu'il baisse la main pour l'aider à chercher et qu'elle sent la graisse dont il s'est enduit. Soudain, elle se rend compte que Dean est bien plus gros qu'elle, plus grand et plus large – une bête humaine plus proche du singe ou du bouc –, que ses pieds pendent presque hors du lit et que sa cage thoracique osseuse, dilatée, lui écrase le visage, qu'il semble presque la réduire au silence en la comprimant sous son poitrail. Il s'introduit, c'est moins insupportable, moins douloureux qu'elle ne l'aurait pensé, la sensation de quelque chose d'étroit, de plein, puis il se met à remuer, à souffler, à tanguer et à haleter – il pousse contre elle comme un animal affamé, dents et cheveux, peau et os, et elle n'aime pas ça, elle n'aime pas ça du tout. Mais elle y est, et elle sait que lorsqu'on y est, peu importe de quoi il s'agit, il est inutile de souhaiter autre chose, si bien qu'elle tente de laisser son esprit s'évader, mais elle ne parvient pas à l'emmener où que ce soit, car il n'y a rien d'autre à cet instant. Et puis c'est fini, Dean se contracte et se tend complètement, son visage se tord de manière grotesque, comme s'il était souillé par une main invisible. Ça n'a même pas duré une heure.

Enfin, il rabat les draps et baisse les yeux vers elle, vers son propre corps.

« Je l'ai perdue en faisant du cheval, ma virginité », dit Loretta, qui sait ce qu'il cherche.

Plus tard, quand Dean se met à ronfler, elle va à la salle de bain au bout du couloir, récupère la dernière lettre pliée de Bradshaw et le flacon qu'elle a cachés – le mélange de vinaigre et d'ammoniac dont Tonaya lui a parlé à l'époque où elles faisaient le mur ensemble, une recette infaillible, selon elle. *Y a rien qui peut survivre à cette merde.*

Elle ressent une brûlure, plus douloureuse que celle provoquée par Dean, qu'elle tente en vain d'apaiser en se lavant. Et si elle s'était débarrassée d'un bébé ? À quel moment a lieu la conception ? Assise sur les toilettes, elle déplie la lettre.

Lori chérie, il me tarde que cette phase soit terminée, mais je veux absolument que tu saches que tout se passe bien. Vraiment bien. Tiens bon et on sera prêts. Plus que tu ne l'imagines. D. me fait de plus en plus confiance chaque jour. Mes pensées sont pour toi. Je t'aime, Lori, et il faut juste que tu m'attendes maintenant, donne-moi juste du temps, tout sera bientôt fini et on pourra aller où tu veux.

Elle déchire la lettre en confettis, qu'elle lâche dans la cuvette entre ses jambes. Elle se demande à quoi il joue exactement, mais l'imagine sans peine : il vole de l'argent à Dean. Elle espère qu'il est prudent, car Dean tient ses comptes au centime près. Quand il passe la nuit avec elle, il lui parle du Collège des Anciens et de leurs exigences, de tout ce qu'ils lui réclament, de ce qu'il leur donne, et de l'écart de plus en plus important entre les deux. Il leur remettra 2 291,66 dollars pour janvier ; 1 891,34 pour février ; 1 996,12 pour mars – *Pas un centime de plus, petite sœur, c'est juré* – parce que c'est la moitié de ses revenus, et parce qu'il a décidé que les Anciens détournaient la loi de Consécration. *C'est la moitié de mes revenus, petite sœur. Comment prétendre que ce n'est pas généreux ?* Et pourtant, elle sait que le Collège n'est pas de cet avis.

Elle n'a pas parlé de l'or à Bradshaw. Dean en parle, lui en parle, se vante de la précision des pièces d'or d'une once – les aigles de cinquante dollars – et de leur poids massif, vertueux. Il lui dit tout, sauf où il les cache. Elle veut les lui prendre. Elle veut qu'il en soit privé et qu'elle en soit la cause.

Elle tire la chasse d'eau. Ce n'était pas si terrible. Rien ne l'est jamais vraiment.

EVEL KNIEVEL
S'ADRESSE À UNE NATION QUI L'IDOLÂTRE

L'essentiel, c'est de trouver la clé. En toutes circonstances, toutes situations. La clé est la rampe de lancement, le levier, le chien armé du pistolet. C'est le moyen de transformer l'ordinaire en extraordinaire.

La clé est toujours la même. On peut passer des années à se méprendre à ce sujet, croire que chaque scénario exige sa propre clé, alors que c'est toujours la même chose : faire comme si on y était déjà.

Y croire avant que ce ne soit vrai.

C'est comme tirer un coup, Amérique. Le meilleur moyen de s'y prendre est de faire comme si on savait déjà – en dépit de ce que la pépée elle-même peut penser – que c'est inévitable, que c'est parti, qu'on ne peut plus reculer. Tu sais avant elle qu'elle va le faire. Tu ne séduis pas. Tu lui fais bien comprendre que la séduction est complètement inutile. Que la future partie de jambes en l'air n'est pas discutable.

Donc, les années filent, Evel Knievel organise ses incroyables cascades, ses miracles, et, très vite, le rêve du Grand Canyon ne paraît plus si insensé. Des mots en l'air, jusqu'à ce qu'un producteur de New York monte à bord. Il monte à bord et pense que le rêve peut devenir réalité.

Il commence à se pencher sur la question et découvre que le gouvernement – ton gouvernement, Amérique – ne donnera pas son accord parce qu'il est propriétaire des terres aux abords du canyon, ou un truc de ce genre. Et donc, le producteur de New York, le proxénète, insiste, ne lâche pas l'affaire, et déniche un autre site : le canyon de la Snake River, juste à la sortie de Twin Falls, dans l'Idaho. Il y a un fermier là-bas qui veut bien louer un terrain pour la rampe de lancement et la foule. Il faudra obtenir des permis, convaincre des gens du coin, sucer des bites, mais le producteur est doué pour ça, et, sans tarder, on est prêt à y aller.

La clé a été l'argent. Il devait me payer 25 000 dollars, plus un pourcentage sur les recettes. Il voulait diffuser le truc en direct dans des salles de cinéma, vendre des billets dans tout le pays. Un homme saute au-dessus d'un canyon ! Un mortel défie les lois de la physique ! Mais ce n'était pas ça, la clé. La clé était l'argent. La notion même, l'idée, la force magnétique de l'argent.

Le producteur l'a compris et je l'ai compris. Je me suis donc retrouvé à New York et il a déniché un gros chèque en carton avec un faux chiffre inscrit dessus : 6 millions de dollars. Il me l'a tendu et, à partir de ce moment-là, c'est devenu plus vrai que vrai, 6 millions de dollars, la une de tous les journaux, et, évidemment, l'Amérique assisterait au spectacle, évidemment, le pays tournerait ses yeux fervents vers moi, il n'y avait aucune chance que ça échoue, parce que ce numéro puisait aux sources mêmes de la mort et de l'argent, et que les sources de la mort et de l'argent sont magiques.

LES FÉDÉRAUX

26 juillet 1953

SHORT CREEK, ARIZONA

Des grondements résonnent dans la nuit. Trois fois. Des explosions, au loin. Leur écho dérive. Est-ce le Seigneur ? Est-ce l'ennemi ? Ruth, qui a trop chaud, rabat les couvertures d'un coup de pied. Les grondements sont comme les bruits d'un rêve. Des bruits du ciel, de l'enfer.

« Bonjour, mes oisillons », murmure la mère de Ruth. Il fait aussi sombre que dans le placard aux portes fermées. « Venez, venez, mes oisillons. » Sa mère n'est qu'une forme obscure dans une autre obscurité, penchée sur les jeunes sœurs de Ruth dans leur lit. La voilà qui s'approche de Ruth, s'incline, pose délicatement la main sur son épaule. « Dépêche-toi. Il faut que tu habilles Alma et Sarah et que vous descendiez. *Vite.* »

La barbe de son père est comme un arbre. Ou une forêt. Dense et épaisse aux racines, elle s'étale et s'éclaircit à la cime, où s'infiltre la lumière. Lorsqu'il parle au Seigneur, son visage est un épais bosquet d'automne élancé, qui roule au rythme des soulèvements de la terre.

La famille entière est là. Son père, sa mère et les autres épouses de son père – tante Olive, tante Desdemona et tante Eliza. Ses treize frères et sœurs. Sa famille céleste. Ruth, onze ans, est l'aînée des quatre enfants de sa mère. Ils se serrent sur les chaises, sur les bancs de la longue table et par terre. Ruth est assise sur une chaise, un bras autour de Sarah et l'autre autour d'Alma, qui serre sa poupée de chiffon au visage dessiné à la main. Leur mère s'approche d'elles par-derrière et les enveloppe toutes dans ses bras. La pièce, où se pressent les corps immobiles, est chaude et silencieuse.

Son père prie. Ruth lui jette un coup d'œil, observe sa barbe qui tremble. « Et si ce jour est celui du retour de Ton Fils, ô Seigneur, si c'est le jour qu'attendent les vertueux, notre Père qui es aux cieux, nous Te demandons de nous juger dignes, même si nous savons que tel n'est pas le cas, même si nous savons que nous sommes des pécheurs, nous Te demandons de nous pardonner nos péchés et de nous faire monter jusqu'à Toi, de nous élever. »

C'est ce qui va se passer aujourd'hui ? Ruth ferme fort les yeux. Quelque part à l'extérieur d'elle, à l'extérieur de cette pièce et de l'obscurité qui persiste à l'envelopper, à l'extérieur du monde visible, elle sait qu'il existe une force qui les combat. Qui combat les vertueux. Mais elle ne comprend pas la nature de cette force. Depuis plusieurs jours, les adultes parlent des fédéraux. Les fédéraux sont envoyés par les apostats, les faux mormons de Salt Lake, qui persécutent les vrais Saints, ici, à Short Creek. Mais, maintenant, son père parle d'autre chose. Les derniers jours. Le jugement dernier. Le Second Avènement. Elle ferme les paupières aussi fort que possible, sent des picotements dans sa poitrine. La peur frétille autour de son cœur. Elle n'aurait jamais dû ouvrir les yeux pendant qu'il priait. Elle glisse sa propre prière silencieuse dans celle de son père, implorant le Seigneur de lui pardonner d'avoir ouvert les yeux. Elle est désobéissante. Elle est têtue. Les adultes ne cessent de le répéter. *Pardonne-moi, ô Seigneur.* Elle veut fermer les yeux suffisamment fort pour compenser le fait de les avoir ouverts. *Pardonne-moi, ô Seigneur, et je deviendrai Ta vertueuse servante pour l'éternité.* Elle le sent maintenant dans tout son corps, dans son sang qui s'accélère, dans ses os : c'est le Second Avènement. Et si sa famille était sauvée sans elle ? Et si elle les regardait s'élever d'en bas, tandis qu'elle-même était engloutie par les flammes pendant mille ans ?

Ils marchent jusqu'à l'école, où d'autres familles attendent, où d'autres encore continuent d'affluer. Les adultes sont habillés comme un jour de culte. Le prophète est debout au milieu d'un cercle d'hommes, dont son père. Elden Johnson. Oncle Elden. Il est plus petit que les fidèles qui l'entourent, mais plus grand aussi, songe Ruth. Il a un œil voilé et un autre clair. Il porte son costume trois-pièces, ses cheveux blancs et courts sont soignés, sa moustache taillée, et il sourit d'un air placide. Il parle à Dieu. Dieu lui parle.

La mère de Ruth confie à chaque aîné la surveillance des plus jeunes. Ruth est responsable d'Alma et de Sarah. « Tu veilles sur elles, petite sœur, lui dit sa mère. Ne les perds pas de vue. » De temps en temps, son ventre gargouille suffisamment fort pour être entendu par les gens à proximité. « Qu'est-ce qui va se passer ? » demande-t-elle à sa mère, qui répond : « On ne sait pas. »

À l'extérieur, l'obscurité se lève, lente et grise. À l'intérieur, ils chantent des psaumes. « Surgis, ô glorieuse Sion ». « Attelle-toi à la tâche ». Ils prient en silence. Les adultes parlent d'un air grave, se saluent comme au temple, et, bien qu'un voile sombre recouvre le jour, il règne aussi une atmosphère étrangement gaie. Ruth est intriguée, voire effrayée, car elle croit qu'ils envisagent le Second Avènement avec joie, convaincus de leur propre vertu, contrairement à elle. Une éternité sans sa famille, songe-t-elle. Une éternité qu'elle ne doit qu'à elle-même.

Un cri parvient de l'extérieur et frère Miller entre dans l'école en bousculant tout le monde. « Ils descendent Partham Road », l'entend-elle dire au prophète et au cercle d'hommes qui l'entoure. « Huit ou neuf voitures. » Les fédéraux, se dit-elle. Les fédéraux. Elle ignore ce que ce mot recouvre précisément. Elle sait ce que veut dire *fédéral*, elle sait que ce sont des agents du gouvernement et elle sait qu'ils sont là parce que les apostats les envoient ou les contrôlent – mais elle n'a aucune idée de ce qu'ils peuvent faire, de ce qu'elle devrait craindre. À l'extérieur, le soleil bas s'étire, et Ruth se demande si le Second Avènement a déjà commencé, si le soleil se désintègre, s'il recule ou se rapproche. Son ventre gargouille et elle a l'impression que son corps lui est étranger. Comme si elle se cachait en lui, comme si elle était distincte de lui. Un jet d'urine chaud mouille ses sous-vêtements et elle frotte ses jambes l'une contre l'autre pour l'absorber dans l'étoffe.

Les familles sortent dans la rue. Elles se rassemblent et chantent. Les voitures des fédéraux se dirigent lentement vers elles et oncle Elden les regarde approcher, debout devant le groupe. Alma et Sarah se tiennent aux côtés de Ruth, qui a les mains posées sur leurs épaules. Quand les véhicules sont suffisamment près, Ruth distingue une inscription sur une des portières : POLICE DE L'ÉTAT D'ARIZONA. Elle connaît la différence entre *État* et *Fédéral*. Elle l'a appris le mois dernier, en cours d'éducation civique, à l'école de Hurricane. Elle se demande pourquoi la police de l'Arizona est là si ce sont des fédéraux, et elle se demande pourquoi tout le monde parle de « fédéraux » s'il s'agit en réalité de la police de l'Arizona. Un homme en uniforme beige arborant une étoile sur le cœur descend du véhicule, remonte son ceinturon contre son ventre et se met à brailler dans un mégaphone. Alma fond en larmes. Ruth la serre contre elle, la fait taire, mais des larmes lui piquent aussi les yeux.

Les hommes s'alignent, mains derrière le dos, prêts à être menottés. Le prophète s'adresse aux Saints, leur demande de s'en remettre à Dieu. « Voyez ce que le monde appelle des hommes de courage, dit-il aux fédéraux. Vous êtes lâches de vous en prendre ainsi à nous. » Il reste là, dans son costume trois-pièces, propre, net, les mains serrées derrière le dos, l'homme qui parle à Dieu. Le père de Ruth est près de lui, il regarde la mère de Ruth, lui transmet quelque chose d'urgent par le regard, jusqu'à ce qu'un des fédéraux vienne derrière lui et l'éloigne, le guidant par ses mains menottées comme s'il pilotait un navire avec un gouvernail. Son visage se crispe de colère. Ruth le voit fermer les yeux, fermer entièrement son visage en guise de protestation, plus faible que ce qui le broie, plus faible que jamais.

Ils emmènent tous les pères. Les mères pleurent et implorent, et les fédéraux les font taire, les retiennent doucement pendant qu'ils éloignent tous les hommes. Quelqu'un suit les fédéraux avec un gros appareil autour du cou. L'homme mâche du chewing-gum. Ruth le regarde tandis qu'il dirige son objectif vers sœur Taft, ses enfants blottis autour d'elle sur un banc à l'extérieur de l'école. Il bouge, s'accroupit, braque son objectif sur sœur Taft et ses enfants, son flash crépite et, à l'instant où le dernier homme est emmené, quelqu'un se met à pousser un hurlement aigu, qui s'élève au-dessus d'un bruit plus faible, plus bas, celui des enfants qui pleurent discrètement autour d'eux. Le ventre de Ruth ne s'arrête plus de gargouiller. Quelque chose est vivant en elle mais son enveloppe extérieure semble morte. Sa mère vient vers elle, le visage crispé, et Ruth se demande si elle sait, elle aussi, que c'est le Second Avènement. Elle s'agenouille devant Ruth, étreint la petite Sarah, et ce n'est qu'à ce moment-là que Ruth comprend que le hurlement vient de sa petite sœur.

Ensuite, ils emmènent les mères. Les enfants rentrent dans l'école. La salle est trop petite pour contenir tout le monde. Ils se serrent les uns contre les autres. Ruth sent la chaleur des petits êtres qui l'entourent, mais elle ne les regarde pas, ne leur parle pas et ne pense pas à eux. Elle ne quitte pas des yeux le fil qui pend de la chemise d'un garçon devant elle, et garde une main sur l'épaule de Sarah et l'autre sur celle d'Alma. Quelqu'un fume, une odeur horrible. Trois fédéraux et deux femmes aux airs d'institutrices regardent les enfants et discutent avec un homme assis au bureau du professeur. L'homme coche des cases, et la femme escorte des enfants hors de la salle, puis ils recommencent.

Est-ce que les pères et les mères sont montés au ciel ?

Ils emmènent les enfants par groupes de deux ou trois. Les frères et les sœurs se mettent à pleurer. Ruth observe en silence, Sarah et Alma observent en silence ; Ruth fixe le tableau noir, fixe le bout de phrase sur le tableau, rédigé en écriture cursive : *Pourquoi l'homme court-il ?* Les frères protestent et les sœurs protestent, mais ils emmènent les enfants par groupes de deux ou trois. *Pourquoi l'homme court-il ?* Un reste de leçon. Ruth se dit qu'il doit y avoir une réponse. Elle se dit que si elle demeure parfaitement immobile, ça ne se produira peut-être pas. Quand les femmes et les fédéraux finissent par s'occuper de la famille de Ruth, ils se mettent à emmener ses frères et ses sœurs.

« Très bien. » Une des femmes sourit, sourit à Ruth, sourit à Sarah, puis à Alma, puis de nouveau à Ruth. Sarah et Alma tentent de se cacher à l'intérieur de Ruth. « Vous deux, pourquoi est-ce que vous ne viendriez pas avec moi un petit moment ? » Ruth fait non de la tête et serre un peu plus fort ses sœurs dans ses bras.

L'agent fédéral observe. L'homme à l'appareil photo est de retour, appuyé contre le mur. Il mâche du chewing-gum. L'agent lui chuchote quelque chose et il sourit.

Ruth ne comprend pas. Les pères et les mères sont montés au ciel ? Tous les enfants sont restés sur terre ? *Pourquoi l'homme court-il ?*

La femme porte des lunettes aux montures pointues et ses cheveux semblent sculptés en un chignon ondulé. Elle sent l'eau de Cologne chic. « Venez donc », dit-elle en tentant de détacher les enfants du flanc de Ruth, doucement, doucement, brutalement. « Tout va bien. Vous deux, venez avec moi. »

Ruth serre fort. Elle dit « Non. » Le mot lui fait l'effet d'un morceau d'aliment qu'elle doit recracher. La femme ne s'arrête pas. « Tout se passera bien, les filles », dit l'agent fédéral, et Ruth parvient à cracher le morceau avec plus d'énergie : « Non ! » Elle se demande si elle peut serrer ses sœurs assez fort.

Ils s'arrêtent, mais ne capitulent pas. Les mains de la femme continuent à toucher Alma et Sarah, toujours posées sur leurs épaules, toujours prêtes à s'enfoncer et à les détacher de Ruth.

« Non », crie Ruth, avant de le répéter encore une fois. « Non. »

Elle les fixe du regard. Ces gens. Elle prie le Seigneur pour qu'Il les arrête. Qu'Il les tue. Oui, elle demande au Seigneur de les tuer. Elle prie pour que ce ne soit pas le Second Avènement. Elle dit, d'une voix très basse : « Non, non, non, non, non. »

Chez l'homme et la femme dont le nom lui échappe, Ruth est assise sur un sofa avec ses sœurs. Au moins, elles sont ensemble. L'esprit de Ruth ne cesse de s'assoupir, de dériver. Sarah et Alma sont assises à ses côtés, les jambes tendues devant elles, le visage blanc comme un linge. Ruth voudrait leur dire de rentrer en elles-mêmes – elle pense aux tortues. Elle voudrait dire à Sarah et à Alma de rentrer en elles-mêmes et d'y rester. D'ignorer tout ce qu'il y a à l'extérieur de leur carapace. De rester simplement là, à attendre. Mais l'homme et la femme dont le nom lui échappe sont assis là, chacun dans un fauteuil, des fauteuils assortis au sofa, des fauteuils et un sofa propres, neufs et chics, comme tout le reste dans la maison. La moquette rase les murs, comme un lit bordé. Les portes du placard, qui contient des tasses à thé, sont ornées de verre taillé. La femme dont le nom échappe à Ruth se met à parler sur un ton doux, précieux et faux, mais Ruth n'arrive pas à la suivre. Ruth n'arrive pas à se concentrer sur ses mots, bien que la femme semble attendre quelque chose. Au moins, elles sont ensemble. Si seulement elle pouvait leur dire, si seulement elle trouvait un moyen de leur faire savoir : *Rentrez en vous, sœurettes. Rentrez en vous et attendez.* La femme s'agenouille devant le fauteuil assorti au sofa et Ruth se dit qu'elle va se mettre à prier, elle se dit qu'elle ne devrait pas prier avec ces gens, que prier avec ces gens serait péché, probablement, mais elle se rend compte que la femme veut les serrer dans ses bras et qu'une de ses sœurs s'est remise à pleurer. Laquelle pleure ? C'est Alma qui pleure. Ruth voudrait lui dire – *Rentre en toi et attends* – mais elle n'y arrive pas. La femme est agenouillée là, elle a les bras ouverts, parle à voix basse, sent l'eau de Cologne, et Alma pleure. Ruth voudrait lui parler mais n'y arrive pas, si bien qu'elle dit simplement : « Vas-y », parce que c'est sans importance.

RÉUNION DE FAMILLE

23 août 1975

GOODING, IDAHO

Boyd baisse l'épaule, tourne à fond la poignée d'accélération et la Kawasaki s'élance en pétaradant vers la rampe de lave instable. C'est Jason qui a trouvé ce site – une minuscule saillie au-dessus d'un pan de désert plat. Boyd décolle, la roue avant pique du nez et le bruit strident s'interrompt brusquement. Il passe la tête la première par-dessus le guidon et la moto voltige dans le désert. Pendant une seconde, Jason se dit qu'il va se faire très mal. Même quand son ami se relève d'un bond, en se tenant le coude et en souriant comme un dingue, même à ce moment-là, Jason se dit qu'il n'a pas vraiment envie de faire ça. Il a envie d'être loin, seul.

La Kawasaki, dont la roue arrière continue à tourner lentement, est couchée sur le flanc dans l'herbe jaunie. Trois lièvres s'avancent prudemment, lèvent le museau pour flairer l'air, puis s'éloignent à grands bonds.

« Je sais où je me suis planté, dit Boyd en respirant bruyamment. Il faut accélérer et encore plus cabrer. »

Ce n'est pas la peur qui retient Jason. Du moins, il ne le pense pas. Il a réalisé d'autres sauts – beaucoup d'autres – et, en général, c'est lui qui se lance en premier. Mais l'épave de Boyd le rend – un peu – nerveux et il ne lui en faut pas plus ces derniers temps, vu ses difficultés à se concentrer et la sensation d'épuisement qui le submerge depuis la mort de Grand-Père.

« T'as l'air à moitié demeuré comme ça. Avec ton clapet grand ouvert », dit Boyd.

Jason hausse les épaules et son ami va récupérer la moto. S'il laisse tomber, Boyd n'insistera pas trop. Ce n'est vraiment pas le moment. D'ailleurs, c'est le moment de quoi ? se demande-t-il à la seconde où cette pensée lui traverse l'esprit. D'après sa mère, c'est le moment de réfléchir à l'importance de la famille, aux vérités éternelles, au royaume céleste, etc. C'est le moment de quoi ? Des anecdotes et des platitudes. Des âneries réconfortantes. *C'est mieux ainsi. Il ne souffre plus. Il a rejoint le Seigneur – et Grand-Mère. Il est en paix.* Tout le monde a quelque chose à dire. Tout le monde a une leçon à partager, une anecdote teintée de morale, assortie d'une petite tape sur la tête. Un vaste déferlement de sottises. Seul Boyd avait eu les mots justes : « Bon sang, mec. Ça craint. »

Parfaitement justes. Cinq jours plus tôt, son père avait trouvé Grand-Père dans sa chaise longue, où il s'installait chaque soir, avec son masque à oxygène, à contempler le coucher de soleil sur le désert, profitant de la fraîcheur qui arrivait. La pluie n'était pas tombée depuis des semaines, il faisait atrocement chaud et chaque centimètre de terre desséchée menaçait de s'embraser. C'était le moment d'entamer la troisième coupe de foin. Les lièvres grouillaient de toutes parts, grignotant l'orge et les meules plus vite qu'il n'était possible de les empoisonner ou de les abattre.

Ce soir-là, contrairement à son habitude, son père était entré dans la chambre de Jason. Allongé sur le lit, il lisait *Le*

Hobbit, ses pieds nus suspendus dans le vide, à l'extrémité du matelas. Bilbo et les nains venaient de pénétrer dans la Forêt Noire. Un enchevêtrement sombre et menaçant. Son père s'était assis sur le lit, ses joues grises affaissées, fixant des yeux le mur lambrissé. Dehors, les arroseurs automatiques répétaient leur *clic-clic* humide. Sur les étagères trônaient des trophées de vente de bétail et de championnat de base-ball junior – de minuscules figurines de veaux et de batteurs dorés –, et les murs étaient tapissés de posters d'Evel Knievel – en noir et blanc, en couleurs, des atterrissages ratés ou réussis.

« Grand-Père est parti », avait annoncé son père et, l'espace d'un instant, Jason avait cru qu'il était parti en voyage quelque part, à Boise ou à Salt Lake. « Il va falloir que tu sois fort pour ta mère. »

Son père avait soupiré et baissé les yeux. Jason avait attendu que surgisse la peine, le chagrin, mais il ne s'était rien passé. Il s'était juste senti fatigué. Un peu triste, un peu affamé. Il avait cru entrevoir une lueur larmoyante au coin de l'œil de son père et s'en était réjoui. Jason ne l'avait jamais vu exprimer ses émotions en dehors des réunions de témoignage, où il affichait sa foi profonde et indéfectible à l'intention des membres de la paroisse. Jason était content que quelque chose puisse enfin le rendre triste.

« Désolé, Pa' », avait-il dit.

Son père s'était retourné. Ses yeux étaient brillants mais secs, les mêmes pépites scintillantes qu'il braquait sur Jason quand il faisait le pitre au temple ou qu'il tardait à nourrir les veaux.

Il avait secoué la tête. « C'était son heure », avait-il répondu.

Son heure. Qu'est-ce qui en faisait son heure ? Pourquoi cette heure plutôt que, par exemple, un jour plus tard ? Ou un jour plus tôt ? Pourquoi pas trente-sept heures, quarante-deux heures, ou cinquante-six heures, vingt-sept minutes et treize secondes plus tard ? En quoi cette heure était-elle si parfaite que Grand-Père n'aurait pu disposer d'un an, de cinq ans, de dix ans de plus ? *C'était son heure.* Il avait le sentiment d'être entouré d'imbéciles prêts à avaler la moindre ânerie avec le sourire.

Boyd revient en poussant la moto. Jason ne sautera pas. Pas aujourd'hui. Il se sent soulagé de pouvoir remettre ça à un autre moment. Boyd est la seule personne sur terre qui le comprenne correctement, c'est la raison pour laquelle Jason sait qu'il ne le traitera pas de dégonflé.

Boyd s'arrête, penche sa tête énorme pour jauger Jason du regard.

« Monte sur cette bécane, mec. Tu ne peux pas rester une mauviette toute ta vie. »

Voici comment, d'après l'histoire que lui répète sa mère à chaque anniversaire, Jason est devenu le seul enfant unique de tous les mormons qu'il connaît :

Vingt-trois heures de travail. Une nuit, un jour et une autre nuit de douleur et de désespoir. De prières et de lamentations. Un intervalle de treize minutes au cours duquel tout le monde dans la salle d'accouchement avait cru qu'il était mort, suivi de sa naissance, de sa percée, le cordon ombilical confortablement enroulé autour du cou. Bleu en haut et rouge en bas. Et puis, il avait repris connaissance. « Un miracle. Tu es mon petit miracle. » Mais il n'y avait pas eu d'autres enfants, pour des raisons jamais vraiment élucidées – la crainte de complications, les risques pour sa mère. D'autres grossesses auraient été dangereuses. Il était donc le seul et unique, et bien qu'il fût entouré de familles de cinq, six, sept ou huit enfants, ces innombrables foyers vertueux et fertiles, il croyait inévitablement que tout le monde était comme lui : seul et unique, le miracle de sa propre vie.

Jason réussit le premier saut, rate le second. L'après-midi, lorsqu'il arrive chez lui, le coude en sang et l'épaule endolorie, il tombe sur le minibus d'aéroport reconverti de tante Bonnie et oncle Ben, qui ont fait le trajet depuis Pocatello avec leurs six enfants. Jason range la moto et s'attarde dans la chaleur poussiéreuse du hangar pour les éviter. La touffeur lugubre l'accable, projette des filets de sueur cuisante dans ses éraflures et ses coupures.

Au moment où il sort, une Nova dorée couverte de rouille déboule dans l'allée. Oncle Roy. Qui arrive de Boise. Un mécréant, jamais marié, soupçonné de s'adonner à des plaisirs illicites, comme le café et la bière. L'oncle préféré de Jason.

« Salut, petit », beugle Roy, le bras posé sur la portière, en éteignant son moteur, qui fait un bruit de ferraille et de tic-tac. « Tu te tiens à carreau ?

– Pas vraiment.

– Cool, mec. »

Il descend du véhicule, claque la portière, pose ses mains sur ses hanches et examine les lieux. Un corps mou sur une grande carcasse. Son ventre déforme sa chemise en tissu-éponge élimée et son jean pattes d'éléphant effiloché lui recouvre presque les pieds. Il a un visage épais et heureux, flanqué de favoris bouclés, une tignasse rebelle et un sourire qui semble indiquer qu'il sait où se cachent tous les bons plans.

Il s'approche de Jason, lui ébouriffe les cheveux et le serre dans ses bras. Puis il lui donne une claque dans le dos et l'étreint, un bras autour de son épaule.

« C'est moche pour le vieux, dit Roy.

– Super moche, répond Jason.

– Fichtrement naze. » Les yeux de Jason picotent et se plissent. « Mais le pire est à venir, ajoute Roy. Toutes les jérémiades qu'il va falloir écouter. »

Roy lui tapote l'épaule, le lâche.

« Dean est là ? »

Dean. Oncle Dean. Apparemment, Jason l'a rencontré une fois, lorsqu'il avait deux ou trois ans. Il sait simplement que Dean et sa famille vivent en Arizona ou dans l'Utah, avec leurs millions d'enfants et leurs mœurs bizarres. Des mormons de la vieille école, des fondamentalistes. À quel point, il l'ignore, mais Dean vit parmi les polygames. Bien qu'il y en ait aussi ailleurs. En Colombie-Britannique, en Arizona et au Mexique, et même, pour certains d'entre eux, à Hagerman, à quelques encablures de là, dans le canyon de la Snake River. Des petites poches de polygamie. Ils provoquent l'embarras chez les bons mormons, les mormons normaux, comme l'illustrent parfaitement les parents de Jason, qui évitent prudemment de parler de Dean. Il est l'absent notoire de leurs interminables discussions sur la famille, la famille, la famille. La famille sacrée.

« Je suppose que non, répond Jason.

– Tu le saurais si c'était le cas.

– Quoi ? Pourquoi ? »

Roy grimace, comme s'il peinait à trouver la réponse. « Il arrivera suffisamment tôt. Je ne veux pas gâcher la surprise. » Il tapote l'épaule de Jason de manière agressive. « OK. Allons saluer cette sacrée famille. »

Ils entrent, s'étreignent, s'embrassent. La plupart des cousins de Jason sont plus jeunes que lui. Au moment où ils se disent tous timidement bonjour, tante Jenna et ses quatre enfants arrivent de Salt Lake City dans leur minibus. Elle est venue sans son mari, Verl, qui les rejoindra pour les funérailles prévues le lendemain. Soudain, la maison est tellement bondée qu'on ne peut plus mettre un pied nulle part. Des cousins s'entassent dans la chambre de Jason, où ils déroulent des sacs de couchage. La mère de Jason a installé des ventilateurs aux fenêtres, qui propulsent des vagues d'air tiède et humide, et un buffet de viandes froides et de salades attend sur le plan de travail de la cuisine, la première phase du repas ininterrompu qui caractérise toutes les réunions de famille – un flot de nourriture constant, informel, ponctué de rares moments plus solennels. Debout autour du comptoir, les gens piochent dans les victuailles, mangent directement dans les plats, sans toucher aux assiettes en papier.

Des valises et des oreillers sont empilés partout. Jason et son père déplient des lits de camp dans le salon et le bureau. La chaleur torride, près de trente-huit degrés, ne baisse pas à l'approche de la nuit étoilée. Les conversations s'étirent en un brouhaha.

« Robbie dit que t'as dû isoler encore une fois cette jument ?

– C'est de la crème fraîche que tu as mise là-dedans ?

– Je ne pense pas que ces garçons sauraient faire un tacle, même si c'était une question de vie ou de mort.

– Ouais, elle tombe plus souvent malade que les autres.
– Juste un peu de yaourt nature.
– Oui. La conjonctivite.
– Alors, elle se déshabille et se précipite dans l'océan.
– Glenns Ferry va les mettre en pièces.
– Maman ! Maaaman !
– Elle se baigne toute nue et un truc se met à l'aspirer sous l'eau.
– T'as le jeu vidéo Pong ?
– Roy ! Qu'est-ce que tu racontes à ces gamins ?
– Maman !
– Pong et quatre autres. Je l'ai eu pour Noël.
– C'est juste un film, Beckie.
– Parfois les gens sont comme ça.
– T'as vu le discours du vieux Ford l'autre soir ?
– Dieu du ciel. J'aurais aimé qu'on ait quelqu'un de mieux.
– Mieux qu'atroce ? »

Un coup fait vibrer la porte-moustiquaire. Quelqu'un hurle « Entrez ! », et une famille entière vêtue de jean fait son apparition. Trois garçons en salopette sombre, chemise légère et bretelles. Quatre filles en robe de prairie bleu clair unie. Les parents sont à l'avenant, tels les plus grands modèles d'un assortiment de poupées russes. Les sauterelles se mettent soudain à striduler. L'homme tient son chapeau, parcourt la pièce du regard en plissant les yeux, comme s'il arrivait tout juste du siècle précédent et qu'il attendait que sa vue s'adapte à cet étrange environnement. Sa barbe dessine une berme soignée le long de sa mâchoire et, avec sa pomme d'Adam osseuse, il ressemble à Ichabod Crane ou Abraham Lincoln.

« Je suppose qu'on a raté l'avis de décès », lance-t-il à la cantonade.

Il a la maigreur et l'air morose des Harder.

Le père de Jason se dirige vers la porte en rougissant. « Ma parole, Dean, comment est-ce qu'on est censés savoir où te joindre ? »

Il est vingt heures passées. À travers la porte-moustiquaire, derrière les Ingalls, le ciel s'assombrit, passant du rose au violet et à l'orange. Son père, de profil par rapport à Dean, hoche la tête d'un air absent. La famille de Dean se serre comme pour se tenir chaud. Au moment où sa femme semble cernée, la mère de Jason fond sur elle avec les tantes.

« Pour l'amour du ciel, vous devez tous mourir de faim, dit-elle. Venez manger. »

Dean étreint ses sœurs et la mère de Jason en fronçant les sourcils, mais sa femme leur adresse des sourires sombres pour faire comprendre qu'elle ne prendra personne dans ses bras. « Merci, répond Dean, mais je crois qu'on va juste aller s'installer à la maison. »

La maison. La maison du défunt. Son père cesse de hocher la tête et sa mère sursaute, de manière presque imperceptible. « Ne va pas faire main basse sur l'argenterie », lance Roy, à l'autre bout de la pièce. « Roy ! » s'offusque le père de Jason, mais l'expression de Dean ne change pas. Il dirige ses enfants vers l'extérieur et répond simplement : « Salut à toi, petit frère. »

26 août 1975

SHORT CREEK, ARIZONA

Loretta se réveille dans un calme déconcertant. Dehors, une voiture accélère quelque part. Les trilles des oiseaux pénètrent par la fenêtre. A-t-elle déjà entendu un oiseau dans cette maison ? La famille étouffe tous les bruits de l'extérieur et, maintenant que la clameur s'est éteinte, il règne un silence délicat, pur, gigantesque. Un chien aboie, à mille lieues de là.

Elle reste au lit, bien que le soleil soit levé. Personne ne frappe à sa porte. Personne ne l'appelle pour le petit-déjeuner, ne réclame de l'aide pour s'occuper des enfants, ne désigne un seau où flotte une éponge, ne l'embrasse sur la tête ou ne lui demande d'aller chercher du miel dans le garde-manger. Personne ne tire sur sa jupe ou ne lui tapote encore et encore le bras, comme le font les enfants, à la demande de Ruth, lorsqu'ils veulent attirer l'attention d'un adulte. Et personne ne pleure après avoir sauté du toit du hangar, n'accroche son pantalon aux barbelés de la clôture ou ne s'entend dire, d'un air sévère, qu'il ne peut garder le chat de gouttière qu'il a pris la peine d'attirer à la maison et que Ruth s'empresse de pourchasser par des petits jets de pierre experts. Cette nuit ne sera pas sa nuit. Elle n'aura pas à le faire, même si, en temps normal, elle se préparerait toute la journée, en se rappelant que c'est purement physique. Elle n'aura pas à entendre Dean lui demander si elle a des nausées le matin.

Tout cela n'aura pas lieu, mais aussi autre chose. Elle ne partira pas. Elle ne prévoit pas de partir. Elle n'aurait pu rêver d'une meilleure occasion. Elle n'aurait pu rêver d'une porte plus grande ouverte. Mais elle ne partira pas, et elle le sait.

L'idée que Dean ait des parents, qu'il ait grandi avec des frères et des sœurs, n'avait pas traversé l'esprit de Loretta jusqu'à ce qu'il reçoive un appel d'un ami de l'Église réorganisée de Hagerman, dans l'Idaho, qui avait lu l'avis de décès dans le *Times-News*. Le nom de Dean n'avait pas été mentionné dans l'annonce. Son ami s'était dit que sa famille avait peut-être oublié de l'avertir.

« C'est exactement le genre de trahison à laquelle je m'attendrais de la part de Louis », avait déclaré Dean cette nuit-là, une fois les enfants endormis, tandis qu'il discutait avec Ruth et Loretta de la suite à donner aux événements. Dean obtiendrait sans doute quelque chose. Des terres, de l'argent. Il aurait un héritage à réclamer.

« Même si je dois le leur arracher, avait-il ajouté.

– Ce n'est que justice, Père, avait renchéri Ruth. On ne peut jamais avoir tort lorsqu'on se bat pour ce qui est juste. »

Dean lui avait souri. Elle confirmait souvent ses prises de position. Dean se rapprochait parfois de Loretta pour les mêmes raisons. Il lui demandait, jamais directement, d'approuver son interprétation des Écritures, les châtiments qu'il infligeait aux enfants, les articles qu'il ajoutait ou retirait du catalogue des Récoltes de Sion, ses désaccords récents avec le Collège des Anciens. Il ne cherchait pas à obtenir sa permission, loin de là : Dean était convaincu que ce qu'il pensait était juste. Pourtant, une part de lui-même avait besoin de soutien et d'approbation.

Dean buvait du Postum chaud agrémenté de lait en poudre. Ruth grignotait des raisins secs, un à un, d'un air agressif. C'était elle qui parlait le plus, mais Dean avait toujours le dernier mot. De temps en temps, il regardait Loretta, comme s'il se rappelait qu'il devait l'inclure à leur discussion. Loretta avait faim, mais pas au point de manger ce qui était disponible ici. Avant, lorsqu'elle vivait chez ses parents, il y avait toujours des tonnes de cochonneries dans les placards, céréales sucrées, chips et cookies industriels, alors qu'aujourd'hui elle a parfois l'impression d'être affamée. Quand les enfants se plaignent d'avoir faim, Ruth leur propose des grains de blé cru, qu'ils mâchent jusqu'à les réduire en pâte, mais Loretta ne veut pas entendre parler de la nourriture de Ruth, de blé cru, de caroube et de raisins secs gobés un à un.

« C'est peut-être ta voie, avait dit Ruth. Le Seigneur t'offre peut-être une occasion de surmonter tes obstacles. Avec le Collège, etc. »

Dean avait quitté le Collège des Anciens. Il avait été question de quitter aussi l'Église. D'excommunication.

« Qu'en penses-tu, Père ? avait demandé Ruth. Toi, moi et les enfants allons dans l'Idaho pour les funérailles et tante Loretta reste ici pour s'occuper de la maison, prendre les commandes. On peut voir ce qu'il en est là-bas. Réfléchir. À quoi bon introduire dès maintenant un élément qui exigerait des explications supplémentaires. »

Dean et Ruth avaient lancé des regards calmes, évaluateurs, à Loretta, qui avait eu le sentiment d'être leur enfant plutôt que leur épouse. Elle voyait bien qu'ils se demandaient s'ils pouvaient lui faire confiance.

« Tes paroles sont pleines de bon sens, Mère. Comme toujours », avait fini par conclure Dean.

Il n'est pas tout à fait sept heures et demie. Loretta se souvient d'une époque où elle aurait trouvé que c'était tôt. Elle ne se rappelle plus la dernière fois qu'elle a fait la grasse matinée. Tous les jours, elle se traîne hors du lit, contre son gré et avant que le soleil ne se lève.

Pourquoi ne part-elle pas ?

Elle connaît par cœur tous les arguments : Vas-y maintenant. Vas-y seule. Vas-y avec Bradshaw. Ou plutôt, attends, prépare-toi et rassemble des « provisions », comme les appelle Bradshaw dans ses lettres, puis pars avec lui. Ou sans lui. Ou. Ou. Ou. Son esprit passe les options en boucle, mais elle prend soudain conscience qu'elle n'attend plus qu'une de ces possibilités n'émerge – elle attend autre chose. Un autre choix. Une autre voie. Toutes ces réflexions n'ont rien à voir avec ce qui la pousse à ne pas partir. Elle le sent, tout bonnement. Elle ne partira pas.

Cette vie ne lui plaît en aucun cas. Elle la méprise, la considère comme une toile d'araignée qui la retient prisonnière. Mais elle la connaît. C'est tout ce qu'elle connaît. En revanche, elle ignore tout de ce monde auquel elle aspire – la liberté, une vie normale, avec de la musique, des pantalons pattes d'éléphant et du maquillage. Elle repense à la publicité Tussy. « Gagnez une Mustang assortie à votre rouge à lèvres ! » La jeune effrontée sur le capot de la voiture rose – si colorée, si audacieuse et distante. À mille lieues d'ici.

Elle refuse de se dire qu'elle a peur.

Sept heures quarante-cinq. Bradshaw arrive à huit heures tous les matins. Il ignore tout de ce qui s'est passé ici. Dean lui fait confiance. L'idée – vague, incertaine – qu'ils pourraient tous partir d'ici, échapper aux problèmes avec la confrérie et laisser Bradshaw gérer l'affaire plane dans l'air. Dès qu'il comprendra ce qui se trame, il voudra partir. Partir, partir, partir.

Dean avait raconté sa vie à Loretta avec une clarté suspecte – bâtissant une mosaïque de causes et d'effets au service de l'image qu'il souhaitait donner de lui-même. Élevé dans une foi contrefaite, une version pervertie de la vérité, il avait fini par trouver sa voie vers la lumière.

L'aîné de cinq enfants, il avait grandi au sein de l'Église-mère dans le sud de l'Idaho. Son père était une figure importante de la paroisse – évêque ou membre de l'évêché, haut conseiller, président de pieu – et la famille était exemplaire : salle paroissiale le dimanche, coopérative des fermiers le lundi et vente de bétail aux enchères le vendredi au champ de foire. Bien que les exigences de l'Église aient été grandes, Dean s'était mis très tôt à réclamer encore plus de rigueur. Plus de feu. Pendant la prière, le sacrement, la lecture des Écritures, il avait le sentiment de se liquéfier dans la forge du Seigneur mais, lorsqu'il émergeait, il voyait bien que ses confrères étaient restés les mêmes mottes de terre. Ils n'avaient pas pénétré dans les flammes. Lorsqu'il accompagnait son père aux ventes de bétail ou dans les cafés, qu'il le regardait rire et saluer chaleureusement les profanes, les fermiers qui se fendaient de plaisanteries vulgaires ou fumaient des cigarettes, il lui en voulait de ne pas tourner le dos à ces impies et à leurs mœurs.

Il avait fini par rencontrer certains membres de l'Église réorganisée de Hagerman, une petite secte qui avait rompu avec la branche mère plus d'un siècle auparavant. Quelques petites poches mormones demeuraient authentiques, de minuscules congrégations disséminées ici et là dans le pays. Leur côté clandestin avait attisé le désir de Dean. Elles étaient polygames et, en étudiant les sources de la foi, Dean s'était rendu compte que le principe du mariage plural revenait sans cesse – des hommes pieux bâtissant des lignées vertueuses. En lisant Joseph Smith et Brigham Young, en relisant l'Ancien Testament avec un regard neuf, il avait compris que le pays abritait un vaste éventail de mormons, une multitude de petites pousses et de branches issues du corps principal de la foi, que l'une d'elles pouvait receler la vérité à laquelle l'Église-mère avait renoncé et que le Principe était au centre de cette vérité.

Le jour où les fédéraux avaient lancé le raid sur Short Creek, il avait vingt-trois ans et travaillait à la ferme avec son père pendant que Louis était en mission. Des agents, pervers et orgueilleux, avaient arraché des enfants aux bras de leurs mères et mis en joue des hommes vertueux, tandis que des catins de reporters prenaient des photos. *Un coup de clairon destiné à réveiller les vertueux*, avait murmuré Dean, qui avait raconté cette histoire à Loretta tard dans la nuit. *Ta tante Ruth faisait partie de ces enfants.*

Sa dévotion avait grandi jusqu'à ce que l'assemblée de Hagerman ne puisse plus la contenir. Cinq ans plus tard, à la fin de la moisson, il s'était rendu à Short Creek. Ensuite, il n'était revenu chez ses parents qu'une seule fois, un mois plus tard. Il avait tenu conseil avec son père et son frère, scrutant les Écritures et les pressant de rejeter l'Église-mère pour rejoindre la communauté de Short Creek. Lorsqu'ils avaient refusé, il avait su qu'ils n'étaient pas seulement emplis de perversité, mais de l'illusion la plus dangereuse qui soit sur terre : ils prenaient leur perversité pour de la vertu.

Loretta guette le bruit du camion de Bradshaw dans l'allée. L'épais coton de sa chemise de nuit dissimule sa tenue sacrée – les sous-vêtements soyeux ornés de symboles aux tétons et au ventre, qu'elle a reçus à son mariage et qu'elle se doit de porter en permanence. Elle se dit soudain qu'elle pourrait les enlever.

Elle répond aux coups à la porte et, lorsqu'elle le voit comme ça, sans retenue ni faux-semblant, elle trouve qu'il en fait trop. Sourire avide, yeux de glace excités, presque turquoise. Une main perchée sur le montant de la porte, l'autre sur la hanche, un pied en avant, l'autre en arrière. Il porte un jean Wrangler qui recouvre le talon de ses bottes, une chemise aux manches raccourcies et effilochées, fermée par des boutons nacrés, et une casquette à la visière recourbée sur les côtés, complètement usée à l'avant, arborant l'inscription « Sandy Excavation » en police de caractères lasso.

« Ma chérie, dit-il. Ma douce Lori. » Et il se jette sur elle.

Il lui couvre le visage de baisers, l'embrasse comme s'il cherchait à dévorer quelque chose. Les lèvres de Loretta sont à vif, sa mâchoire lui fait mal. Il met ses mains partout. Elle aime ça, ou plutôt non. On dirait presque qu'il veut lui faire mal. Elle lui tient le dos, retrouve ses muscles fermes, rien à voir avec la chair épaisse et spongieuse de Dean. Puis elle le repousse. « Stop, stop, pas si vite. » Il met longtemps à sortir de sa fièvre et, lorsqu'il y parvient, il la regarde d'un air douloureux et incrédule, roule en grognant jusqu'à l'extrémité du canapé et gémit. « Lori, supplie-t-il. Lori. »

Qu'elle le veuille ou non ne semble pas la question. Bradshaw est plus beau que Dean, plus drôle, plus jeune, mieux à tous points de vue, et elle le ferait plus volontiers avec lui qu'avec Dean. Pourtant, il ne s'agit pas de choisir entre Bradshaw ou Dean. Mais entre maintenant et plus tard. Entre Bradshaw et Dean, ou quelque chose de complètement différent. Elle pourrait le faire. Elle pourrait presque tout faire à présent. Lorsqu'on se cache en soi, les choses ne s'arrêtent pas à l'extérieur, mais on est moins là, on est suffisamment loin pour continuer à se parler, à se dire ce qu'on a décidé de se dire, jusqu'à ce que ce soit terminé.

« Pas comme ça, bébé, reprend-elle. Je veux que ce soit bien. Que ce soit nous, ailleurs, qu'on vive notre propre vie. Pas ici. Pas dans la maison de Dean. »

Bradshaw grogne et se tient la tête comme s'il avait reçu un coup au visage. Loretta se fiche royalement du moment ou de l'endroit. Mais elle sait que c'est le genre de chose auquel elle est censée attacher de l'importance.

Elle pourrait simplement céder. Bradshaw s'en réjouirait. Elle-même s'en réjouirait peut-être. Mais rien de tout cela ne compte – ni son désir à elle, ni le sien, ni tel homme plutôt qu'un autre, ni être marié ou libre, ni qu'elle le veuille ou non.

C'est une question de choix. Rien d'autre. Son choix à elle.

« Eh bien, mon cœur, je suis désolé mais il n'y a pas d'argent », lui avoue-t-il plus tard, une fois son sourire retrouvé.

Dean a tout récupéré, mis de l'ordre dans les comptes. Avant son départ, il faisait le point avec Bradshaw une fois par semaine, passait sur quelques « règlements en retard » et lui permettait globalement de laisser quelques zones d'ombre dans la trésorerie. Mais c'était fini maintenant et Bradshaw avait dû rendre tout l'argent qu'il avait grappillé sur les factures des Récoltes de Sion.

« Je n'ai pas eu le choix. Mais l'affaire de Dean est en plein essor. Les ventes explosent. Quand les choses redeviendront stables, ce sera un jeu d'enfant de prélever… je ne sais pas… » Il fait semblant de calculer dans sa tête. « Un max, bébé. Un gros paquet. »

L'amour de l'argent est la racine de tout mal. Il est plus facile pour un chameau de passer par le chas d'une aiguille que pour un riche d'entrer au royaume de Dieu. Ton or et ton argent ont rouillé et leur rouille témoignera contre toi. Loretta, qui a entendu ces mots toute sa vie, s'est toujours demandé : Comment peut-on ne pas aimer l'argent ? Est-ce même possible ?

Il n'essaie même pas de la convaincre de le faire maintenant. Lui aussi veut attendre l'argent.

EVEL KNIEVEL S'ADRESSE À UNE NATION QUI L'IDOLÂTRE

Les bars. Oh, les bars. Le Muddy Bumper de Reno. Le Silver Pony de Baker. Le Mint du moindre bled du Montana. Les bars des petites villes. La lumière poussiéreuse de l'après-midi, propulsée en lattes épaisses dans l'antre obscur. L'éclat monstrueux du bocal d'œufs à la marinade ambrée et la morsure douloureuse de la septième clope. Le Rockin R de Bozeman. Le John's Alley de Moscow. Le Dry Dock de Moses Lake. Les tavernes des petites villes, inattendues. Entrer, attendre son public, regarder la nuit mûrir. Payer des tournées, dévisser le pommeau de la canne, siffler le Wild Turkey dissimulé à l'intérieur. Faire de l'œil à la nana la mieux roulée à la première occasion. Le Sports Page de Pocatello. Le Bawdy Dog d'Orem. Le Baby Bar de Spokane. Le Stockmen's d'Elko. Les gens se pressaient tellement autour de ma personne que je sentais leur chaleur, leur vie, se déverser en moi. Entrer, attendre que les yeux se tournent, que les regards s'animent, l'approche et la surprise – le frisson qui les parcourt quand Evel Knievel s'asseoit avec eux, se partage avec eux, la fierté –, et l'offrande du meilleur amour, du seul amour qui soit : sauvage, fugace, complet.

1er septembre 1975

GOODING, IDAHO

Perché dans la cabine du tracteur, le père de Jason guide la lieuse, qui happe des tourbillons de foin dans sa gueule et recrache une traînée de bottes rectangulaires solidement ficelées. Jason et Boyd se relaient dans le pick-up : quand l'un conduit, l'autre hisse la paille sur le plateau. Ils devraient avoir terminé d'ici la tombée de la nuit. Jason aimerait en finir avec cette journée, avec cette saison – en finir à jamais. Il se dit que c'est le dernier jour de sa vie qu'il consacre à ces corvées, et qu'avec la rentrée des classes, sa dernière année de lycée, tout ce qu'il fera, il le fera pour la dernière fois. L'année prochaine il aura dix-huit ans et, une fois son diplôme en poche, il s'en ira loin d'ici. Cette perspective lui permet de tout supporter : les battements dans ses tempes, sa bouche pâteuse, ses épaules douloureuses.

La lumière pailletée est si vive qu'ils plissent les yeux – l'or blanc des champs, la brume poussiéreuse. Après avoir fait les foins pendant plusieurs heures derrière la maison de Grand-Père, près du cabanon gris à moitié effondré et du vieux tracteur envahi par les mauvaises herbes, ils s'arrêtent pour déjeuner. Jason, trempé de sueur et barbouillé de poudre brune, mange avec Boyd dans la cabine du pick-up pendant que son père dégage les dents de la lieuse.

Ils restent silencieux jusqu'à ce que Dean sorte par l'arrière de la maison et se dirige d'un pas décidé vers le hangar. Tout le monde est reparti juste après les funérailles, sauf Dean et sa famille, sans plus d'explications. À présent, un pick-up et un van remplis de cartons sont garés dans l'allée.

« Ils s'installent ici ? demande Boyd.

– Aucune idée.

– On dirait qu'ils sortent d'un film sur les pionniers. »

Jason éprouve l'envie étrange de les défendre. Les chaînes horribles du sang.

« Ils se prennent pour qui, des danseurs de quadrille ? insiste Boyd.

– Probablement.

– Ils filent la laine ? Barattent le beurre ?

– Je suis sûr qu'ils font un beurre d'enfer. »

Les parents de Jason restent très vagues sur le sujet. Son père, particulièrement laconique et méprisant, feint de s'étonner qu'on puisse s'intéresser aux faits et gestes de Dean. À l'autre bout du champ, Dean sort du hangar et rejoint le van. Ruth apparaît à l'arrière de la maison et se met à ramasser un nombre incalculable de salopettes sur la corde à linge, pendant que deux enfants s'ébattent comme des chiots à ses pieds.

« Un beurre tellement délicieux, reprend Jason, qu'on aurait envie de s'enduire tout le corps avec. »

Il fait si lourd qu'on ne sent même plus la chaleur. Jason a la bouche sèche, peu importe la quantité d'eau tiède qu'il avale à même la Thermos. Il s'enfonce avec indolence dans le siège mou et élastique du pick-up, ferme les yeux et se demande combien de temps il leur faudra pour venir à bout des derniers andains. Quatre heures ? Cinq ?

Pour en finir une fois pour toutes.

Boyd crache par la vitre. « Je ne pige pas, reprend-il. Comment est-ce que tu peux ne pas savoir s'ils emménagent ici ? Qu'est-ce que ça a de si secret ? »

Boyd ne comprend pas la famille de Jason car sa mère et lui se disent tout, y compris les choses les plus embarrassantes, alors que les Harder se parlent à peine. Jason ne sait pas quoi dire sur Dean. Il sent déjà que sa présence aura des répercussions sur lui, sur ses parents – qu'elle va créer une nouvelle zone de défiance entre eux.

« Ils sont démodés, c'est tout, rétorque-t-il. Ils vivent à la frontière entre l'Utah et l'Arizona. C'est comme s'ils étaient à moitié amish.

– Tu veux dire qu'ils vivent chez les polygames ?

– Je ne suis pas sûr. »

Son père s'approche du pick-up en écrasant les tiges de foin sous ses bottes. Il ôte son chapeau et les regarde, les yeux plissés, le visage luisant de sueur, le bout du nez et des oreilles écarlates.

« OK, les garçons, on y retourne.

– Hé, monsieur Harder, lance Boyd. Votre frère s'installe ici ou quoi ? »

Son père enfile ses gants, les ajuste confortablement.

« C'est ce qu'on aimerait bien savoir », répond-il.

Deux semaines après la mort de Grand-Père, tout semble encore penché sur le côté. Les choses avaient toujours été ainsi : lui, ses parents et Grand-Père en bas de la route. Il n'avait aucun souvenir de sa grand-mère, qui était décédée alors qu'il n'avait que quatre ans. Cette organisation – la famille, telle qu'il concevait son existence – semblait permanente.

Et puis, il y a cette atmosphère étrange qui lui pèse depuis l'arrivée de son oncle et de sa famille. Dean appelle Ruth « Mère » d'une voix sévère, ils s'habillent comme des pionniers et un air de privation délibérée flotte autour d'eux. Ils ne disent pas grand-chose, laissant volontiers la parole à Dean, ne regardent pas la télé, ne vont ni au cinéma ni aux soirées dansantes et mangent des choses bizarres. À l'occasion d'un dîner organisé avant que tout le monde ne reparte, Ruth avait préparé des galettes au boulgour, qu'ils avaient tous picorées tristement tandis qu'elle vantait les mérites d'un régime pauvre en viande et en sucre. Ça avait été le repas le plus silencieux de la semaine, chacun des convives grignotant sa galette friable en tenant sa langue.

Ensuite, Roy avait conduit Jason en ville, où ils s'étaient payé des cheeseburgers, des croquettes de pommes de terre et des fondants au chocolat à l'Oh-So, et ils avaient ri aux larmes en pensant à la cuisine de Ruth.

« Bordel de merde ! Les pauvres gosses, avait dit Roy en plongeant une croquette dans une barquette de sauce rose. Il faudrait les libérer. Personne ne devrait être obligé de manger des trucs pareils.

– Pourquoi est-ce qu'ils font ça ?

– Pourquoi est-ce qu'ils font tout ce qu'ils font ? Qui sait ? » Il semblait allègrement détaché. « Quand j'étais gamin, je racontais souvent à mes amis que Dean avait chopé la maladie des veaux. Tu sais à quoi ça ressemble ? Quand ils ont les pieds tournés vers l'intérieur et tout tordus ? Il n'y a rien à faire. C'est juste irréparable. Dean est comme ça – *difforme*. De bas en haut. Il a les pieds complètement fichus. »

Jason aimerait dire qu'il les déteste, mais pourquoi les détesterait-il ? Il sent la haine lui mordre le flanc, comme un point de côté – ces gens qui amplifient tout ce qu'il n'aime pas chez sa famille, son temple et sa ville, les horizons limités, la révérence ennuyeuse, la sottise des hommes tenus pour sages. Et la vérité, la réalité : la peur qu'ils soient lui. Qu'il soit eux. Ces monstres.

Avant les funérailles, son père, Dean et Roy avaient passé des jours entiers serrés les uns contre les autres, parlant à voix basse, pointant un doigt ici ou là et secouant la tête. Parfois, Bonnie et Jenna se joignaient à eux. Ils se partageaient l'héritage – Grand-Père avait laissé à chacun des cinq frères et sœurs une partie des terres. Son père possédait déjà une centaine d'hectares et la laiterie, qu'il avait acquise des années plus tôt. Les frères devaient racheter leurs parts aux sœurs, mais une mystérieuse tension persistait.

La veille des funérailles, Jason était tombé sur les trois frères attablés dans la cuisine. Sa mère, debout devant l'évier, leur tournait le dos. Elle semblait plus petite que d'habitude à la lueur écrasante du plafonnier. Tous les hommes Harder étaient plus grands qu'elle – y compris Jason, qui la dépassait d'une tête –, mais elle ne paraissait jamais vraiment petite, car elle avait l'art de ramener les regards à son niveau et de plonger les grands prêtres dans l'embarras par sa franchise. Ce soir-là, elle lavait des bocaux dans une eau fumante ; les femmes devaient préparer des conserves de haricots verts et de tomates.

« Mais je l'ai *achetée*, Dean, insistait son père. Comment est-ce que ça pourrait être retenu contre moi ? » Dean fixait un point entre ses longues mains aux phalanges épaisses, qu'il tenait écartées sur la table devant lui. La peau qui entourait ses yeux était blanche et tendue. Roy avait adressé un clin d'œil à Jason.

Jason avait ouvert le réfrigérateur et exploré son contenu en attendant qu'ils reprennent leur conversation. Puis il avait saisi un bol Tupperware, qu'il avait ouvert, découvrant un reste de bœuf haché à l'intérieur. On aurait dit de la roche volcanique, un corps solide créé à partir d'un liquide dépourvu de toute logique géométrique. Dans son dos, un ongle s'était mis à tapoter sur le plateau laminé de la table. Jason s'était imaginé un minuscule alpiniste descendant en rappel Hamburger Mountain jusqu'à une crevasse pleine de graisse blanche. « Jason, tu laisses échapper tout l'air froid, avait dit son père.

– Ce n'est pas comme si l'air froid était compté, avait répondu Jason. Comme s'il n'y en avait qu'une quantité limitée et qu'il fallait le garder piégé là-dedans, comme des abeilles. »

Il pouvait être tellement stupide. Jason s'était dit qu'il allait le regretter amèrement. Roy avait ri. « Ce n'est pas complètement faux, Louis.

– Merci, fiston, avait repris son père sans tenir compte de Roy. Maintenant, dégage le plancher et laisse-nous causer.

– Causez. Je vous en prie. »

Sa mère s'était retournée, un bocal luisant d'eau savonneuse dans les mains. « Je ne sais pas d'où vient cette insolence, avait-elle dit. Mais ça suffit. »

Furieux, Jason avait refermé la porte du réfrigérateur et s'était éloigné d'un pas nonchalant. Il avait du mal à croire qu'ils se disputaient cet endroit. Qui pouvait bien vouloir vivre ici ?

Ils s'attaquent au dernier champ, les vingt hectares qui séparent la maison de Grand-Père de Shoestring Road. Une partie des andains a presque disparu. C'est ici que les lièvres ont frappé quelques semaines plus tôt, grignotant la moitié du foin, laissant des plaques nues et des sentiers tourbillonnant comme les gribouillis d'un géant.

Son père arrête la moissonneuse-batteuse et descend. Il secoue la tête. Un bruissement fait sursauter Jason à la limite du champ. Un lièvre jaillit, ses longues oreilles plaquées en arrière, puis fait des bonds de trois mètres dans le désert. Boyd braque un fusil imaginaire : « Pan ! »

Plus tard, alors qu'ils sont parvenus à la moitié du champ, presque au bout de leur peine, Dean traverse à grands pas le chaume, soulevant un nuage de poussière. Jason est assis dans la cabine étouffante de la moissonneuse, qui empeste l'huile, abruti par le vrombissement monotone du moteur. Son père suit dans le pick-up et Boyd hisse les meules sur le plateau. Tout le monde s'arrête pour regarder Dean. Il ne les salue pas – eux non plus –, et lorsqu'il arrive à leur niveau, quelques secondes tendues s'étirent en silence.

Dean finit par dire quelque chose et son père hausse les épaules, désigne la cabine ronronnante ou Jason. On dirait qu'il vient les aider, bien qu'ils aient presque terminé. Jason éteint le moteur. « Tu veux bien laisser la place à ton oncle Dean une minute ? » lui demande son père.

Dean monte, hoche la tête et dit : « Jason. » Il porte une chemise en jean boutonnée jusqu'au cou, le col assombri par de la sueur, et une casquette John Deere verte à la visière rigide. Il dégage une odeur aigre et terreuse de savon artisanal et de toile de tente. Il parcourt la cabine des yeux, s'attarde sur les pédales et le levier de vitesse, puis revient sur les pédales. Le soleil illumine la crasse calcifiée sur les vitres. Puis il tourne la clé et le moteur démarre.

« Faut faire attention à l'embrayage, hurle Jason.

– Je n'ai pas besoin de conseils de ta part. »

Dean plaisante peut-être. Il enfonce l'embrayage, enclenche brutalement la première et appuie sur l'accélérateur. Le levier de vitesse grince et vibre, et le pied de son oncle glisse. Le moteur halète et s'étouffe.

« Nom d'un petit bonhomme ! » lance Dean.

Il tourne la clé, appuie sur l'embrayage et recommence. La lieuse s'avance en cahotant, tousse et s'étouffe. Jason s'agace, s'impatiente : ils sont si près du but. Dean tape du pied et marmonne.

Il essaie encore une fois. Même résultat.

« En fait… », commence Jason.

Dean le pointe du doigt, sans se tourner ni lever les yeux vers lui, tel un prophète bannissant un démon. « Je t'interdis ! crache-t-il.

– Tu devrais peut-être laisser Jason te montrer…

– Louis ! hurle Dean avec l'autorité d'un frère aîné. Je n'ai pas besoin qu'un enfant me dise comment faire fonctionner une machine élémentaire. Si tu entretenais ton matériel correctement, on n'en serait pas là. Ton embrayage n'arrête pas de glisser. »

Jason jette un œil en dehors de la cabine et croise le regard de Boyd, qui sourit.

« C'est la vérité, monsieur Harder. Cet embrayage est sacrément coriace », dit Boyd.

Dean fixe Boyd, respire de manière lente et profonde, puis tend de nouveau la main vers la clé et tourne, en soulevant délicatement le pied de l'embrayage. Cette fois, il n'accélère pas suffisamment et le moteur toussote.

Dean pivote sur le siège, descend du tracteur et s'éloigne d'un pas raide vers la maison de Grand-Père.

« Dean ! Pour l'amour du ciel ! » lance le père de Jason, mais Dean continue d'avancer vers le soleil jusqu'à redevenir une ombre. Et ils se remettent au travail.

Une fois leur tâche terminée, Jason se rend en mini-moto jusqu'aux champs d'orge pour déplacer les tuyaux d'irrigation. Il en a fini pour toujours avec les foins, se dit-il. Et bientôt, quand l'orge sera coupée, il en aura aussi fini avec tout ça – déplacer les tuyaux, manger de la poussière, ramasser les pierres, traire les vaches : *fini*. Il a l'intention d'acheter un lecteur huit pistes pour la LeBaron, comme celui qu'il a vu sous le tableau de bord de la Nova de Roy. Les boutons argentés formaient des yeux sur sa façade trapue et un boîtier en plastique dépassait de quelques centimètres, comme une langue. « Le nouveau Frank Zappa », avait dit son oncle en montant le son. Jason n'avait jamais entendu ce nom. La musique, étrange et tintante, progressait à un rythme irrégulier. Roy s'était mis à tapoter sur le volant, reprenant le morceau d'une voix horrible : « *Watch out where the huskies go, and don't you eat that yellow snow.* »

Jason accélère, pousse la moto à fond – cinquante-cinq kilomètres-heure. Le soleil est presque couché et une brûlure indigo consume le bord sombre de l'horizon. Roy, à qui il avait demandé le prix du lecteur, lui avait répondu : « Tu penses que ton vieux t'autorisera à en acheter un ? » Jason avait haussé les épaules. « Environ soixante dollars », avait ajouté Roy. Des rampes d'irrigation bruissent dans l'orge, à côté des champs de foin desséchés et rasés. Jason a les soixante dollars. Il lui en reste cent trente-quatre sur son compte épargne. S'il installait le lecteur dans la LeBaron, ses parents ne s'en rendraient probablement même pas compte.

Il traverse une brume fraîche, franchit la butte, s'approche de la maison de Grand-Père et, dans la cour, une fille, ou une jeune femme, apparaît de dos. La tenture soyeuse de ses longs cheveux châtains contraste avec la blancheur de son chemisier et de sa robe. C'est la première fois qu'il la voit. Elle épingle une chemise par les épaules, une des chemises blanches de Dean, et Jason se demande si ces gens n'ont rien d'autre à faire qu'étendre du linge, puis il la dépasse. Un frisson lui parcourt le ventre, bien qu'il ignore pourquoi. Qu'a-t-il vu ? Rien. Des cheveux, une robe, l'arrière d'une tête. Une silhouette penchée, comme l'orge qui ploie. Rien. Pourtant, il le sent bien – l'angoisse du prétendant, la nervosité de la jeune fille qui se sent observée.

Ils dînent tard. Le père de Jason répond d'un air sombre aux questions pétillantes de sa mère sur la moisson, la récolte, les lièvres. Il hoche la tête pendant qu'elle lui décrit ses projets pour Jason, puisqu'il commence sa dernière année de lycée – les différentes bourses, les opportunités d'études supérieures. Elle s'est mise en tête qu'il allait étudier l'agronomie, devenir un fermier instruit, bien qu'il songe depuis peu à s'inscrire en architecture, pour la simple raison qu'il trouve ce mot impressionnant. Elle réfléchit à la manière dont il conciliera mission et études. Elle finit par se taire et son père soupire, les yeux fixés sur son assiette de ragoût à la viande et au fromage qui attend toujours. Contrairement à son habitude, il ne s'est pas empressé de l'engloutir et de se resservir. Le silence pur, pesant, inspire à Jason une envie confuse. Il achètera bien un lecteur huit pistes pour la LeBaron. Et peut-être même ce nouveau Zappa. Tant pis s'ils l'attrapent !

« J'ai l'impression que Dean et Ruth se sont installés à la ferme, finit par dire son père.

– Pour de bon ? » demande Jason.

Son père hausse les épaules. « Pour l'instant. »

Sa mère pose sa main sur son front.

« On s'en accommodera, dit-elle.

– Tout à fait », répond-il, bien qu'il semble épuisé.

Elle lui adresse un sourire forcé – sa manière à elle de le sortir de sa morosité, d'insister gaiement pour qu'il ne sombre pas dans ses pensées. Il évite ses yeux, tousse fort, une seule fois, pour s'éclaircir la gorge, et ajoute : « Il y a une jeune fille avec eux. La nièce de Ruth, d'après Dean. »

La mère de Jason cesse de mâcher. Puis cligne des yeux, fixe son mari, qui lui retourne son regard, et ils semblent oublier Jason. Ils ont l'air complètement terrifiés. Bientôt, tout leur entourage sera au courant. Tout le monde au temple. Tout le monde en ville. Partout.

« Oh non, Lou », dit sa mère.

Il répète très lentement, soigneusement : « D'après Dean, c'est la nièce de Ruth, et elle n'a nulle part où aller. »

Personne n'ajoute quoi que ce soit pendant plusieurs secondes.

« Et je n'ai aucune raison de penser autre chose », poursuit-il en fixant obstinément le centre de la table.

Jason a des haut-le-cœur. Comme si vomir, là, sur la table, entre ses parents et cette information, était la seule réaction possible.

« Ah oui ? lance-t-il. Vraiment ? »

Son père expire vivement, avec le bruit d'un sac de grains tombé à la renverse, et n'ajoute plus un mot.

7 septembre 1975

GOODING, IDAHO

Si Dean affirme qu'il faut le faire, alors il faut le faire. Ainsi, à l'heure convenue, lorsqu'un *dong* unique résonne faiblement à la vieille horloge de cette maison qui empeste le moisi, Loretta balance les jambes hors de son lit et se lève, lisse le devant de sa robe et inspire profondément par le nez. Elle se rappelle qu'elle ne devrait pas s'en faire puisqu'elle ne connaît pas ces gens. Pourtant, elle est saisie par la timidité et l'embarras lui empourpre en permanence le cou, les oreilles et les tempes depuis qu'elle est arrivée dans ce monde.

Elle descend au rez-de-chaussée. Ruth rassemble les enfants. Ils sont habillés comme pour aller au temple, même s'ils n'assisteront pas aux offices ici, comme l'a annoncé Dean. Ils auront leurs propres cérémonies, qu'il dirigera en personne. Souvent, il leur rappelle à tous combien ils doivent être vigilants face aux dangers et aux tentations du monde, où règne Satan. Loretta s'attendait malgré elle à tomber sur des démons partout. Pour l'instant, elle est déçue par les similitudes avec Short Creek. Le désert, moins joli ici, lui rappelle davantage un lopin de terre mal entretenu, où les mauvaises herbes à l'agonie côtoient la sauge infestée de tiques. Mais, à de nombreux égards, ce qu'elle a vu de Gooding et de la campagne environnante est très proche de Short Creek. Des fermes et des clôtures, des chiens qui aboient. Des vans perchés sur des cales à côté de mobil-homes, le tout couvert de rouille. Des hangars affublés de dépotoirs à l'arrière. Une ville comme entourée d'une galaxie – plus on s'éloigne du centre, plus les maisons s'éparpillent, jusqu'aux terres des Harder, les fermes et les ranchs les plus vastes ; puis les structures humaines se rassemblent de nouveau, à mesure que Gooding cède la place à Wendell, la ville suivante.

Mais les différences sont aussi visibles. Il n'y a pas d'autres familles comme eux par ici. Pas de groupes de cinq, huit, onze enfants qui marchent le long des routes. Pas de femmes aux longues tresses, dissimulées derrière des robes pudiques. Pas de jeunes garçons en pantalon de laine et chemise à manches longues.

Dean prétend qu'il prie pour savoir quoi faire. Pour savoir s'ils peuvent fonder un nouveau foyer ici, sur ses terres familiales. Dans la maison de son père. Il dit à Ruth et aux enfants qu'il prie pour obtenir une réponse, il dit la même chose à Loretta – depuis qu'il est allé la chercher à Short Creek – mais, d'après Bradshaw, il prépare déjà le transfert de l'entreprise dans l'Idaho. Il lui a même demandé s'il voulait l'aider à la gérer.

« Il m'a proposé de me payer pour que je vienne là-bas. T'imagines ? s'était-il exclamé, ravi. Les voies du Seigneur ne sont-elles pas impénétrables ? »

Un démon. Elle en est désormais certaine. Comment serait-ce possible autrement ? Pourquoi son époux ferait-il entrer Bradshaw dans la famille ? Le Dieu de Dean est un leurre, elle en est de plus en plus convaincue. Le Dieu de Dean n'est que l'esprit de Dean. Mais derrière le monde se cache un autre monde bien réel. Quelque chose tire les ficelles en coulisses – guide, façonne, dirige. Elle n'imagine pas autre chose. Et Bradshaw vient de ce monde.

Dean entre dans le salon. Il porte son costume noir et sa barbe est sombre et humide. Il les a sermonnés sur son frère Louis et sa famille, des êtres pleins de bonnes intentions mais dévoyés, dont ils doivent à la fois se rapprocher et se méfier. Les enfants forment une ligne parfaite, comme à l'armée, du plus âgé au plus jeune – Samuel, Ruth, Elizabeth, Dean Jr., Janeen, Sarah, Benjamin –, précédés de Ruth, tel un sergent. Loretta reste un pas en arrière.

« J'attends de vous tous le meilleur comportement, prévient Dean. Tenez-vous bien à table. Soyez polis envers votre tante et votre oncle. Ne nous mettez pas, votre mère et moi, dans l'embarras. Ne me faites pas prendre le ceinturon. »

Dean a recours au ceinturon presque une fois par jour, comme l'atteste l'arrière des jambes de Samuel, sillonnées de cals, qu'il doit à ses rébellions muettes et obstinées – lorsqu'il refuse d'effectuer ses corvées ou de finir son pain de viande au boulgour. Dean lui adresse sans cesse des reproches, lui rappelant qu'il n'est pas à la hauteur bien qu'il soit l'aîné.

« Vous comprenez que nous ne puissions pas être tout à fait honnêtes au sujet de votre tante Loretta, poursuit-il. Nous n'avons pas le choix. Nous ne sommes plus à Short Creek, parmi les vertueux. Parmi celles et ceux qui comprennent la vertu du Principe. C'est Satan qui commande ici.

– Même chez oncle Lou ? » demande Samuel, et Dean lui décoche un regard silencieux.

« Partout. Dans le monde entier. Votre oncle n'est pas mauvais. Mais il n'est pas vertueux non plus. Et Satan guette toutes les occasions de tenter et de persécuter les vertueux. »

Loretta sait que Dean s'estime parfaitement vertueux, même s'il ne l'admettra jamais ouvertement. Un homme parfaitement vertueux n'aurait pas cette vanité. Comment en vient-on à se considérer ainsi ? À se sentir en synchronie totale avec les objectifs de l'univers ? Il doit y avoir quelque chose de beau dans ce sentiment. Parfois, Dean et Bradshaw lui semblent incarner des mondes opposés. Et d'autres fois, ils se confondent, offrant des facettes différentes d'une même assurance.

« OK, on y va ! » lance Dean. Ruth ouvre la porte et les enfants sortent en file indienne. Ils franchissent la porte-moustiquaire, descendent le perron, dont la peinture rouge est usée au centre, et s'engagent sur le sentier qui traverse la pelouse. Loretta leur emboîte le pas, suivie de Dean et de Ruth. Les enfants attendent que leur père prenne leur tête, puis tous rejoignent le bas-côté gravillonné de l'étroite route de campagne et parcourent à pied les trois cents mètres qui les séparent de la maison d'oncle Lou et de tante Becky. Le temps s'est rafraîchi par rapport au mois dernier, mais Loretta a encore trop chaud dans sa robe longue et ses bas de laine : des traces d'humidité apparaissent déjà dans ses chaussures à lacets et autour du col trop serré de sa robe. Au moment de grimper la petite butte qui s'élève entre les deux maisons, flanquée à gauche par les champs de foin coupé et à droite par des prés constellés de vaches, un pick-up franchit le sommet en rugissant, un Ford F-150 à la carrosserie maculée de boue et au pare-brise fêlé. À l'intérieur, un homme rondelet, le visage rouge, tourne la tête vers eux, ravi et confus de les croiser sur cette route d'ordinaire sans surprise qu'il doit emprunter quotidiennement.

Le jour où Dean était revenu à Short Creek pour récupérer Loretta et leurs affaires, il s'était approché d'elle, l'avait collée à lui, et ils avaient parcouru la maison ensemble, sélectionnant ce dont ils auraient besoin et ce qui pouvait attendre. Ils avaient rempli le van de cartons avec l'aide de Bradshaw, qui n'avait cessé de plaisanter avec son patron, de le faire rire et secouer la tête, puis Dean l'avait conduite jusqu'à son bureau, où il s'était mis à rassembler des papiers et à en enfermer d'autres dans son meuble en acier. Il avait fait coulisser le tiroir du bas, dont il avait retiré un coffre-fort, qu'il avait ouvert avec une autre petite clé, et lui avait montré, les yeux écarquillés – un étonnement partagé –, une pile de pièces d'or soigneusement lustrées, un tas aberrant, qui devait valoir des milliers de dollars. Il avait retiré huit pièces et verrouillé le coffre, avant de le replacer dans le meuble.

« Vous laissez ça ici ? avait demandé Loretta.

– Pour l'instant, avait répondu Dean. Pour l'instant. »

Il l'avait regardée d'un air grave, les lèvres pincées, ses yeux marron illuminés. Elle avait senti qu'il voulait la tester, l'évaluer, à cet air sérieux qui pouvait s'emparer de lui lorsqu'il était en prière ou qu'il s'érigeait en guide spirituel, de plus en plus imbu de sa personne alors même qu'il se parait d'un voile d'humilité.

« Qu'est-ce qu'il y a ? avait-elle demandé.

– Si je te montre un secret, avait-il répondu, tu dois me promettre de n'en parler à personne.

– C'est promis, Dean. »

Il avait attrapé une bourse en cuir comme affaissée sous le poids d'un pomelo déformé et l'avait tendue vers elle, le poing serré autour du collet fermé par une cordelette, ses phalanges rouges et gercées aussi grosses que des noisettes et l'ongle de son pouce parcouru d'une fissure noire.

« Prends-la, avait-il dit. Palpe-la. »

Elle avait tendu le bras. « Avec les deux mains », avait-il insisté, avant de placer la bourse dans ses paumes en coupe et d'ajouter : « Ne la laisse pas tomber, petite sœur », en souriant, ravi, comme parfois lorsqu'il la rejoignait au lit, qu'il était prêt à lui grimper dessus, les yeux pétillants d'intensité. Quand il avait lâché la bourse, elle avait senti son contenu remuer dans ses mains et avait failli la laisser tomber tant son poids l'avait surprise.

« Qu'est-ce que c'est ?

– C'est de l'or, petite sœur. »

Il murmurait, à quelques centimètres de son visage. Elle ne s'était jamais sentie aussi proche de lui. Elle avait posé la bourse par terre et dénoué la cordelette.

« Des pépites qui datent de la ruée vers l'or en Californie, avait-il ajouté. Les premières qui ont été découvertes – par des Saints. Oui, petite sœur. Des mormons. »

Elle avait ouvert la bourse en tremblant. À l'intérieur étaient apparus des cailloux sombres et brunâtres, parcourus de minuscules courbes scintillantes, où le précieux métal reflétait la lumière.

« Découverts par des mormons, Loretta, mais les gentils n'en parlent jamais. On raconte que c'est John Sutter qui a découvert l'or, à Coloma, en Californie. Ils ont baptisé le site Sutter's Mill. Tu trouveras toutes les informations sur lui dans les livres d'histoire. Dans les manuels scolaires des gentils, sa vie est bien décrite. »

Loretta avait plongé la main, s'emparant d'une seule pépite, qui semblait presque molle entre son pouce et son index, comme s'il était possible de l'écraser.

« Mais tu n'entendras jamais les gentils parler des Saints de Sutter's Mill, des mormons qui ont colonisé la Californie, qui ont découvert l'or. Tu n'entendras jamais les gentils dire la vérité là-dessus, petite sœur, car que se passerait-il alors ? Que se passerait-il s'ils devaient accepter la véritable histoire de ce pays ? Le fait que ce sont les Saints – ceux que tout le monde a rejetés, que tout le monde a méprisés et méprise encore, les mormons, abandonnés par leur propre Église, exclus par tous – qui ont ouvert la voie, Loretta. Qui ont montré l'exemple. »

Loretta ne voyait plus que le petit morceau d'or. De l'or. Elle ne l'avait jamais considéré sous cet angle – comme une substance issue de la terre, une pierre. Dean avait tendu le bras, saisi la pépite, qu'il avait replacée dans la bourse sans cesser de parler, de lui expliquer que c'était de l'or sacré, de l'or des mormons, et que cet or *particulier* passait entre les mains des vrais Saints depuis plus de cent ans. Quand des Saints avaient quitté l'Utah pour la Californie, l'or était revenu à Salt Lake, favorisant l'essor de la nouvelle Sion à l'époque de Brigham Young.

« Et où l'avez-vous obtenu ? » avait demandé Loretta.

Dean s'était contenté de secouer la tête. Peu importe. Il avait serré la bourse et l'avait remise dans le dernier tiroir du meuble, qu'il avait fermé à double tour.

Puis ils avaient quitté la pièce et Dean avait verrouillé la porte de son bureau derrière eux. Il lui avait expliqué qu'ils pénétraient dans un monde plein de dangers, de persécutions, d'ennemis. Pour la énième fois, il était revenu sur le raid de Short Creek, les agents fédéraux qui s'étaient engouffrés dans les foyers des vertueux, expulsant les mères et les enfants, emprisonnant les pères.

« Ce n'est pas si vieux, petite sœur, avait-il dit. Ta tante Ruth faisait partie de ces enfants. C'est toujours le monde dans lequel nous vivons. »

Ces deux jours avec Dean avaient été horribles – elle avait eu l'impression qu'il lui grimpait dessus toutes les demi-heures, jusqu'à ce qu'elle ait si mal qu'elle lui demande d'arrêter, qu'elle craigne que plus rien ne l'empêche désormais de tomber enceinte, avec ce déluge de semence, et lorsqu'elle utilisait la solution la brûlure était si intense qu'elle se mordait le pouce en pleurant.

Mais elle avait soigneusement observé le trousseau de Dean, noté quelles clés, parmi l'amas épais, ouvraient quatre verrous : la porte d'entrée, celle du bureau, le meuble à tiroirs, le coffre-fort.

Ils arrivent en file indienne chez leurs hôtes, traversent l'allée en terre battue et se dirigent droit vers la porte latérale. Comme la maison du père de Dean, celle d'oncle Louis forme un carré trapu en briques, équipé d'une porte d'entrée et d'une autre sur le côté, qui donnent toutes les deux sur une allée en terre battue précédée d'un cube en béton. Celle d'oncle Louis, qui dispose d'un hangar à l'arrière et d'une laiterie en parpaings de l'autre côté de l'allée, est entourée de pâturages. Derrière la laiterie apparaissent des meules de foin et une rangée d'enclos destinés aux veaux. Loretta se sent réconfortée par l'odeur familière de fumier frais et de foin coupé.

Dean frappe à la porte-moustiquaire, tante Becky s'écrie « Entrez, entrez ! » d'une voix chantante, et ils s'avancent, se serrent sur le linoléum jaune vif, mais Loretta n'a pas suffisamment de place pour refermer la porte derrière elle, si bien qu'elle reste là, dans l'encadrement, pendant que tante Becky, nerveuse, se sèche les mains sur un torchon et s'agite, sans cesser de regarder autour d'elle, offrant une main, une tape, un sourire. Un grand garçon noueux à la tignasse roussâtre aplatie sur les côtés est appuyé contre le comptoir, une moitié de petit pain beurré à la main. Quand Loretta le regarde, il s'empresse de détourner les yeux. Elle sent qu'il la suit, la jauge, du coin de l'œil, ce qui la met mal à l'aise. Elle a l'habitude de ce genre d'attention, mais pas de la part d'adolescents. La plupart des garçons de Short Creek partent, ou sont mis à la porte, dès qu'ils ont une quinzaine d'années. Loretta se sent à la fois plus jeune et mille fois plus vieille que ce gamin en jean et T-shirt, bien qu'elle sache que c'est Jason, qu'il a dix-sept ans et que, techniquement, il est son neveu – même s'il considère qu'ils ne sont pas apparentés. Ou pas vraiment.

Les enfants se serrent un peu plus à l'intérieur et Loretta laisse la porte-moustiquaire se refermer derrière elle. Sur le T-shirt du garçon, une grande langue pend à l'extérieur d'une bouche rouge vif, une image sexuelle voluptueuse, au-dessus des mots « Hot Rocks ». Elle sent l'arrière de ses oreilles s'empourprer.

« Bienvenue en Idaho ! » lance-t-il en s'adressant directement à Loretta. Mais c'est Dean qui répond : « Tu oublies que j'ai grandi ici. »

Oncle Louis, qui s'est assis en bout de table, offre à Dean la chaise située juste à sa droite. À sa gauche, celle de tante Becky reste vide jusqu'à ce qu'elle apporte les plats à table avec Ruth : poulets rôtis, purée de pommes de terre, haricots verts, petits pains chauds, cruchons de lait. Loretta est en face de Jason, avec les enfants, sur la longue table, et tous deux échangent des regards à la volée. Il semble l'observer même quand ce n'est pas le cas. Il n'est pas particulièrement beau – un grand échalas, les hanches plus larges que les épaules, des cheveux roussâtres, bouclés et courts, de grandes oreilles typiques des Harder et des petits yeux cachés derrière un nez bulbeux couvert de taches de rousseur. Mais il dégage une beauté maladroite, comme les veaux ou les poulains. Elle perçoit sa timidité, se sent aussi mal à l'aise et est frappée – stupéfaite – de découvrir qu'être timide, gêné et nerveux puisse être aussi simple et agréable, aussi enfantin et innocent, aussi normal, parfaitement habituel, partout et pour tout le monde, sauf pour elle.

Oncle Louis sourit et jette un coup d'œil autour de lui en attendant que chacun soit attablé. Dean et lui évitent de croiser leurs regards, tripotent l'argenterie, se grattent la mâchoire, observent leurs mains croisées sur leurs genoux. Louis lève les yeux au-delà de Jason, mais se heurte au T-shirt – cette bouche, cette langue –, revient sur lui et l'observe attentivement.

« Fiston, dit-il calmement. Va enfiler quelque chose de correct. »

Jason bouge deux fois la tête comme s'il s'apprêtait à répondre, l'incline en arrière, puis regarde ses genoux. Tante Becky passe par-dessus son épaule avec un plat de petits pains qu'elle pose avec un bruit mat sur la table et lui tapote l'épaule.

« Allons-y », dit-elle.

Il se baisse rapidement, d'un air boudeur, recule et sort de la pièce d'un pas lourd.

Loretta aimerait le suivre. Pour voir à quoi ressemble sa chambre. Les vêtements parmi lesquels il va choisir sa nouvelle tenue, les couvertures sur son lit, les murs tapissés ou non de posters. À quoi ressemble-t-elle, sa vie dans ce monde ?

Ruth et tante Becky se parlent. Dean et oncle Louis gardent les yeux fixés sur leur nourriture, qui passe de leur assiette à leur bouche. Jason a enfilé un autre T-shirt. Cette fois, une silhouette fantomatique brandit une lanterne au-dessus de mots et de symboles insaisissables pour Loretta : Led Zeppelin. Au bout d'un moment, Jason lui demande si elle sait qu'Evel Knievel va sauter au-dessus de treize autocars aujourd'hui à Londres, au stade Wembley, sa première cascade depuis celle de la Snake River.

Loretta sourit et demande : « Qui est Evel Knievel ? »

Jason l'observe, bouche bée. Dean le regarde. Ruth le regarde. Il porte son émoi comme une cape constellée d'étoiles.

« Ce sera diffusé plus tard dans l'émission *Wide World of Sports* », précise-t-il.

Dean secoue la tête. « Nous ne regardons pas la télévision. »

La nourriture tourne encore et encore. Les enfants sont silencieux, les plus jeunes se mettent parfois à glousser mais sont très vite calmés par les regards sévères de Ruth. Dean se plaint des lièvres. « Je ne suis pas sûr qu'on puisse faire quoi que ce soit de plus contre eux », répond Louis. « Moi, si », rétorque Dean.

Tante Becky les interrompt pour demander si Loretta ira au lycée. Dean, Ruth et Loretta cessent immédiatement de mâcher.

« C'est la rentrée demain », ajoute-t-elle.

Dean s'éclaircit la voix : « Elle a terminé sa scolarité. Elle a réussi ses examens haut la main. Loretta est sacrément intelligente.

– Et le séminaire ? » insiste tante Becky.

Le séminaire. Les cours d'instruction religieuse tôt le matin. Loretta y assisterait sans doute si elle était une jeune mormone comme les autres, hébergée par sa tante. Et le séminaire ?

Dean et Ruth se regardent. Ils jaugent, calculent.

Dean s'éclaircit la voix. « Je suppose qu'on n'a pas pensé à ça.

– Jason pourrait l'y conduire », propose oncle Louis.

Jason dresse les oreilles comme un chien d'arrêt. Ce garçon est si mignon. Et elle lui plaît tant.

EVEL KNIEVEL S'ADRESSE À UNE NATION QUI L'IDOLÂTRE

La plupart des accidents ne sont que brume et fracas, une déflagration sensorielle trop fugace pour être enregistrée. Il n'y a qu'un avant, suivi d'une sensation d'effacement, d'une destruction qui ne détruit pas, puis vient la reconstitution, le retour en arrière, la déduction, la réparation.

Mais cet accident-là, Amérique. *Bordel de merde.* Celui-là ne m'a rien épargné. Je l'ai senti passer de A à Z.

Après le flop du canyon, je n'avais plus le choix. Quand le monde cherche à vous broyer, il ne vous reste qu'à le broyer en retour. Donc : le stade Wembley. Treize bus. *Wide World of Sports.* La bonne vieille Angleterre.

L'enfer doit beaucoup ressembler à l'Angleterre. Tout vous semble normal, habituel, là-bas. Et puis vous parlez à quelqu'un qui vous dit, avec un accent à couper au couteau : *Je t'ai vu à la télé/Tu pourrais te faire le camion/Tu rigoles ?*, ou un truc de ce genre, et tu te demandes si t'es devenu dur d'oreille. Ensuite, les choses bizarres s'enchaînent : conduite à gauche, rois et reines, pudding à tout bout de champ. Je suis arrivé deux semaines avant le saut, j'ai laissé Linda et les gosses à la piaule – les gosses, Dieu du ciel, on n'est pas censé dire ça, mais les fichus gamins nous tapaient sur le système à ce moment-là – et j'ai mis le feu à la ville.

J'étais furax contre les Anglais.

Je trouvais qu'ils n'insistaient pas suffisamment sur ce qu'on avait fait pour eux. Sur tout ce que l'Amérique leur avait donné. Ces petits salopards miteux aux dents pourries.

« Vous devriez dire merci chaque fois que vous croisez un Américain », ai-je lancé à mon attaché de presse, Harry O., pendant qu'il me photographiait sur le lit du Tower Hotel, entouré de billets, en train de charger ce joli Smith & Wesson calibre 38. « Sans nous, vous seriez devenus de fichus Allemands.

– Tu rigoles ? m'a-t-il demandé.

– Apprends ton histoire », lui ai-je répondu.

Pour rire, j'ai braqué ce petit bijou sur lui. En plein sur l'objectif.

« Tu ne connais rien à ton histoire de merde », a-t-il rétorqué.

Tu ne sauras jamais, Amérique, combien j'ai lutté pour ne pas appuyer sur la gâchette cet après-midi-là, combien il défiait mon être, mon honneur, mon noble je ne sais trop quoi. Mais j'ai laissé tomber, je l'ai laissé tomber, je l'ai laissé vivre. Cette photo a fait le tour des journaux pendant des semaines.

Eh bien, oui, j'étais de retour après le fiasco du canyon, après m'être fait entuber par ces « ingénieurs », qui étaient censés avoir bossé sur ce Skycycle pendant deux ans, serré chaque écrou, peaufiné chaque bougie d'allumage, chaque calcul, tout ça pour foirer le compartiment du parachute. Le compartiment du parachute ?

C'était humiliant, ni plus ni moins. J'avais mis ma réputation là-dedans. Offert ma vie, ni plus ni moins, pour divertir le peuple. J'étais monté dans ce truc, prêt à tout sacrifier, tel un gladiateur des temps modernes, tel Jésus-Christ, et ces débiles avec leurs clés à molette, qui buvaient et mangeaient du steak dans tout l'Idaho sur mon compte, mon nom et ma grâce, avaient tout fait foirer. Pourtant, eux, personne ne connaît leur nom, personne n'a écrit d'articles pour dénoncer cette imposture, cette farce, personne n'a débité un million de mensonges sur leur compte dans le *Los Angeles Times* ou *Rolling Stone*.

Il n'y avait qu'une chose à faire. Viser plus haut.

C'était moins difficile qu'on n'aurait pu le croire.

À Wembley, chaque moment du crash se fait sentir. Chaque atome altéré de mon corps, à l'instant même où il s'altère – un formidable réseau de fractures qui me parcourt, palpable seconde après seconde.

J'atterris sur l'épaule droite, l'humérus et la clavicule pulvérisés, l'omoplate et deux vertèbres fêlées ; puis c'est tout le côté droit qui prend de haut en bas, qui se brise, s'ébrèche et se fracture, côtes, sternum, bassin, fémur, tibia, péroné ; je roule sur le dos et je glisse, encore et encore, sur la rampe de lancement, puis au sol : processus épineux et transversal ébréchés ici et là, jolies fissures des articulations facettaires et du corps vertébral, sans rupture du canal rachidien. Mais, ô miracle, Sa Majesté est saine et sauve, protégée. Je continue à rouler, traverse l'asphalte couvert de mottes de gazon, qui ploie sous mon corps, et la casse s'étend à mon autre flan. Puis la moto, cette enculée qui pèse une tonne, la Harley XR750, m'atterrit dessus, me fracturant les jambes à sept points différents, mes vieux amis péroné, tibia, fémur. Et je m'arrête progressivement, j'ai l'impression d'être un récipient plein de morceaux de verre étincelants, une bourse en peau de daim pleine de pièces.

Au début, l'immense douleur reste muette. Là-bas, quelque part, il y a quatre-vingt-dix mille personnes, qui font du bazar ou pas. Et puis le visage du joli présentateur se penche au-dessus de moi, il me croit mort, c'est clair. Au diable, tout ce qui s'est passé ici. Au diable, lui et ses certitudes, *parce qu'Evel Knievel n'est pas mort.*

Je l'oblige à me relever, le joli présentateur télé, je l'oblige à me soutenir devant cette foule immense, je plaque tout le toutim contre lui, la casse, le sang dans mes poumons, ce sang au goût de fer et de whisky. Quand je finis par me relever, le silence s'abat sur la foule, quatre-vingt-dix mille personnes sans exception, telle une assemblée de fidèles dans une cathédrale, et je me mets à parler.

C'est étrange. Aujourd'hui encore, je me rappelle l'enchaînement exact des blessures causées par l'accident. Le cheminement de la casse. L'ordre du démantèlement. Je me revois debout, soutenu, à côté du joli présentateur et de quelqu'un d'autre, je revois le soleil plonger derrière la cime du stade, dessinant une série d'orbes jaunes et rouges qui se dilataient et se contractaient contre ma vision tachetée.

Mais je ne me souviens pas de ce que j'ai dit ce jour-là – et j'ai du mal à y croire.

À l'hôpital, Linda et les gosses étaient déjà là. Je leur ai demandé s'ils étaient allés à la Tour, s'ils avaient vu la salle. Je me suis demandé quelles preuves il pouvait rester dans cette salle. Je ne me rappelais pas les derniers moments, juste le défilé des jours précédents : les « nénettes » anglaises, aussi faciles qu'en Amérique, les bouteilles de Wild Turkey, les clubs de golf sur le balcon, la nouvelle Lamborghini rouge garée devant l'entrée. Tout ce qui s'était passé avant, le saut même… et puis la famille, la paternité.

La vie n'a aucun sens, Amérique. Mais elle n'est pas si vache que ça.

Voici ce que je suis censé avoir dit :

« Mesdames et messieurs, citoyens de ce merveilleux pays. Je dois vous dire que vous êtes les dernières personnes au monde qui m'ont vu sauter. Car je ne sauterai jamais, jamais, jamais plus. C'est terminé. »

SÉMINAIRE

8-12 septembre 1975

Lundi

Le premier jour de son année de terminale, Jason ralentit devant la maison de son grand-père et appuie sur le klaxon de la LeBaron, dont les pneus crépitent lentement sur le gravier. Il est 6 h 45, l'air est frais et le ciel gris-lilas. Dans son ventre, un poing nerveux se serre au rythme de ses émotions contraires. Toute la nuit, il a préparé ce qu'il allait dire à Loretta. Il lui posera une question directe, effrontée, comme le feraient les garçons les plus populaires du lycée, les joueurs de l'équipe de football. Car il n'a aucune idée de la manière dont on parle aux filles, contrairement à eux, qui flirtent de manière agressive, prennent des libertés, provoquent, encore et toujours. Il posera sa question à Loretta comme si elle était une adolescente comme les autres : « T'es pas furax que Dean t'oblige à aller au séminaire ? »

Il évaluera sa réponse. Tâtera le terrain.

La veille, il a passé la nuit à scruter son album d'Evel Knievel, où il collectionne les coupures de journaux et de magazines, en quête de courage et d'inspiration. « Arrivé à un stade de sa vie, on se fiche royalement de ce que les gens pensent de soi, on se soucie simplement de ce qu'on pense de soi-même. » « Ce n'est pas grave de tomber. Il n'y a jamais d'échec tant qu'on cherche à se relever. » Jason s'est bâti un réservoir d'assurance qui fuit. Loretta doit être sauvée, de Dean et de tout ce bazar, et il a le sentiment que cette mission lui incombe.

Si seulement il pouvait être la bonne personne.

Pourtant, dès qu'il la voit sortir par la porte latérale – habillée plus ou moins comme une fille normale, en jean et chemisier à manches longues, les cheveux rassemblés en une queue-de-cheval, les traits fins et lisses, tendus et ravissants –, il commence à se maudire, convaincu qu'il n'est pas la bonne personne.

Elle monte dans la voiture. Dit bonjour d'une voix à peine audible. Tourne les yeux vers le désert, en lui révélant la pâle colonne de son cou. Il remonte l'allée en marche arrière.

« T'es impatiente pour ton premier jour de séminaire ? gazouille-t-il maladroitement.

– Je ne sais pas », répond-elle sans détourner les yeux de la vitre.

Sa beauté est moins parfaite ce matin. Elle a les traits un peu tirés et les yeux endormis. Jason remarque une bosse étrange sur l'arête de son nez délicat. Peu importe. Elle est bien plus belle que lui et tout ce qui peut réduire l'écart entre eux est bienvenu.

Ils roulent sans prononcer un mot pendant sept minutes. L'opération est beaucoup plus délicate qu'il ne s'y attendait – rester seul avec elle en se creusant la tête pour trouver un sujet de conversation. Puis, au moment où apparaît la clinique pour tuberculeux à l'orée de la ville, elle expire profondément – en émettant un son à la fois voluptueux et las – et dit : « J'espère que ce n'est pas trop bizarre.

– Ne t'en fais pas », répond-il.

Il a tout faux. C'est très, très bizarre. Ils arrivent au temple au moment où le soleil darde ses rayons à travers la cime des arbres, embrasant les toits, les lignes électriques et les clochers. Ils se garent et emboîtent le pas à deux garçons de première année, qui ne leur adressent ni un mot ni un regard. Jason et Loretta les suivent à l'intérieur, remontent le couloir au carrelage frais et pénètrent dans la salle de séminaire. Trois rangées de chaises pliantes sont alignées devant un tableau noir. Frère Kershaw, debout devant un minipupitre installé sur une table, lit un manuel et mâchonne un crayon noir, son ventre proéminent surplombant ses jambes maigrichonnes. Sur le tableau apparaissent trois mots écrits à la craie blanche : *Remords, Repentance, Restitution.*

« Frère Harder, dit Kershaw. Ravi de vous voir frais et dispo. »

Puis, il tourne les yeux vers Loretta et son entrain s'envole subitement. Jason rougit de nouveau, présente Loretta comme la nièce de Ruth, qui n'est que de passage, à moins qu'elle ne reste plus longtemps, et voit le visage de la jeune fille s'empourprer également. Loretta s'asseoit dans un angle, au fond de la salle. Jason s'installe devant elle, seul, et tous deux évitent le regard des autres élèves. Il y a quinze enfants : la moitié des chaises sont occupées. Une vague d'interrogations submerge la pièce. Loretta, qui reste assise en silence, noircit la page d'un cahier d'une multitude de carrés minuscules. Kershaw l'interpelle une seule fois, après avoir lu un extrait de la Perle de Grand Prix :

« "C'est pourquoi, enseigne-le à tes enfants, tous les hommes, où qu'ils soient, doivent se repentir, sinon ils ne pourront en aucun cas hériter le royaume de Dieu, car rien d'impur ne peut y demeurer, ni demeurer en sa présence."

Pourquoi tous les hommes doivent-ils se repentir ? demande Kershaw. Loretta ? »

Elle répond « Je ne sais pas » d'une voix sourde, magnifique.

À la fin du cours, elle rentre à la ferme dans la LeBaron et Jason va au lycée avec Ben Jenkins et Jed Story. Les deux garçons parlent football américain. Ben est arrière et défenseur, Jed receveur éloigné. On dirait des variations sur le même thème : jeans pattes d'eph, chemises à manches courtes en tissu-éponge, coupe au bol avec raie au milieu et dégradé sur les côtés. Ils écoutent la station de rock de Twin Falls, Z103 FM, qui braille « Ballroom Blitz » de The Sweet.

Jason se réjouit d'être exclu de leur conversation. Mais, lorsqu'ils s'arrêtent sur le parking du lycée et que Ben l'interpelle avec son sourire moqueur, il sait qu'il va en prendre pour son grade.

« Hé, Harder.

– Quoi ?

– Ta cousine est canon. »

Jed grogne.

« C'est pas ma cousine.

– C'est qui, alors ?

– La nièce de ma tante.

– Il me semble que ça fait d'elle ta cousine, insiste Jed.

– T'as pas le droit de la tringler, en tout cas », ajoute Ben.

Jed glousse. Un feu de forêt s'embrase dans les intestins de Jason. Une lame de couteau transperce son flanc. Jed abat sa paume ouverte contre le tableau de bord. « Vous feriez un petit retardé. »

« Par contre, un de nous deux pourrait la tringler, poursuit Ben en agitant son pouce entre Jed et lui. Tu pourrais peut-être nous arranger ça. »

Une fiole d'acide explose dans l'estomac de Jason. Ben et Jed rient de plus belle, halètent et s'étreignent allègrement.

« Ça suffit, dit Jason sans conviction.

– OK, répond Ben. T'as qu'à faire ton petit retardé. »

Jason entre seul dans le lycée. Il va en biologie et n'adresse la parole à personne. Puis en trigo, où il se contente d'un salut maladroit à Corinne Jensen, l'ex-fille de ses rêves, qui ne lui répond pas. Il assiste enfin au troisième, puis au quatrième cours de la matinée, mais ne parle toujours pas à qui que ce soit.

Il se sent suivi par le nuage de suspicion du séminaire, qui se propage dans tous les coins du lycée. Au déjeuner, Boyd lui demande comment vont les pionniers.

« Au poil, répond Jason.

– On raconte qu'il y a une nouvelle élève.

– Une nouvelle élève ? » Jason lui renvoie ses mots sur un ton dur, sarcastique. « Qu'est-ce que t'entends par là ?

– Hé, c'est moi, Boyd ! Tu sais très bien ce que j'entends par là. Et tu sais très bien ce que raconte tout le monde sur ce que j'entends par là.

– C'est la nièce de ma tante », dit Jason.

Boyd le dévisage. Jason observe le ragoût dans son plateau-repas : un océan préhistorique crémeux, épais et parsemé de morceaux de champignons, où flottent des îles de pomme de terre brunes destinées à permettre à ceux qui nagent, à ceux qui luttent, de s'accrocher pour se reposer et reprendre des forces. Jason s'imagine sur une de ces îles et Loretta sur une autre. Tout le reste – la famille, le lycée, l'Église, la ville, l'État, la nation, le monde – forme la mer grise et gluante.

« Mec, lance Boyd en secouant la tête.

– C'est bizarre, dit Jason. J'ai l'impression qu'elle n'est pas comme eux.

– Ce sont tous les gens du XXe siècle qui ne sont pas comme eux. »

Mardi

Loretta se sent éclairée de l'intérieur. Un néon. Un phare dans l'obscurité. Comme si personne ne pouvait s'empêcher de la regarder, comme si elle était faite de fins tubes de verre fragiles. Depuis qu'elle a mis le pied dans ce temple, pas une seconde ne passe, y compris quand elle est dans son lit à la maison, sans qu'elle ne se sente observée, jugée, exposée.

Elle trouve ça encore plus détestable que le pain de viande au boulgour de Ruth. Encore plus détestable que les nuits avec Dean. Elle déteste ça car c'est ce qu'elle a de plus cher dans sa vie qui est souillé – son avenir, ce moment magique où elle est censée accéder au monde des Ford Mustang roses assorties aux rouges à lèvres Tussy.

Ruth affirme qu'elle ne peut pas quitter le séminaire. Pas encore. Leur relation à cette communauté n'est pas encore claire. Si Bradshaw était là, Loretta partirait avec lui, n'importe où, quitte à dormir sous les ponts, dans la sauge, à se nourrir de lièvres, d'herbe, de terre, d'insectes. Elle ne manque pas de courage. Si seulement elle avait quelqu'un avec qui le partager, elle sait qu'elle ne reculerait pas. Mais Bradshaw est à Short Creek, où il gère les Récoltes de Sion, pendant que Dean prospecte de nouveaux clients ici.

Jason passe la prendre le matin, tout ringard et nerveux. Il lui fait penser aux enfants – tour à tour attachants et irritants.

« Re-, dit-il.

– Bonjour. »

Elle n'aime pas le plaisir que lui procurent ces moments. Trois minutes passent. Sur la boîte à gants, un mot apparaît en écriture cursive : *LeBaron*. Elle pense à Ervil LeBaron, le leader polygame aux treize femmes du Mexique, qui a rompu avec les frères de Short Creek. Monsieur Expiation par le Sang – il a fait assassiner son propre frère. *Les méthodes d'Ervil sont extrêmes, mais ses croyances sont saines*, lui a déclaré Dean un jour.

Elle bâille. Elle pourrait se rendormir sur-le-champ. Dans la vie qui l'attend, Loretta ne se lèvera jamais avant le soleil et ne traversera pas les heures grises en traînant les pieds. Elle ne fera ni corvées ni petits pains au lait. Elle ne vivra pas si près du bétail, au point de ne sentir que ça, cette odeur de fumier, tout le temps.

« Alors, t'as aimé ton premier jour au séminaire ? demande Jason.

– Une joie de plus prodiguée par le Seigneur », répond-elle. Surpris, Jason renifle, puis détourne les yeux, les oreilles écarlates. Elle se sent très légèrement mieux.

Au séminaire, elle reprend sa place au fond de la salle. Elle évite le regard des autres – fixe le sol, leurs épaules, leurs pieds –, personne ne lui adresse la parole, pas même frère Kershaw, et elle voit bien, aux efforts qu'ils déploient pour feindre de ne pas remarquer sa présence, qu'ils ne remarquent qu'elle.

Elle pensait trouver quelques affinités avec les mormons d'ici. Quelques similarités. Mais ces gamins sont complètement profanes. Les filles portent des jeans taille haute ajustés à leur derrière fendu et leurs cheveux séparés par une raie tombent en cascades. Elles sont toutes maquillées, et même les moins jolies s'habillent comme des traînées. Quant aux garçons, ils ressemblent tous à des singes, avec leurs pattes d'eph et leurs T-shirts, sauf trois d'entre eux, des garçons de ferme, en Wrangler, bottes et vestes violettes du club des Futurs Fermiers d'Amérique, le style le plus proche de Short Creek qu'elle ait vu ici. Ces trois-là font manifestement partie de la caste la plus basse. Jason et quelques autres sont un peu au-dessus d'eux, puis viennent les deux plus gros singes, des joueurs de football à la mâchoire carrée et au visage couvert d'acné. Ben et Jed passent leur temps à lui faire de l'œil, à se donner des coups de coude et à afficher leur intérêt plus clairement que les autres.

C'est la nuit de Dean. Elle trouve ça plus insupportable que d'habitude. Il dégage une odeur aigre de gant de toilette, le grain de beauté sur son cou est grotesque et ridé, et son visage se crispe en une grimace totalement dépourvue de gêne, de réserve. Elle sait qu'elle ne pourra jamais redevenir une femme qui n'a pas connu ça. Qu'il est en train de la marquer.

« Puisqu'on n'assiste pas aux offices ici, dit-elle lorsqu'il a terminé, je me demandais s'il y avait un intérêt à ce que j'aille au séminaire. Je veux dire, est-ce que ça a un intérêt pour *eux* ? »

Dean semble pris de court. Il est couché sur le dos dans sa tenue sacrée. Les poils noirs piquants qui recouvrent son corps se pressent en tourbillons et remous contre l'étoffe blanche ultrafine. Il se frotte les yeux avec le talon des mains, commence à parler, les frotte de nouveau.

« Euh, dit-il. Eh bien, petite sœur, tu as peut-être raison. Peut-être. »

Il redevient silencieux, tambourine sur sa poitrine, fixe le plafond. Puis, un sentiment de lassitude l'envahit. Loretta se demande s'il va remettre ça. Il est frustré qu'elle ne soit toujours pas tombée enceinte, car il se croit extrêmement fertile. Sa fertilité est une expression de sa vertu. Elle a gardé sa méthode secrète, mais cette situation commence à être considérée comme un échec dans le foyer, un échec en termes de vertu, de croyance et d'engagement, un échec dont la responsabilité sera déterminée et attribuée.

« Peut-être que je ne devrais plus y aller, insiste-t-elle en effleurant la barbe de Dean du bout des doigts.

– Peut-être, dit-il. On verra. »

Mercredi

En attendant Loretta dans la LeBaron, Jason repère un lièvre perché sur un rocher à l'arrière du jardin. Ses oreilles fuselées sont dressées, mais sa couleur d'humus se confond avec la lumière de l'aube. À peine visible, il ne bouge pas quand Loretta détale de la maison et se glisse à l'intérieur du véhicule.

« Regarde-moi ça, dit-il. Il nous observe. Il n'a même pas peur.

– D'après Dean, il faut prendre des mesures drastiques.

– On utilisait des carottes avant.

– Quoi ? Vous leur donniez à manger ?

– Ouais. On les coupait en morceaux, on les imprégnait de strychnine et on les alignait autour des champs. Il fallait d'abord le faire sans poison. Ça marchait plutôt bien. On en ramassait huit ou dix par jour à une époque. »

Elle ne répond pas.

« On a essayé d'autres poisons aussi. Mélangés à de l'orge.

– D'après Dean, il n'y a pas moyen de les abattre ou de les empoisonner assez vite. »

Ma parole, ils se parlent. *OK, Jason,* songe-t-il. *Continue.*

« Ouais, c'est ce que disait aussi mon grand-père.

– Il veut organiser une battue. »

Une battue. Un massacre. Encercler des lièvres et les matraquer à mort. Les gens normaux ne font plus ce genre de choses. Le *New York Times* a publié un article sur la dernière en date, dans les Mud Flats, accompagné d'une photo d'un père et de son fils, la chemise couverte de sang. Ça a fait toute une histoire et chacun s'est mis à défendre son camp. Les stations-service ont commencé à vendre des autocollants humoristiques représentant un lapin et un hippie dans la ligne de mire d'un chasseur. La presse locale s'en est prise aux défenseurs des animaux des grandes villes dans leurs éditoriaux et le courrier des lecteurs débordait d'indignation à l'encontre des gauchistes, des hippies, des écologistes, des médias. Jason n'a jamais assisté à une battue et il se fiche des lièvres. Parfois, avec Boyd, il sort les pistolets pour tenter de les abattre dans le désert mais, le plus souvent, les bestioles s'éloignent à grands bonds, indemnes. En tout cas, s'il y a bien une chose dont il se passerait volontiers en ce moment, c'est une attention encore plus malsaine sur la ferme.

« Génial, dit-il sur un ton sarcastique. Ça va être super cool.

– Je ne sais pas, répond-elle. C'est juste une bande de rongeurs stupides. Il va bien falloir s'en débarrasser. D'après Dean, ils ont dévoré presque la moitié des récoltes. »

Une prise de conscience, suscitée par les arguments de Loretta en faveur de Dean, s'impose soudain à Jason : elle doit avoir des rapports sexuels avec lui, c'est évident. Elle doit le recevoir dans sa chambre… Quoi, une nuit sur deux ? Selon une sorte de programme ? Son oncle sinistre, couvert de grains de beauté et de poils drus, devait lui grimper dessus, en grognant et en pétant. *Bordel de merde.* Jason a envie de vomir. Elle doit détester Dean. C'est évident. Il ne peut pas imaginer qu'il en soit autrement. Même si elle se sent obligée de le défendre.

Loretta tend le bras et allume la radio. Jason observe ses phalanges, qui sont grosses et rouges, malgré des doigts soignés et fins. Comme si elle s'amusait à les faire craquer trop souvent. Il se réjouit de tout détail non flatteur. La radio est réglée sur la station de country de son père, KART. Ils écoutent cette musique horrible – « Grandma's Feather Bed » de John Denver, « Rhinestone Cowboy » de Glen Campbell, la bande originale atroce de sa vie – et Loretta fredonne jusqu'à ce qu'ils arrivent en ville.

Au déjeuner, Jason ne parle pas de Loretta à Boyd, qui ne pose pas de questions non plus. Boyd aimerait emprunter la voiture de sa mère pour participer à une manifestation de soutien à Jonathan Raincounter dans le Dakota du Sud.

« Le type est en train de se faire laminer, dit-il.

– C'est qui déjà ?

– Mec, tu pourrais faire un peu plus attention. »

Boyd lui rafraîchit la mémoire : Jonathan Raincounter est un Sioux Oglala accusé à tort d'avoir abattu deux agents du FBI. La plupart des gens que Jason connaît ne partagent pas le point de vue de Boyd sur cette affaire – des Indiens qui tirent sur le FBI ! Ils y voient le signe que les derniers jours sont arrivés, que le monde impie est sec comme une allumette, prêt à s'embraser d'un feu apocalyptique, que le Second Avènement de Jésus-Christ est proche et que les vertueux s'élèveront bientôt vers le Seigneur – un diagnostic confirmé par beaucoup d'autres éléments, notamment ce qui suit :

Nudité et discussions sexuelles dans les films
Rock and roll obscène
Libération des femmes
Amendement pour l'égalité des droits
Blue-jeans moulants
Perversion sexuelle et immoralité galopante
Hommes barbus aux cheveux longs
Arrêt de la Cour suprême sur le droit à l'avortement
Chute de Saigon
Fermiers chassés de chez eux par les lièvres
Défilés de gays et de hippies dans les rues des grandes villes
Attaque de la famille par les gauchistes
Fin de l'étalon-or
Drogues
Choc pétrolier
Fédéralisme insidieux
Communisme

C'est l'environnement qui imprègne les proches de Jason. Leur atmosphère. Ils sont les élus de Dieu, choisis pour affronter les derniers jours, où la turpitude envahira la planète, jusqu'à ce que le Christ revienne purifier la terre pendant mille ans – un millénaire de feu – et qu'ils accèdent aux trois royaumes de la vie après la mort, par ordre décroissant de gloire. Le Second Avènement arrive, il est plus proche chaque jour, il est tout autour d'eux.

Mais si les derniers jours sont là, pourquoi est-ce qu'on vit comme ça ? ne cesse de se demander Jason. École, travail, temple, corvées, factures, luttes, querelles, chasteté, vidange, traite, foins ? Il veut vivre comme si le temps était compté. Comme les hippies du canyon de la Snake River. Comme Evel Knievel. Rejoindre le Dakota du Sud pour faire un raffut d'enfer. Tomber amoureux de la seconde épouse de son oncle. Comme si le temps précieux filait vraiment au lieu de stagner à tout jamais.

« Tu penses que ça va changer quoi ? demande Jason.

– Absolument rien.

– Alors, pourquoi tu veux y aller ?

– Pour le fun. L'aventure. La liberté. Pour être simplement du bon côté des choses, ne serait-ce qu'une fois. » Il agite sa fourchette autour de lui, dans un geste qui n'englobe pas seulement la cafétéria, avec ses tables pliantes coincées entre les sièges de l'auditorium et la scène, mais leur univers tout entier. « Cet endroit. Les foutues blagues sur les Indiens. Les politiciens demeurés. Franchement, mec, les gens d'ici soutiennent encore Nixon. »

Les parents de Jason soutiennent encore Nixon. Deux brutes de l'équipe du football les croisent dans des blousons teddy en feutrine rouge, avec des manches en cuir noir. « Tu regardes quoi, *tonto* ? lance l'un d'eux.

– Rien, George », répond Boyd en lui faisant un doigt d'honneur.

« J'ai besoin de *partir*, ajoute-t-il à l'intention de Jason. J'ai besoin de me tirer d'ici. Ou au moins de m'exercer à me tirer d'ici.

– Je pourrais peut-être partir avec toi. »

Boyd rit. « Ce serait hilarant. Le boy-scout qui tourne mal. Tu briserais le cœur de tes parents.

– Va te faire voir.

– En plus, ajoute Boyd, je retrouverais peut-être mon père dans le Dakota du Sud.

– Qu'est-ce qui te fait croire ça ? »

Boyd hausse les épaules.

« Le karma. Le destin. Peu importe. Intuition indienne. » Il continue à mâcher tout en observant son assiette. « Le jour viendra où on récupérera ce qui nous appartient. Quand j'aurai retrouvé mon père, on travaillera en tandem là-dessus, waouh. Les Européens comme toi ne comprendront même pas ce qui leur arrive.

– Allez, t'es à peu près aussi indien que moi. »

Boyd s'arrête. Il fixe la table, les yeux exorbités de frustration.

« Tu sais, espèce d'abruti, tout le monde croit que le problème, avec ces histoires de race, ce sont les mecs qui beuglent des insanités, te traitent de Peau-Rouge, brûlent une croix, ou je ne sais quoi.

– Et alors, ces mecs ne sont pas le problème ?

– Ces mecs ne sont qu'*un* problème. Le vrai problème, ce sont les types comme toi. Le vrai problème, ce sont les types qui te disent qu'il n'y a pas de problème. Les types qui te disent simplement de te calmer.

– Calme-toi. »

Boyd est le seul Indien que Jason connaisse et, bien qu'il y ait deux Mexicains au lycée, il ne fréquente réellement que des Blancs et ne comprend pas pourquoi Boyd ne laisse pas tomber tout ça. Jason estime avoir fait sa part en clamant que tous les hommes naissent égaux et en rédigeant une dissertation de trois pages sur *Ne tirez pas sur l'oiseau moqueur*.

« Le problème, insiste Boyd, ce sont les abrutis comme toi. »

Et puis il se lâche, reporte son irritation sur sa mère, qui, il en est certain, ne lui dit pas la vérité sur son père.

Tout ce qu'il sait de son père, c'est qu'il est indien. Il y a plusieurs années, sa mère lui a dit qu'il était Shoshone mais, quand il s'est mis réellement à poser des questions, elle a répondu qu'il venait peut-être simplement *de* Shoshone, la ville en Idaho et non la tribu. Elle savait juste qu'il vivait aux environs de Boise dix-sept ans plus tôt, un vrai charmeur, svelte, les dents extrêmement blanches et les mains couvertes de cicatrices. « La dernière fois qu'elle a eu de ses nouvelles, il travaillait sur des ranchs et participait à des rodéos dans le Montana et le Wyoming, mais c'était il y a dix ans. Il pourrait être n'importe où. Même mort, elle n'en serait pas surprise.

– Tu devrais probablement laisser tomber.

– Facile à dire. Toi, t'as un père.

– Je te l'offre, si tu veux. Il est tout à toi.

– Facile à dire. »

Jeudi

« Je suis vraiment désolé pour tes parents », dit Jason lorsqu'ils se retrouvent une fois de plus dans la voiture, en route pour le séminaire.

Loretta est perdue : désolé de quoi ? Elle réfléchit attentivement – à l'histoire qu'ils ont inventée, aux gens à qui ils l'ont racontée.

« Désolé de quoi ? demande-t-elle.

– Je croyais que tes vieux avaient... des problèmes de santé. Ou qu'ils étaient décédés ?

– Vraiment ?

– Peut-être que je me trompe.

– Ils sont toujours dans le coin. Je crois.

– Oh. Tant mieux. »

Elle regarde dans sa direction. Des plaques roses assorties à sa chevelure fleurissent sur ses joues et ses oreilles. Ses nerfs font vibrer tout le véhicule. Elle s'imagine qu'ils sont deux adolescents ordinaires. Jeunes, timides et nerveux. Des enfants. Il se tourne vers elle et rougit encore plus lorsqu'il croise son regard. Se sentir ainsi aimée, exaltée par un intérêt aussi naïf, aussi frais, lui évoque une sensation de pureté. Il deviendra sans doute un bel homme lorsqu'il aura perdu sa rougeur et ses joues duveteuses, qu'il se sera un peu endurci, mais elle est certaine qu'il restera toujours aussi simple et lisible, et, à cet instant, il lui semble que c'est la plus grande des qualités.

« Quoi ? demande-t-il.

– Rien. »

Il marque une pause. « J'ai sans doute cru que tu habitais avec Dean et Ruth parce que tes vieux étaient morts. »

Son sentiment d'irritation, de gêne, resurgit immédiatement. Elle lui raconte l'histoire, le mensonge, de manière laconique, en l'abrégeant. L'entreprise de son père a fait faillite à Cedar City ; sa mère, atteinte de la maladie de Crohn, passe le plus clair de son temps au lit et il n'y a plus assez d'argent dans le foyer.

« Maman et papa avaient juste besoin d'un peu de répit, dit-elle. Rien de plus.

– Bizarre.

– Qu'est-ce qu'il y a de bizarre à ça ?

– Rien. Enfin… rien. »

Il continue à rouler, se creusant la tête pour trouver un sujet de conversation. Le mensonge qu'elle vient de raconter à Jason lui a rappelé la vérité – ses parents l'ont donnée à Dean. Ils l'ont donnée à Dean et, lorsqu'elle ne leur a plus adressé la parole, au temple le dimanche ou lorsqu'elle passait par Short Creek, ils ont fait de même. Comme s'ils se souciaient aussi peu d'elle qu'elle se souciait d'eux – ce qui l'avait remuée.

« Prête pour une nouvelle matinée de leçons de morale palpitante en compagnie de frère Kershaw ? finit par demander Jason.

– Je ne sais pas. »

Puis, elle a l'impression qu'il déglutit, ou qu'il prend son courage à deux mains, avant de lâcher : « T'en veux à Dean de t'obliger à y aller ? »

Elle regarde le paysage flou défiler derrière la vitre : roche volcanique, sauge, poteaux de clôture, meules de foin, champs en jachère ou moissonnés. De grosses gouttes de pluie criblent le pare-brise comme des plombs. La question semble plus importante qu'elle ne l'est réellement. La pluie se met à tomber bruyamment, une rafale fait bruisser les arbres autour d'une ferme. « Ouais », répond-elle.

Quelle sera sa réaction ?

« Ouais, moi aussi je déteste ça. En fait, j'ai dit à mes parents que je ne voulais plus y aller. Et puis, ils t'ont embarquée là-dedans. »

Elle le taquine, comme le ferait Bradshaw : « Un vrai petit hors-la-loi. »

Ce soir-là, posté au fond du jardin, Dean scrute les champs tandis que Loretta, qui joue à chat avec les enfants, se précipite autour du buisson de lilas à côté de la corde à linge.

« Petite sœur ! aboie Dean sur un ton pressant. Cours jusqu'au bureau et ramène-moi le pistolet rangé dans le tiroir du bas. Derrière le coffre. »

Une nuée de lièvres dansent dans les champs – sautent, virevoltent, s'envolent. Ils semblent être plusieurs dizaines, des taches de moins en moins distinctes sur la terre de plus en plus sombre. Loretta ne bouge pas. Dean ne lui a jamais demandé de fouiller dans son bureau, dans ses affaires personnelles. Il a été toujours été très secret là-dessus.

« Dépêche-toi, Loretta ! »

Elle se précipite à l'intérieur, croise Ruth devant l'évier et pénètre dans la petite pièce située en haut de l'escalier, qui mène à la cave, où Dean a coincé son bureau. Elle ouvre le tiroir du bas et là, derrière une liasse de documents rangés dans des chemises cartonnées, apparaît un sac en toile affaissé, à côté d'une boîte en métal, et derrière, tout au fond, le revolver de Dean.

Loretta plonge la main dans le tiroir, attrape le sac et le soulève – de quelques centimètres à peine. Il est lourd. Plus lourd qu'il n'en a l'air. Suffisamment pour ne contenir qu'une chose. Elle regarde à l'intérieur et voit des pièces – peut-être trente ou quarante pièces dorées de cinquante dollars –, mais pas les pépites. Pas l'or de Sutter Creek. Ne lui a-t-il pas dit qu'il le laissait à Short Creek ?

« Loretta ! »

Ses veines se mettent à picoter, les pensées se bousculent dans sa tête. Elle rapporte à Dean le pistolet et la boîte de balles lourde et usée. Il reste là, à tirer jusqu'à la nuit tombée, recharge quatre fois, pendant que Loretta, postée derrière lui, feint de regarder, en s'efforçant d'interrompre la course folle de son corps. Elle ne se rend pas compte que Dean manque chaque coup, qu'il ne touche pas la moindre créature, jusqu'à ce qu'il émette un cri étranglé de frustration et balance l'arme dans le désert enténébré.

Vendredi

Pendant le petit-déjeuner, la mère de Jason l'interroge sur Loretta. Est-ce qu'elle a parlé de sa vie avec Dean ? Est-ce qu'ils comptent rester ? Qu'est-ce qu'ils fabriquent ici ? Est-ce qu'ils rentreront bientôt à Short Creek ?

L'interrogatoire suit quatre jours de silence total sur Dean et la ferme de Grand-Père. La seule fois où Jason a essayé de poser des questions, son père lui a répondu sèchement : « Je ne sais pas ce qu'ils fabriquent là-bas, fiston. » Et lorsqu'il a voulu ajouter quelque chose, son père l'a interrompu avec colère : « Qu'est-ce que je viens de te dire, fiston ? »

« Ça y est. On peut en parler, maintenant ? » demande Jason à sa mère, dont les lèvres pincées deviennent blanches. Le rictus qu'elle affiche lorsqu'elle s'oblige à faire preuve de patience. Elle lui tourne le dos, se tient debout à l'évier et laisse l'eau couler à plein jet. « Ton oncle s'offre en spectacle ! » siffle-t-elle.

C'est toi qui m'as demandé de la conduire au séminaire, s'apprête à répondre Jason. Mais il se retient.

En allant chercher Loretta, Jason réfléchit à la cassette qu'il va insérer dans le nouveau lecteur huit pistes Sanyo suspendu sous le tableau de bord de la LeBaron. Il opte pour The Sweet. « Fox on the Run. » Parfait, se dit-il. Pourtant, à peine installée, elle lui demande s'ils peuvent écouter autre chose et remet la radio sur la station de country. Glenn Campbell entonne « Rhinestone Cowboy » et Jason se met à grogner. « Je ne supporte pas ce genre de truc. »

Elle tend le bras, monte le son et braille : « *There'll be a load of compromisin'/On the road to my horizon…* »

« Noooon », crie-t-il en tournant brusquement le bouton. Elle se met à rire et, pour la première fois depuis le début de la semaine, il la trouve pleine de vie et d'entrain, comme si elle lâchait une décharge électrique. Jason y voit un moment de partage entre eux. Les prémices de l'amour.

« Je ne pense pas pouvoir supporter frère Kershaw une minute de plus, dit-il.

– Pourquoi y aller, alors ? »

C'est si simple. Si stupéfiant.

« Et on irait où à la place ? demande-t-il.

– Je ne sais pas. À toi de me le dire. »

Il sait exactement où. « Je vais t'emmener à Twin Falls, dit-il. Pour te montrer la rampe de lancement d'Evel Knievel. »

Elle hausse les épaules, dit : « D'accord ». C'est l'être le plus beau qu'il ait jamais vu. L'amour qu'elle lui porte l'illumine. N'est-ce pas ? Les prémices verdoyantes, voluptueuses, de l'amour ? Les cheveux ramenés en arrière, elle scrute le désert de ses yeux humides et brillants. Elle doit être sauvée et c'est à lui qu'il incombe de le faire, mais de quelle manière ? C'est sûrement ce qu'elle veut aussi, bien que cette pensée soit enterrée si profondément dans l'esprit de Jason qu'il n'y songe même pas. Les hommes sont censés sauver les femmes, ni plus ni moins. Superman, Spider-Man, Batman – ils sauvent tous des femmes. John Wayne sauve des femmes, comme Clint Eastwood. À la télévision, les types de *Baretta*, de *Kojak* et de *200 dollars plus les frais* sauvent aussi tous des femmes. C'est leur boulot.

Pendant la demi-heure de route qui les sépare de Twin Falls, Jason lui parle d'Evel Knievel. Il décrit ses sauts, détaille ses fractures et les stades où elles se sont produites, le nombre de bus et de voitures qu'il a survolés, ses costumes, les années où il a pris sa retraite et celles où il en est sorti. Jason lui décrit la rampe de lancement qu'il a lui-même construite et ses sauts dans les allées – mais ne mentionne ni ses posters ni ses figurines du jeu vidéo Stunt Cycle. Quand ils atteignent Twin Falls et qu'ils traversent Perrine Bridge pour entrer dans la ville, le soleil est déjà levé mais le canyon est toujours plongé dans l'obscurité. Ils se garent au point de vue et Jason lui montre la rampe de lancement, une petite colline à quatre cents mètres de là, au bord du canyon.

Loretta observe. « C'est tout ?

– C'est tout.

– Tu m'as emmenée ici pour me faire voir un tas de terre ?

– Eh bien. Je t'ai emmenée ici pour échapper au séminaire. »

Elle glousse. C'est bon signe ? Il pense que oui, bien que l'incapacité de Loretta à percevoir la grandeur de la rampe le déçoive. Il regagne la route, reprend la direction de Gooding. Puis il commence à lui raconter sa virée avec son grand-père. Il lui révèle le mensonge, l'excitation qu'il lui avait procurée, explique combien il avait été heureux de ne pas partager ce secret avec ses parents, combien il avait trouvé drôle d'être là, de voir Evel Knievel, de regarder tous ces cinglés, et combien il avait aimé le saut, malgré l'échec, bien qu'il ait été amèrement déçu. Quand Evel Knievel avait été remonté du canyon à l'aide d'une grue et qu'il avait salué la foule avec ce regard sombre, déterminé, qu'il affichait déjà avant le saut, on aurait dit qu'il n'éprouvait même pas de gêne.

« C'était, je ne sais pas, quand même cool, dit-il. Je ne sais pas pourquoi.

– Moi, je sais. Peut-être. Je veux dire, il a tenté un truc incroyable.

– Oui ! lance Jason. C'est ça. Il a tenté un truc incroyable. »

Jason essaie de lui adresser un regard qui en dit long. Un regard profond. Elle se tourne vers lui, peut-être perplexe. Il repense à Evel Knievel après l'accident de Wembley, les os réduits en miettes, mais déterminé à se relever pour s'adresser à la foule. Et il se dit : *OK. Vas-y.*

« T'aimes bien vivre là-bas avec Dean et Ruth ? demande-t-il. Enfin, t'es heureuse, et tout ?

– Je suppose que oui.

– Tu sais ce que pensent les gens ? »

Elle ne répond pas. Il essaie de nouveau.

« Les gens ont raison ?

– Non », répond-elle d'une voix si basse qu'il l'entend à peine. Son esprit s'autorise à la croire, parce qu'elle ne lui mentirait pas maintenant qu'ils sont liés par Evel Knievel. Elle dit quelque chose qu'il ne comprend pas.

« Quoi ? demande-t-il.

– Ça ne regarde personne. »

Elle a les yeux fixés droit devant elle, le menton rentré, refusant de se retourner. Jason se tasse. Fixe lui aussi la route, les mains collées au volant.

« Ça ne regarde que notre famille », conclut-elle.

Plus tard, Jason raconte leur conversation à Boyd. Il finit par tout lui dire.

« Mec ! lance Boyd. Tu pensais qu'elle te répondrait quoi ? »

EVEL KNIEVEL
S'ADRESSE À UNE NATION QUI L'IDOLÂTRE

On est simplement restés assis dans ce camion aux vitres teintées, la cabine enfumée par les foutus cigarillos de Buddy, en attendant que ce misérable enculé sorte de la salle de concert. Cet « écrivain ». Celui qui a commis le livre que je ne nommerai pas. Je m'étais procuré une batte, un de ces nouveaux modèles de softball en métal, et Buddy avait sa matraque en bois de fer prisée par la police. C'était comme regarder la rampe de lancement depuis l'extrémité de la piste, les entrailles électrisées, aussi molles que de la gélatine, comme si d'une créature terne et stupide je devenais grandiose – un sentiment suffisamment familier pour m'inciter à le prolonger, à l'éprouver, à le saisir, bien qu'il soit insaisissable, car je m'apprêtais à fendre l'air, l'espace divin, et je n'y resterais que quelques secondes, le temps d'entrevoir des images et des flashs, puis de redescendre. Et l'atterrissage serait peut-être rude, ou peut-être doux, mais en tout cas ce serait un atterrissage.

Il sort. Regardez-moi cet enculé. Jean pattes d'eph bleu pâle, frais et élégant dans ses bottes de pédé californien, cuir lustré et petits talons, chemise taillée dans cette merde duveteuse qui sert à faire les serviettes, cheveux à la Farrah

Fawcett, lunettes de soleil bronze, visage rondelet esquissant un sourire – un minuscule sourire suffisant. En le voyant, j'ai été soulagé de constater que mon désir était intact, que j'étais stimulé, inspiré, placé sur une voie vertueuse. Dans son livre, il avait écrit toutes sortes de foutaises sur moi – sur nous, sur notre mère –, mais à présent, ici même, il allait payer. Payer pour chaque calomnie et, plus généralement, pour avoir violé mon territoire : pour s'être emparé de mon histoire, des Saintes Écritures de ma vie, et les avoir perverties.

Il n'a même pas couru. Il s'est juste effondré et nous a laissé faire. Son corps mou ressemblait à un sac de blé. Les os de ses avant-bras ont cédé sous nos coups de batte. Le Tennessee Thumper. Un aluminium d'enfer.

Les gens ont raconté toutes sortes de mensonges sur cette histoire – ils m'ont traité de lâche parce que j'avais demandé à Buddy de le maintenir au sol. Je n'avais pas peur de lui. Je voulais juste que ce soit pire quand je le frapperais. Qu'il ne puisse pas se recroqueviller, se couvrir la tête, se protéger. Ça a été pire. Vraiment pire – un châtiment, choisi avec soin. Je m'étais préparé à sa mort, Amérique. À moi la vengeance, a dit le Seigneur, et j'ai dit comme lui.

Il a hurlé comme une fillette, Monsieur l'Écrivain de Livres. Hurlé comme on s'y attendrait avec ces bottes et ces cheveux de pédé.

À cette époque, Evel Knievel avait déjà grandi. Il était devenu si grand, si innombrable, qu'il avait parfois le sentiment de dépasser les frontières de son enveloppe physique.

Ils ont fait un film. Ils n'ont eu qu'à l'appeler *Evel Knievel.* Il s'est vendu tout seul. C'est George Hamilton qui s'en est chargé. Qui l'a écrit et qui a joué le rôle-titre. Quand il est venu demander mon autorisation, qu'il s'est présenté dans ma chambre d'hôtel pour me proposer de signer le contrat et d'empocher le chèque, je lui ai fait lire le scénario, du début à la fin. Au départ, il a refusé, mais j'ai sorti mon Lugger flambant neuf et je l'ai braqué sur lui en disant : « Lis, fils de pute. » Il a lu, il a tremblé, et j'ai signé.

C'était une erreur. Ça m'arrive, de temps en temps. Sur la pellicule, George Hamilton semblait tendre et faible, et les Écritures, merdiques :

« Mesdames et messieurs, vous n'imaginez pas à quel point je suis heureux d'être ici aujourd'hui. C'est un réel honneur de risquer ma vie pour vous. Avant que je ne saute au-dessus de ces dix-neuf voitures – qui, rassurez-vous, n'incluent ni Volkswagen ni Datsun –, avant que je ne vole d'une traite au-dessus de ce dernier camion, je tiens à préciser que la nuit dernière un gamin s'est approché de moi et m'a dit : "Monsieur Knievel, vous êtes fou ? Le saut que vous allez faire est impossible, mais j'ai déjà pris mon billet parce que je veux vous voir vous écrabouiller." C'est vrai, c'est ce qu'il a dit. Et je lui ai répondu que rien n'est impossible. »

Comme si on pouvait m'imiter. Comme si on pouvait prétendre être moi.

J'ai fait mon temps en prison pour la baston, une vraie partie de plaisir. Je commandais des limousines pour me conduire à mes travaux d'intérêt général – les journées à pelleter de la merde, à tenir des balais, à remplir des plateaux, qu'ils m'ont refilées en guise de punition. Du coup, j'ai appelé mes amis pour leur demander d'aligner seize limousines devant la prison du comté de Los Angeles, et tous les taulards ont fait le voyage avec moi, se sont présentés à leur journée de pelletage de merde en limousine, grâce à bibi, et ils ne l'ont pas oublié, parce qu'ils me vénéraient, comme tous les autres. Et quand les geôliers se sont plaints, que le juge m'a convoqué et qu'il m'a dit qu'il avait presque envie de restaurer ma peine intégrale – agression aggravée, qu'il a appelé ça, un contretemps de deux ans –, je me suis contenté de sourire, de m'excuser et de répondre : « Pourquoi, Votre Honneur ? Je voulais simplement rendre à ces hommes un peu de la dignité qu'ils pourraient avoir perdue entre les murs de la prison, pas pour alléger le châtiment, Votre Honneur, mais pour rendre à ces hommes un peu de leur propre grandeur naturelle, de leur royauté innée, pour qu'ils se voient autrement que vils, criminels, et qu'ils retournent à la société avec des espoirs et des rêves susceptibles de les rendre tous meilleurs. » Mais il m'a rétorqué : « Fini les limousines, fini les conférences de presse par la petite porte de la prison », et j'ai répondu : « OK, pas de souci, merci, Votre Honneur. »

Ça a été dur. Dur et humiliant, ne l'oublie pas, Amérique. J'ai avalé ça, et tout le reste à ce moment-là. Les mecs des jouets ont rompu leurs contrats, et ça a été le plus rude, parce que je croulais sous le fric des jouets à l'époque – la moto de course à propulsion, les figurines, les vélos aux plaques Evel Knievel, la canne Evel Knievel. Et ainsi de suite, des petites idoles du dieu dans chaque foyer, qui m'envoyaient tous l'amour américain le plus pur au monde : le dollar. Et voilà que je perdais cet amour. Mon agent m'a conseillé de faire profil bas pendant quelque temps, de laisser les choses se calmer, mais non : j'ai convoqué une conférence de presse et je me suis excusé auprès du juge – clin d'œil ! – pour avoir transformé sa salle de tribunal en cirque, si c'est ce qu'il considérait que j'avais fait, et j'ai promis de prendre ça plus au sérieux dorénavant.

J'ai fait de l'œil aux journalistes et ils ont hurlé de rire. De vraies gonzesses, ces journalistes. Tu leur balances un clin d'œil et une histoire et ils tombent raides dingues à tes pieds.

Je suis rentré à la maison après tout ça, pour trouver quoi ? Sur le portail – ce magnifique portail de mes deux, orné d'un rinceau, de la belle ouvrage de Butte –, une petite pancarte manuscrite indiquait : VENEZ VOIR LE FILS D'EVIL KNIEVEL SAUTER. VINGT-CINQ *CENTS*.

Onze ans, qu'il avait. Ce petit con. Il ne savait même pas écrire le nom de son vieux.

BATTUE

4 octobre 1975

GOODING, IDAHO

Étendue sous les couvertures de son lit de fortune, Loretta attend, coincée dans la cave, au milieu des bocaux de pêches et de tomates qui distillent la lumière sur les étagères. Elle est déjà réveillée quand Ruth descend l'escalier en tapant des pieds, crie « Bonjour, sœur », puis attend sa réponse avant de remonter. Loretta se redresse. Ses entrailles se nouent et se dénouent. Elle ne dort plus depuis des heures.

Elle se brosse les dents au lavabo profond, se lave le visage et les mains avec la savonnette noircie et enfile sa robe. Elle ne peut s'empêcher de penser à Bradshaw, qui est probablement déjà attablé là-haut, tout sourire. Bradshaw, *ici*. Pour la battue aux lièvres. Et le transfert des Récoltes de Sion dans leur nouveau foyer. Ici, dans ce monde aux aguets. Il sera assis là et le visage de Loretta révélera la vraie nature de leur relation.

Elle entre dans la cuisine et le voit, les joues pleines à craquer, les yeux posés sur elle. Sa présence l'emplit d'un frisson nauséeux. Dehors, derrière la fenêtre qui surmonte l'évier, Dean se dispute bruyamment avec un homme posté devant la fourgonnette d'une chaîne de télévision – KMVT-11, « le leader de votre information locale ». D'autres vans et pick-up sont garés dans l'allée et des groupes d'hommes vont et viennent de ce côté de la ferme. Des étrangers. Dean affirme que c'est un moyen de s'intégrer à la communauté. De se distinguer de son frère.

« Une manière de fêter mon retour », avait-il conclu.

Jason traverse la cour dans ses bottes en caoutchouc et entre dans la salle des réservoirs de la laiterie. Derrière une porte battante, son père, qui s'active entre les postes de traite, pointe le jet sifflant d'un tuyau sur un pis maculé de bouse. Les machines qui aspirent et halètent couvrent tous les autres bruits et l'odeur du lait lui assaille les narines. À l'évier, derrière le réservoir argenté, il remplit les biberons, fixe les grosses tétines rouges et charge le panier en métal. Tout en se dirigeant vers l'enclos des veaux, engourdi de lassitude, il regarde le bord de ses bottes, où des morceaux de fumier et de foin à moitié digéré forment une croûte, et pense au jour où il se couchera aussi tard qu'il le voudra et se réveillera parmi des odeurs agréables.

La traite, ça craint, mais moins que le séminaire. On est samedi, mais Jason a dû reprendre ses corvées matinales depuis que Loretta et lui ont séché le cours de frère Kershaw. Ce soir-là, Ruth avait appelé sa mère pour l'informer que Loretta n'y retournerait sans doute pas, car les autres élèves lui faisaient sentir qu'elle n'était pas à sa place. « Tu m'étonnes », avait ajouté sèchement la mère de Jason, qui rapportait la conversion au cours du dîner, mais personne n'avait fait de commentaires. Jason est furieux car ni son père ni sa mère ne semblent penser à Loretta. À ce qu'ils doivent faire pour elle. Ils sont obsédés par leur propre embarras.

Il avait donc laissé tomber le séminaire. Une insurrection mineure, mais combattue chaque jour par ses parents, de manière indirecte. Depuis, il sentait leurs regards sur lui, empreints de méfiance, tandis qu'ils s'efforçaient de définir le meilleur moyen de surmonter cette épreuve et de le remettre dans le droit chemin. La première fois qu'il avait annoncé à ses parents qu'il n'irait plus au séminaire, son père s'était arrêté, avait cligné des yeux, comme s'il n'avait pas compris, et répondu : « Ne sois pas ridicule. »

Pourtant, jour après jour, y compris ce matin même, alors qu'il retourne les biberons dans les paniers en regardant les veaux téter goulûment les épaisses tétines rouges, Jason s'accroche à cette pensée : *Alors, papa. Tu trouves toujours ça ridicule ?* Là-bas, Dean se prépare à son massacre. À sa battue. En parlant de ridicule. C'est dans toute la presse, tous les journaux télévisés. La Société de protection des animaux en a fait toute une histoire. Ridicule.

Au moment où Jason récupère les biberons vides, son père, vêtu de sa veste en toile et de sa casquette Scotch rouge et noir, s'approche en faisant craquer la paille sous ses pieds. Il n'est pas rasé, ses joues sont creuses et grises, et il semble faible. Voire malade. Quelque chose en lui s'est effrité dernièrement et Jason lui en veut.

« Faut déjà remplacer ces tétines ? demande son père.

– Nan.

– Tu empêches la brute à tête blanche de boire le lait des autres ?

– Ouais. »

Jason sent bien que son père cherche un prétexte pour engager la conversation, mais il refuse de l'aider. Il lève les yeux vers l'arrière de la laiterie. À l'autre bout du pré et du pan de désert rocailleux, des fourgonnettes et des motos se rassemblent dans l'allée de la maison de Grand-Père. La maison de Dean. La lumière est allumée dans la cour et son oncle, aidé de quelques hommes, décharge des rouleaux de grillage orange d'un camion. Quelques centaines de mètres plus bas, de l'autre côté de la ferme, deux minivans Volkswagen attendent sur le bas-côté et des gens s'affairent dans le fossé. Jason a lu dans les journaux du matin que des défenseurs des animaux de Sun Valley ont prévu de manifester.

« Tu y vas ?

– Non. Très peu pour moi.

– Moi, j'y vais. »

Son père hoche la tête. Retire sa casquette et se gratte frénétiquement le crâne. « Je ne vois pas à qui cette histoire peut profiter. »

Jason se met à rassembler les derniers biberons vides.

« On peut finir par penser qu'il est juste, honorable, de faire ce qu'on veut sans se préoccuper du monde entier, poursuit son père. Sous prétexte que les autres sont stupides, malhonnêtes, dans l'erreur ou je ne sais trop quoi. C'est ce que pense ton oncle – que tous les gens ont tort sur toute la ligne et qu'il suffit de les ignorer. Peut-être est-ce le cas, parfois. Mais, en général, il n'y a rien de plus honorable que de penser aux autres. De tenir compte des autres et de la manière dont nos actes peuvent les affecter.

– Nous affecter, tu veux dire.

– Je parle de tout le monde. Pas seulement de nous. Tout le pays va être au courant de cette histoire. Et quand ces journalistes écriront leurs papiers, il se pourrait qu'ils s'intéressent davantage à ton oncle et à ce qui se trame ici. Et là…

– Et là quoi ?

– Et là, ils se frotteront les mains. » Il tousse. « Et nous, on se mordra les doigts. »

Le soleil est complètement levé, l'air se réchauffe. Ils savent tous les deux qu'il est trop tard pour faire marche arrière. Cette histoire couve comme un feu. Depuis que Dean a scotché les affiches à la coopérative – BATTUE AUX LIÈVRES ! VOUS APPORTEZ LE BÂTON, NOUS FOURNISSONS LA NOURRITURE !, proclamait l'écriture de Ruth sur du papier à lettres aux couleurs du drapeau américain –, la ville est en effervescence. Les récoltes se vendent mal, l'équipe de foot enchaîne les défaites et les gens préfèrent penser à la battue. Tous les élèves en parlent à l'école. Certaines brutes y sont favorables. D'autres trouvent ça plouc ou pas cool. Certains fermiers – les fermiers en colère, politisés – ont écrit au rédacteur en chef du *Gooding County Leader*, anticipant les critiques qu'engendrerait inévitablement l'événement. « Si les New-Yorkais ne veulent pas qu'on chasse ces parasites, ils peuvent toujours les ramener à Central Park. »

« En plus, ajoute son père, ce truc… n'est pas simplement horrible. C'est profondément barbare. Atroce. Comment est-ce possible de prendre plaisir à un tel carnage ? »

Il pose une main sur l'épaule de Jason et serre.

« Le moyen le moins efficace de se débarrasser des lièvres est probablement de se planter dans le désert avec un bâton et d'essayer de les frapper à mort, conclut-il. Il n'y a rien de plus stupide. »

Jason l'ignore et retourne vers l'étable. Lui-même ne veut tuer aucun lièvre. Mais il ira quand même, c'est sûr et certain.

Loretta et Samuel installent la table des Récoltes de Sion pendant que Dean et Bradshaw chargent le grillage dans le pick-up. Surtout, il ne faut pas qu'elle oublie de l'appeler Baker. Les Récoltes de Sion sont un enjeu majeur de cette journée. Il s'agit de « faire d'une pierre, deux coups », comme l'a rappelé Dean. Mais l'idée vient de Ruth : s'ils s'installent ici, il va falloir que l'affaire se développe vite. Or, ils n'auront pas meilleure vitrine que la battue aux lièvres. Elle est douée pour ça, Ruth – imaginer de quoi les autres ont besoin et comment y répondre. Loretta et Samuel scotchent l'affichette en papier de boucher devant la table, positionnée face à l'allée, visible de tous ceux qui l'empruntent en voiture ou à pied : LES RÉCOLTES DE SION, ALIMENTATION EN GROS.

Ruth se doute de quelque chose. Se méfie de Bradshaw.

Loretta l'a senti au petit-déjeuner – Bradshaw portait sans cesse son attention sur elle et Ruth a fini par s'en rendre compte. Tous les deux l'observent ce matin. Et elle est embarrassée par la battue, par les gens qui seront là, par les regards qui ne manqueront pas. La curiosité.

« Ramène donc quelques seaux », dit-elle à Samuel, qui penche la tête, maussade, parce qu'il aurait préféré être avec les hommes.

« Vas-y, ajoute-t-elle. Et prends aussi des prospectus. »

Au petit-déjeuner, Bradshaw avait englouti une énorme quantité d'œufs brouillés. Elle n'avait jamais éprouvé aussi peu de chaleur envers lui. Condamnée au régime chevalin de Ruth depuis des mois, Loretta s'était sentie plus attirée par l'assiette d'œufs fumante que par Bradshaw lui-même, qui était assis là, en chaussettes, à moitié endormi. Loretta s'était tournée avec envie vers Ruth. « Des œufs ? » lui avait-elle demandé. Ruth s'était approchée avec un bol d'avoine, qu'elle avait posé devant elle. « Du porridge. »

Les gens s'engagent lentement dans l'allée, se rassemblent et discutent autour de tasses fumantes. Dean a loué un camion-snack pour pouvoir servir des boissons et des plats chauds. Tout le monde s'est muni d'une batte de base-ball, d'un bout de tuyau ou d'une planche en bois.

Bradshaw s'approche de la table.

« Salut, Lori », lance-t-il en feignant de regarder la tablette où les clients sont invités à s'inscrire à la lettre d'information des Récoltes de Sion. « Dieu du ciel, si je ne me retenais pas, je te sauterais dessus. »

Du coin de l'œil, Loretta entrevoit Ruth, qui marque une pause devant la corde à linge.

« Tout doux », dit-elle. Elle accorde une attention méticuleuse à l'affichette, s'assure qu'elle est bien droite par rapport à la table.

« Je suis prêt à m'emballer », répond Bradshaw.

Il ajuste sa casquette. Se frotte le visage. Inspire profondément. Expire.

Il a les traits tendus et le teint brouillé et, bien qu'elle soit de l'autre côté de la table, elle sent son odeur – une odeur d'aisselles et de vêtements de travail, accompagnée d'effluves de la nuit.

« J'espère que t'es prête, ma belle, dit-il. Parce que moi, je le suis. »

Il n'est ni un démon, ni un ange, ni rien de la sorte. Elle le voit tel qu'il est, entouré d'hommes à son image – ces types ennuyeux et stupides, aux jambes arquées, jeans Wrangler à l'ourlet effiloché et bottes à la pointe recourbée, casquette bien enfoncée sur la tête, blague à chiquer dans la poche de derrière, qui crachent, soulèvent la poussière à coups de talon. Il attend et une pointe de malveillance se glisse dans son regard lorsqu'elle ne réagit pas.

« T'es prête, dit-il. J'en suis sûr. »

Boyd débarque avec la batte de softball en aluminium de sa mère, le Tennessee Thumper, qu'il tapote dans sa paume à l'instant où Jason ouvre la porte. Il bondit sur la pointe des pieds comme un boxeur professionnel et les pattes d'eph effilochées de son jean se mettent à flotter autour de ses chevilles.

« L'heure est venue de se faire quelques lapins ! dit-il à Jason, qui sort de la maison et s'approche.

– Je ne vais pas me faire quoi que soit, répond Jason. Je suis un simple spectateur.

– T'es vraiment une gonzesse, rétorque Boyd gaiement. Il faut que tu fasses la peau à un truc.

– N'importe quoi.

– Une vraie gonzesse. »

Ça fait des semaines que Jason n'a pas vu Boyd aussi heureux. Il était sombre et grincheux depuis que sa mère lui a interdit de prendre part aux actions de l'American Indian Movement dans le Dakota du Sud. Jason n'avait pas cru une seconde qu'elle l'autoriserait à y aller, mais Boyd avait très mal pris son refus. « Endroit de merde, s'était-il exclamé, dégoûté. Ville de merde. École de merde. Moment de merde dans l'histoire de ce monde de merde. »

Boyd et lui se traînent chaque jour comme des prisonniers à la soupe. Tous les matins, Jason passe le prendre pour aller au lycée, ils râlent et écoutent *Houses of the Holy*, l'album de Led Zeppelin, vont en cours, puis se retrouvent à la cafétéria pour râler un peu plus, retournent en classe l'après-midi et terminent la journée en râlant encore un peu. Tout y passe : les profs, les parents, les flics, les lois, les proviseurs, les évêques, les oncles, les tantes, les cousins, les filles, les voitures, les vendeurs, les serveuses, les stars de la télé, le bicentenaire de l'Indépendance des États-Unis. Dean et Loretta. Ce n'était pas la vie dont ils voulaient. Ils n'arrivaient pas à respirer. Boyd n'arrêtait pas de dire qu'il irait quand même aux manifestations de l'AIM. Dans le Dakota du Sud ou ailleurs.

« Je me ferai la malle, un point c'est tout, avait-il dit. Un soir, pouf ! parti ! Et pas que pour deux nuits. »

Alors qu'ils se rapprochent de la maison de Dean, Boyd se met à brandir sa batte devant lui telle une épée.

« Sentez ma colère, satanés lapins ! hurle-t-il. Je suis l'Ange vengeur ! Vous allez regretter vos actes de malveillance ! »

Ils descendent la route de campagne. Devant eux, une file de pick-up et de voitures garés déborde de l'allée. Les défenseurs des animaux se sont rassemblés dans le fossé, de l'autre côté de la voie. Plus loin apparaît la fourgonnette d'une chaîne de télévision de Twin Falls et, à mi-chemin, un homme trapu, la chevelure épaisse, tient un microphone devant une femme aux cheveux longs vêtue d'une robe patchwork. Jason sent l'étau de l'embarras se resserrer – des picotements lui remontent le long de la nuque, il rougit, se sent observé de toutes parts.

Il cherche en vain Loretta. Le camion-snack est installé derrière la maison, à côté d'une table de pique-nique où sont posées des assiettes de beignets et une Thermos de chocolat chaud. Samuel – le fils aîné de Dean – se tient derrière une autre table qui vante les mérites d'un grossiste, mais n'adresse la parole à personne. Le temps se réchauffe, le gel fond sur les fenêtres et les clôtures métalliques. On pourrait presque retirer sa veste. Les hommes sont rassemblés en grappes de trois ou quatre, des battes de base-ball, des planches ou des clubs de golf à la main. Plus loin dans le désert, derrière la maison – de l'autre côté du champ d'orge –, un groupe de volontaires tend du grillage orange pour former un entonnoir. Après avoir allumé un feu à l'extrémité des massifs de fétuque, des hommes à moto guideront les lièvres vers le piège, qui les conduira jusqu'au cercle fatal. La viande de lapin sera ensuite distribuée à des prisons et à des associations caritatives.

Boyd repère un membre de l'équipe de softball de sa mère et ils s'amusent à parier sur celui qui tuera le plus de lapins. L'homme, qui tient un petit club en bois destiné à tuer du poisson, montre à quelle vitesse il va frapper.

« Ce gros gourdin va t'éreinter, fiston, dit-il en dégommant des lapins imaginaires à une allure frénétique. Regarde-moi faire. Tu ne tiendras jamais le rythme.

– T'arriveras même pas à les assommer avec ce joujou, répond Boyd en tenant la batte devant lui. Les miens vont le sentir passer. »

Jason va chercher à manger. Il attrape un beignet maison dans l'assiette en papier, mais la première bouchée s'effrite comme de la terre dans sa bouche. Il regarde la maison de Grand-Père. Il n'y a mis les pieds que deux fois depuis sa mort. Pourtant, aujourd'hui, il aimerait se précipiter à l'intérieur et la trouver exactement telle qu'elle était – mêmes canapés, mêmes meubles, mêmes rideaux, même cuisine propre et rangée, où flotte encore l'odeur du pain de la veille ou du rôti du jour, la grosse télé carrée dans l'angle, surmontée d'un napperon et de figurines en verre, l'odeur agréable de poussière. Il veut retrouver cet endroit disparu et y dormir.

La tête de Loretta apparaît à la fenêtre de la cuisine. Elle contemple un moment la scène d'un air impassible, voit Jason, agite rapidement la main, puis s'empresse de rentrer. Jason se force à avaler un morceau de beignet. Du coin de l'œil, il aperçoit le dos raide et la barbe de Dean, qui surgit à ses côtés, une tasse en polystyrène à la main. Son oncle lui adresse un signe de tête. Jason se demande si Loretta lui a parlé de leur conversation – s'il sait que Jason lui a demandé comment ils s'organisaient ici. Dean observe Jason pendant quelques secondes gênantes.

« T'as besoin d'une batte ? finit-il par demander.

– Je ne crois pas.

– Tu vas y aller avec tes poings ? »

Dean n'a vraiment pas l'air de plaisanter. « Tu peux peut-être aider les dames avec la nourriture, alors, reprend-il, confronté au silence de Jason. Où est ton pèwre ?

– À la maison. »

Dean hoche la tête.

« Je m'en serais douté. »

Ils enflamment le désert deux cents mètres plus loin et un trait orange ondulé se met à ramper sur la terre. Loretta sort de la maison avec Ruth. Elles rejoignent un demi-cercle de spectateurs, nichés derrière le demi-cercle de batteurs. Les hommes et les garçons. Jason reste à l'écart, les mains enfoncées dans ses poches, distinct des autres spectateurs, qui forment une ligne. Loretta constate que son ami, l'Indien trapu, assez beau garçon, a rejoint le cercle des batteurs, environ vingt-cinq au total, qui se mettent à brailler une fois le feu allumé. Bradshaw, le plus bruyant d'entre eux, fait tournoyer sa batte – qu'il a fabriquée lui-même, en plantant des clous dans une planche en bois. Il remue les hanches et danse de manière obscène, et Loretta sait qu'il se donne en spectacle pour elle. Deux types se mettent à taper le sol avec leur batte, soulevant des nuages de poussière au ras du sol.

Des lapins surgissent dans le désert, droit devant, des points noirs éparpillés, qui finissent par converger pour former une seule et même masse. Trois cow-boys à moto vont et viennent, travaillent les flancs du troupeau comme pour rassembler du bétail. Les flammes, laissées sans surveillance, atteignent un épais fourré de sauge, qui s'embrase subitement. « Qui s'occupe de ce feu ? Qui contrôle ce feu ? » hurle Dean, debout au milieu du cercle. Personne ne répond, mais, compte tenu de l'humidité et du froid, le foyer a peu de chance de se propager. Les lièvres affluent dans un chaos frénétique, tel un tapis sombre qui se déroule et dégringole dans le désert.

Loretta ne veut pas voir ça. Elle regarde Ruth, qui ne sourcille jamais, et Ruth se retourne, s'adoucit presque, s'autorise à manifester de la gêne, puis hausse les épaules. Les lièvres foncent, se rapprochent de plus en plus – une centaine de mètres, puis soixante-dix –, déferlant dans la sauge comme un fleuve en crue. Loretta voit le jeune Indien se tourner vers Jason, mimer un rire hystérique. Jason se tient en retrait, à l'écart, se dit-elle, seul parmi tous ces gens, ce qui exige un certain courage. Les lièvres les plus rapides filent ici ou là, mais sont piégés par la vague qui déferle derrière eux. Plus ils s'approchent, plus un grondement s'élève, comme s'il y avait un troupeau de chevaux au loin, puis le premier d'entre eux pénètre dans la gueule béante de la clôture.

« Tenez-vous prêts ! » hurle Dean. Les hommes se mettent à frapper le sol avec leurs clubs et leurs battes, et, soudain, tout semble aller trop vite, les bestioles bondissent et zigzaguent, roulent sur leurs congénères qui ralentissent ou trébuchent, puis offrent le plus beau des spectacles : des lièvres se détachent de la meute et s'élancent avec majesté de trois mètres, de six mètres, au-dessus de la masse mouvante. Et, lorsqu'ils ne sont plus qu'à vingt mètres, dix mètres, chacun de ces acrobates semble suspendu dans les airs, au ralenti, alors que sous eux la masse ne cesse d'accélérer.

« Ma parole ! » s'écrie une voix que Loretta attribue à Ruth, blême et ébahie. Et, lorsqu'elle se retourne, les hommes, tout à leur tâche, ne cessent d'abattre leurs armes, emplissant l'air de craquements humides et sourds. Quelques fugitifs slaloment, le regard paniqué, mais beaucoup tombent aux pieds de leurs bourreaux. Une brume ensanglantée s'élève. Une odeur d'ammoniac nauséabonde. La terreur de ces créatures s'imprime dans l'esprit de Loretta. Un des lièvres se glisse entre les mailles du grillage en traînant une patte. Il hurle presque comme un enfant. Un goût de cuivre envahit la bouche de Loretta alors que l'animal isolé, qui continue à hurler, se traîne vers les spectateurs, à l'abri des battes, et que les hommes frappent encore et encore, réduisant les lièvres les plus proches à un amas de chair noir, humide et poussiéreux. Des nappes de sang jaillissent régulièrement, comme d'un arroseur mal réglé.

Ruth se précipite en avant et se baisse pour attraper un bloc de roche volcanique. Elle le soulève à deux mains au-dessus de sa tête, l'abat violemment, et le hurlement cesse.

Face au cercle d'hommes qui s'épuisent bêtement, jubilent aveuglément, entraînent leurs enfants dans ce carnage, joignant leurs mains couvertes de sang – face à leurs vêtements de fermiers, leurs salopettes et leurs chemises élimées dans le dos –, Jason sent son mépris grandir. Il a l'impression d'être arrivé à un point de rupture. Un point final.

Il ne fait pas partie de tout ça. De ces gens-là.

Quand Ruth a écrasé le lièvre blessé, transformant la créature en un amas silencieux de sang et d'organes luisants, Jason a pris de la distance dans sa tête, et, en un sens, n'a plus été touché. Lentement, les hommes quittent le cercle. Parfois, une secousse fait frémir la pile de carcasses. Des soubresauts frénétiques. Une autre mutilation incomplète. Dean s'avance face au groupe, la chemise éclaboussée de fines gouttelettes de sang, comme des petites taches de peinture échappées d'un rouleau trop engorgé, et se pose en patriarche.

« Nous vous devons notre gratitude », dit-il. Son visage, voilé de poussière, présente une tache noire au-dessus de l'œil gauche. Il croise les bras et baisse la tête.

« Notre Père qui es aux cieux », commence-t-il, et Jason a l'impression d'entendre son propre père lorsqu'il prie, « nous venons à Toi aujourd'hui, le cœur empli de reconnaissance pour l'aide que Tu nous as apportée dans la protection de nos cultures et de nos terres. Nous Te remercions, ô Seigneur, de nous avoir donné la force et la volonté d'accomplir cette tâche, aussi ingrate soit-elle… »

Il poursuit sa prière, rendant grâce au Seigneur pour la nourriture accordée au petit-déjeuner et au déjeuner, pour la santé, la famille, leur vie d'abondance, l'Évangile – et Jason se demande ce que Dean entend par Évangile, en quoi sa compréhension de l'Évangile diffère-t-elle de celle de ses parents, et de celle des catholiques, des méthodistes et des luthériens – et Le remerciant d'avoir envoyé son Fils unique pour racheter l'humanité.

Jason regarde autour de lui. La plupart des hommes baissent la tête, mains croisées. Boyd regarde aussi autour de lui. Leurs yeux se croisent et Boyd sourit. La zone de frappe idéale de sa batte est maculée de sang noir et de poils emmêlés. Jason, encore sous le choc, se retire dans une distance molletonnée. Lorsqu'il tourne la tête, il voit Loretta, le regard fixé au sol, l'arête du nez pâle, à côté de Ruth, qui a les yeux fermés.

Après la prière, les hommes chargent les carcasses dans des sacs en jute, qu'ils empilent sur le plateau d'un pick-up. Comme la plupart des gens, Boyd et Jason rejoignent à pied la maison de Dean. Triomphalement pour Boyd, qui ne tient pas en place ; dans le silence pour Jason. Le temps est frais et ensoleillé et des vapeurs âcres d'herbe brûlée traversent le désert, distinctes des doux effluves de sauge. Les cris se sont presque tus sur le bas-côté de la route et la fourgonnette de la chaîne de télévision a disparu. C'est bientôt l'heure du déjeuner. Un petit groupe de batteurs dégrisés se rassemble dans la cour de Dean autour du camion-snack, qui sert des hot-dogs, des hamburgers et du chili.

« En tout cas, ces petits casse-pieds sont fichtrement rapides.

– Plus rapides que la colique. C'est même pas la peine d'essayer de les dégommer séparément.

– Il faut juste taper dans le tas, Monsieur.

– Je ne sais pas combien de ces petits gars j'ai eus, je dirais trente ou quarante.

– T'en as probablement eu deux fois plus que tu ne le crois.

– C'était plutôt marrant, vraiment.

– C'est pour la bonne cause, en tout cas. »

Boyd se dirige vers le camion-snack pendant que Jason s'approche de la limite du jardin pour contempler l'endroit d'où ils viennent. Deux pick-up et quelques hommes finissent le travail sur place. Le feu a été étouffé et des restes de fumée dérivent lentement. Puis Loretta apparaît à côté de lui. Quelque chose attire ses yeux vers le sol. Elle semble minuscule dans sa robe et le regarde avec une telle intensité qu'il recule avant de se reprendre.

« Ma parole, murmure-t-elle.

– Je sais », dit-il.

Il est suffisamment près d'elle pour l'atteindre. La toucher. Ils restent côte à côte, face au désert. Loretta renifle. « Il faut que je parte d'ici », dit-elle.

Les nuages se dissipent dans l'esprit de Jason, une vitesse s'enclenche. Ce serait facile. Tellement accessible. Son grand-père émerge du monde céleste des défunts, sa voix lui revient, le jour de ce fameux sabbat jubilatoire où il avait expliqué à Jason qu'il avait quitté sa famille à dix-sept ans pour s'engager dans l'armée : « J'avais le feu au derrière, juste envie d'aller quelque part. N'importe où plutôt qu'ici. »

Dix-sept ans – l'âge de Jason.

Il n'est pas pris au piège. Ils ne sont pas pris au piège, loin de là.

« Tu veux aller où ? » demande-t-il.

Elle regarde le désert sans vraiment le voir. Ruth appelle « Loretta » d'une voix sèche et le moment détale.

Loretta se tourne et file vers la maison. Où veut-elle aller ? Lorsqu'elle pense à son avenir, elle imagine toutes sortes d'expériences et de libertés, s'achète toutes sortes de vêtements neufs, dévore des sucreries et du bœuf à longueur de journée, conduit une voiture rose et porte du rouge à lèvres Tussy. Mais où se trouve-t-il ? À quel endroit ?

Elle s'arrête à une table de pique-nique pour ramasser des assiettes et des verres en carton. Bradshaw s'approche, fait un petit pas de côté à son intention. De la poussière macule le sang sur ses mains, ses avant-bras, sa chemise et son pantalon – une tache encore plus immonde recouvre son entrejambe et ses cuisses. Il lui décoche un clin d'œil.

Loretta sent Ruth qui les observe sur le côté. Bradshaw poursuit son chemin, mais Jason s'approche, tout timide et dégingandé, rouge comme une pivoine. *Va-t'en*, a-t-elle envie de lui dire, parce que c'en est trop, parce que Ruth est à proximité et qu'elle les observe – mais pourquoi les observe-t-elle ?

Jason attrape une assiette barbouillée de ketchup et demande, de manière tellement indiscrète qu'il semble persuadé du contraire : « Tu veux aller où ? »

Bradshaw se met à rire, une sorte de braiment qui s'élève au-dessus du bruit. Le visage de Ruth semble coincé dans la fenêtre de la cuisine. Loretta passe à une autre table de pique-nique. Se concentre sur les assiettes à ramasser. Jason ne bouge pas. L'observe. Il a pris une décision et ça la rend nerveuse. *VA-T'EN*. Ce qu'elle a senti chez lui pendant la battue aux lièvres – une distance résolue, une défiance –

ne lui semble désormais qu'un entêtement puéril. VA-T'EN. Ruth traverse la pelouse à grands pas, un sac-poubelle à la main. Loretta sent la blessure irradiante de Jason : elle doit être visible de tous. Ruth s'arrête devant Loretta, ouvre le sac devant elle d'un coup sec. Loretta y laisse tomber les déchets, puis Ruth se tourne vers Jason, répète le mouvement, et Jason y jette la seule assiette en sa possession.

Ruth secoue le sac pour le stabiliser. « OK », dit-elle avec insistance.

Jason – *arrête ça, arrête ça immédiatement, va-t'en !* – s'obstine à regarder Loretta et lance : « À plus tard. »

Elle ne répond pas.

« Dis à ta mère qu'on vous invitera très vite, lance Ruth.

– Pour manger du lapin ? » demande Jason.

Loretta déteste autant qu'elle adore sa remarque.

« C'est très bon en friture », répond Ruth.

Jason rentre à pied à la maison – il laisse Boyd et s'en va. Sa vie, trop vide jusque-là, est désormais trop pleine. Impossible à digérer. Est-ce que Loretta et lui vont faire quelque chose ensemble ? Est-ce que c'est réel ?

Une fois chez lui, il s'installe devant un match de football à la télé sans y prêter réellement attention. Quand vient l'heure des informations, il regarde le reportage de KMVT sur la battue. Il y a des images de la dispute entre Dean et le journaliste, mais celles du massacre, prises de loin, sont impossibles à identifier. On dirait un match de foot, un mouvement de foule. Sa mère braille des questions depuis la cuisine.

« Ruth dit qu'elle va nous inviter à dîner, déclare Jason.

– Ne nous faisons pas trop d'illusions », répond-elle.

Au dîner, son père ne mentionne la battue qu'au moment d'entamer sa deuxième assiette et sans prendre la peine de lever les yeux.

« Partout où je suis allé aujourd'hui, les gens m'ont posé des questions sur ce cirque », dit-il. Il donne des coups de fourchette en direction de la ferme de Dean. « Il ne lui a pas fallu deux mois pour tourner tout le coin en ridicule.

– Lou, intervient sa mère. Ce qui s'est passé là-bas reste là-bas.

– Là-bas c'est ici, dit-il. On vit tous au même endroit. »

Il mâche rapidement, enfournant les bouchées comme pour punir le rosbif. Des taches de colère violettes apparaissent à la naissance de ses cheveux. « Et toi ? Qu'est-ce que tu en penses ? demande-t-il à Jason, les yeux toujours baissés.

– C'était atroce, répond-il. C'était... dégueu. »

Il se souvient du lapin blessé, de Ruth et de la roche.

« Je t'avais bien dit que ça ne te plairait pas », reprend vivement son père, dont la fourchette, qu'il laisse tomber dans son assiette vide, provoque un bruit métallique.

Jason bouillonne. Cette suffisance. Ces vaines certitudes. C'est une seule et même chose. C'est du pareil au même, ce qui se passe ici et ce qui se passe là-bas. Là-bas est ici, ici est là-bas.

Tu veux aller où ?

EVEL KNIEVEL S'ADRESSE À UNE NATION QUI L'IDOLÂTRE

Mes bottes n'ont jamais fait le bruit qu'il fallait dans cette satanée machine. J'aurais dû prendre ça comme un avertissement. Le Skycycle X-2 avait beau être ma fusée à moi, rouge, blanc et bleu, gravée à mon nom en lettres dorées, quand j'ai posé un pied dedans et que le plancher métallique a résonné sous mes talons, j'ai eu l'impression d'être dans un truc en fer-blanc. J'y ai casé mon derrière, le bidule s'est mis à grincer et à grogner. Et je me suis dit : C'est ça le vaisseau qui va me conduire vers la gloire ?

Il a fallu tellement de temps, d'efforts et d'emmerdements pour aboutir à ce moment. Comme tous les moments. Si fragiles, si dépendants de tout ce qui précède, de toutes les promesses, de toutes les peurs. J'envisageais déjà de franchir un canyon bien avant d'avoir sauté quoi que ce soit. J'avais cette foi en moi. D'abord, il a été question du Grand Canyon, puis de la Snake River, jusqu'à ce que le temps fasse son œuvre, que le rêve du canyon ne soit plus de simples mots, mais des mots souvent prononcés, un engagement, une promesse. Le temps a déformé le rêve. L'a transformé en réalité. L'acier, les rivets, le moteur à vapeur, les permis, les vendeurs de journaux, les mots prononcés, les mots à l'origine de tout, la fusée, le parachute, la fanfare, les mots, la prière qu'ils contenaient, l'invocation, les mots qui pénétraient l'air sous forme de sons et de signes, qui rassemblaient des atomes et des molécules, qui prenaient tout bonnement du poids, Amérique, de la puissance, de la masse, jusqu'à ce qu'ils deviennent des choses réelles, autonomes et indéniables, transformées en un vaisseau capable de nous projeter en avant, une balle, une munition – un train, une balle, une fusée constellée d'étoiles, un putain de bordel, un moteur universel insensible aux lois de la physique et aux limites de la gloire.

C'est à cette place que j'étais assis cet après-midi-là. À la pointe de cette balle. Le 8 septembre 1974. Je me suis frayé un passage à travers la foule, j'ai touché les gens et j'ai vu l'effet que je leur faisais. Evel Knievel s'est élevé jusqu'à la rampe sur un trône, et ils ont rugi. J'ai pensé à César, à Kennedy, à Alexandre le Grand. J'ai pensé ascension. Je croyais à la fulgurance du moment, à la pression de l'instant, à la noblesse qui vivait en moi, nécessairement, car je voyais tout ce en quoi mes mots s'étaient mués, tout ce qu'ils étaient devenus, et ces gens venus me vénérer le voyaient aussi.

Et puis, j'ai posé le pied dans le cockpit et j'ai senti le talon de ma botte tambouriner sur le plancher du Skycycle.

Et j'ai su.

OR

18 octobre 1975

Boyd

Personne au monde n'aurait cru Harder capable d'un tel coup, se dit Boyd. Il y a une heure encore, alors qu'il attendait chez lui après avoir rangé ses affaires dans un sac marin, priant pour que sa mère ne rentre pas plus tôt du Lincoln Inn, Boyd ne pensait pas une seconde qu'ils s'en iraient vraiment. Il ne s'était jamais imaginé que Jason – l'enfant sage, le chef scout qui jurait à voix basse et tressaillait chaque fois qu'on faisait mine de lui balancer un coup de poing – aurait suffisamment de cran pour ça.

Pourtant, les voici en route, en route, partis. Minuit sonne lorsqu'ils traversent Wendell dans la grosse LeBaron en respectant la limitation de vitesse. Ils passent sous le panneau dressé au milieu de la ville – LE HUB DE LA VALLÉE MAGIQUE –, dépassent un motel, une épicerie, un bar puis un silo à grains, avant de s'engager sur l'Interstate 84.

Jason est au volant, Loretta à la place du mort et Boyd sur la banquette arrière. Franchement, Boyd ne voit pas ce que Jason lui trouve. Une nana maigrichonne aux cheveux châtains. Il est prêt à parier qu'elle fait déjà la cuisine comme une grand-mère. Il est excité de partir, mais déconcerté par Harder, qui reste un mystère bien qu'il soit son plus vieil ami : déconcerté par son geste et sa motivation. Fuir une vie si confortable. Jason a pris la voiture de ses parents, même si c'est un peu la sienne, puisqu'il la conduit tout le temps, la Chrysler Imperial LeBaron de 1970 vert laitue au toit noir, qui glisse sur la route grâce à ses amortisseurs et tire un max dans les virages. Un navire terrestre. Les sièges en cuir cousu sont larges et profonds et l'indicateur de vitesse, dont l'aiguille oscille à l'envers, s'étale au-dessus du volant. Le chauffage souffle bruyamment et le nouveau lecteur huit pistes est suspendu sous le tableau de bord. Au moment de quitter Wendell, le silence se tend, s'alourdit dans l'habitacle, car c'est la première fois qu'ils se retrouvent ensemble. Jason se met à accélérer à l'approche de l'Interstate 84, le moteur gronde, l'aiguille dépasse les quatre-vingts, quatre-vingt-quinze kilomètres-heure, et la LeBaron atteint son rythme de croisière. Lorsqu'ils s'engagent sur l'autoroute, Boyd a l'impression de quitter la terre, de s'envoler.

« Quelqu'un veut de la tarte ? » demande Loretta.

Des fugueurs, songe Boyd. C'est ce qu'on dira de nous. Dans combien de temps ? Sa mère découvrira-t-elle ce soir ou demain matin qu'il est parti ? La radio émettra-t-elle des bulletins spéciaux ? Les journaux publieront-ils leurs photos ? *Des fugueurs*. Il a du mal à voir où tout ça va le mener, mais, pour l'instant, il n'est déjà plus ce qu'il était jusque-là, et c'est super sympa.

« Et comment, que je veux de la tarte ! » répond-il.

Jason reste silencieux. Il conduit, encore et encore. *Ne nous fais pas la farce de te dégonfler, Harder,* se dit Boyd. Loretta se penche en avant, sort un moule recouvert de papier aluminium du sac calé entre ses pieds, s'agite brièvement après l'avoir posé sur ses genoux, puis lui passe une part, qui laisse échapper une masse sanglante sur les côtés.

« Rhubarbe, dit-elle avec un sourire en coin, les yeux plissés, pleins de malice.

– Beurk. Tant pis.

– Ne te force pas pour me faire plaisir, dit-elle en se retournant. Jason ?

– La rhubarbe, c'est un de ces trucs..., poursuit Boyd. Je veux dire, d'après vous, qui a eu l'idée de mettre ça dans une tarte ? C'est comme fumer. Qui c'est qui a fait ça en premier ? Et puis, pourquoi avoir continué ? Enfin, je sais ce qui se passe si tu fumes comme un pompier, tu deviens accro, etc. Tu finis par aimer ça, tu ne peux plus t'arrêter... Mais le premier type qui a fumé ? Pourquoi est-ce qu'il a continué ?

– Je veux bien de la tarte, merci, dit Jason.

– Et le premier type qui a fait une tarte à la rhubarbe ? Pourquoi est-ce qu'il a continué ? » insiste Boyd.

Telle une créature morte, la part de gâteau pèse dans sa main. Loretta tend un morceau à Jason sur une serviette, en laissant apparaître un bout de langue humide au coin de sa bouche.

« La tarte à la rhubarbe de Ruth, dit-elle d'un air triomphal. Elle va être sacrément dégoûtée. »

Jason prend une bouchée et pousse un grognement. Loretta tend la main et essuie une tache gélatineuse sur son menton, comme si c'était un enfant. Boyd se lance aussi et sa bouche se crispe : la sensation d'avoir mordu dans un citron.

« Bordel de merde », marmonne-t-il en baissant la vitre. Il crache dans l'air glacé qui lui cingle le visage et une bouillie gélatineuse s'étale sur la vitre arrière. « C'est une blague ? »

Loretta ne répond pas. Elle tient une troisième part de tarte et la regarde, perdue dans ses pensées. Puis elle répond d'un air rêveur : « C'est comme ça qu'elle la fait. »

Elle baisse la vitre et la balance dans la nuit glaciale. L'air vif s'engouffre à l'intérieur de l'habitacle et Boyd jette aussi la sienne. Jason passe sa part à Loretta, qui la balance, avant d'attraper le moule par terre et de le tenir à deux mains, comme si elle s'agrippait à un volant. Puis elle se tourne sur le côté et maintient la tarte à l'extérieur, prête à l'offrir à la nuit.

« Vas-y, dit Boyd. Oui. »

Elle attend, encore et encore, jusqu'à ce qu'un panneau de sortie apparaisse devant eux : TWIN FALLS I. Puis elle soulève la tarte et la propulse délicatement dans l'air – un geste expert, se dit Boyd, le geste d'un spécialiste des lois de la physique qui régissent la projection d'un corps vers un panneau d'autoroute depuis un véhicule en marche. Le métal résonne faiblement, laissant un écho dans leur sillage. Boyd pousse des cris de cow-boy et Loretta sourit discrètement en se recalant dans son siège. Mais que fait Jason dans son coin, tout silencieux ? Est-ce qu'il regrette ? Est-ce qu'il a peur ?

Il n'a pas intérêt à tout faire foirer.

Ils prennent la sortie de Twin Falls, traversent le pont. Des voiles brumeux se déploient devant les étoiles. Il est à peine une heure passée, mais même les lumières qui scintillent devant eux ne peuvent effacer le sentiment d'un monde vide. Boyd est certain que Jason va dire quelque chose sur Evel Knievel, sur la rampe, dont la silhouette se profile au bord du canyon, mais, par miracle, il reste silencieux. Loretta tourne le bouton de la radio, cherche une station sur la bande AM et s'arrête sur un prédicateur qui, du cœur des ténèbres, les interpelle de sa voix de baryton aux accents du Sud :

Je regardais lorsqu'Il ouvrit le sixième seau. Et il y eut un grand tremblement de terre, le soleil devint noir comme un sac de crin, et la lune entière prit l'aspect du sang.

Boyd se met à grogner : « Change-moi ça ! »

Et les rois de la terre, les grands, les riches, les chefs militaires, les puissants, tous les esclaves et les hommes libres se cachèrent dans les cavernes et les rochers des montagnes. Et ils dirent aux montagnes et aux rochers : « Tombez sur nous et cachez-nous devant la face de celui qui est assis sur le trône, et de la colère de l'Agneau ! Car le grand jour de Sa colère est venu, et qui pourrait y résister ? »

« Moi ! » dit Boyd, et Loretta éteint la radio. Jason insère *Hotter Than Hell* de Kiss. Elle lui sourit en baissant le volume et déplie une carte. « Roule jusqu'à la Highway 93 », lui dit-elle. C'est elle qui a conçu leur itinéraire. Pour commencer, ils vont traverser le Nevada pour rejoindre Short Creek, où elle doit récupérer des affaires. Ensuite, ils verront bien. Plusieurs options s'offrent à eux : l'Ohio pour Jason, qui veut voir le prochain saut d'Evel Knievel ; la côte pour Loretta, qui n'a jamais vu la mer ; et la réserve de Pine Ridge pour Boyd… même si aucun d'eux ne semble convaincu qu'il y aura une suite.

« Bon sang, dit Boyd. On l'a vraiment fait. On est en route. Libres. Totalement, parfaitement libres, les mecs. Visez-moi un peu ça. Sentez-moi ça. Soyez attentifs. Vous sentez ce que ça fait ? Sentez-moi ça. Ça fait du bien, pas vrai ? C'est franchement génial. »

Loretta bâille.

« On s'arrête quelque part ? demande Jason.

– Elko ? Je pensais à Elko, répond-elle.

– Bordel, non, dit Boyd. Il faut avancer, encore et encore.

– Je vais peut-être fermer les yeux quelques secondes, dit Loretta.

– Encore, encore et encore », répète Boyd, qui martèle l'arrière du siège de ses mains.

Ils traversent Twin Falls, reprennent une autoroute, les phares de la LeBaron enserrés dans un gant de velours sombre, et filent au sud, vers le Nevada. Avant même de s'en rendre compte, ils dépassent un daim au bord de la route, les yeux rougis par les feux éclatants du véhicule.

Loretta se redresse sur son siège, se frotte les yeux et lance : « Si on faisait un jeu ?

– Du genre Monopoly ? demande Boyd.

– Du genre, chacun révèle un truc sur lui-même. Chacun à tour de rôle. Un truc à la fois. Histoire de mieux se connaître. Un truc rapide. Peu importe le sujet. Je commence. Je suis mariée à Dean. Autant régler ça tout de suite. On s'est mariés l'année dernière. Ma famille a tout arrangé. J'étais contre.

– Holà, holà, holà, s'écrie Boyd en feignant d'être stupéfait, bien qu'il le soit quand même un peu. Pardon ? Tu peux répéter ?

– Arrête ! lance-t-elle en lui retournant son sourire. Ce n'est pas un mariage légal. Suivant ! À toi, Jason.

– On ne pourrait pas parler un peu plus de ça ? » insiste ce dernier.

Elle le frappe à l'épaule.

« À toi.

– Il me reste deux insignes à obtenir pour devenir chef scout. Je ne les aurai probablement jamais.

– Boyd ? demande Loretta.

– Je suis un pilote de jet supersonique. Je suis un maître de la contorsion et j'apprends la magie noire. Je connais le secret du Triangle des Bermudes. J'ai vu *Les Dents de la mer* quatre fois.

– Une seule chose à la fois, rappelle Loretta, amusée. OK, à mon tour. J'aime la country.

– J'aime le rock, dit Jason.

– J'aime Led Zeppelin, Foghat, Bad Company, Cream, Kiss, Pink Floyd, les Rolling St..., dit Boyd.

– Une seule chose.

– Pardon. Une seule chose.

– OK, dit-elle. Je suis née à Sedona, Arizona.

– Je suis né à Gooding, Idaho, dit Jason.

– Je suis né à Emmett, Idaho, dit Boyd.

– Je déteste l'Église.

– Moi aussi.

– C'est quoi, l'Église ?

– OK. Je ne crois même pas en Dieu, renchérit-elle. Enfin, il me semble. »

Boyd trouve ça incroyablement sexy. « Je suis à moitié indien, dit-il. C'est ce que prétendent tous les gamins d'ici ou presque, sauf que pour moi, c'est vrai. Il suffit de me regarder. Vous avez vu ce nez ? Typique des Nez-Percés. Ou des Shoshones. Je ne connais pas mon père. Il est indien, mais ma mère ne sait même pas de quelle tribu il vient. C'est comme si elle avait fait ça avec un Européen sans se demander s'il était français ou italien. Il s'appelle Francis Daubert. Frank.

– Une seule chose, Boyd. »

Loretta, qui s'est tournée vers lui, esquisse un sourire.

« Zut. J'ai encore oublié.

– Je veux vivre au Texas, dit-elle.

– Pourquoi au Texas ? demande Jason.

– Pas de questions. Ou peut-être dans le Montana.

– OK. Toute ma vie ou presque, je suis allé au temple le dimanche, dit Jason.

– Je veux vivre n'importe où, sauf à Gooding. Je déteste cet endroit. Je le hais. Une capitale d'abrutis. Il me tarde de me tirer de là – mais, attendez… c'est déjà fait. Je me suis tiré. Hourra ! »

Les histoires s'empilent les unes sur les autres. Jason parle du *Seigneur des anneaux* et de l'inébranlable Samsaget Gamgie. Des veaux qu'il élève pour les ventes de bétail. Du saut d'Evel Knievel, évidemment. Boyd revient sur le jour où il est allé récupérer au Mirage sa mère qui avait perdu connaissance. Loretta évoque une dispute avec Ruth, qui voulait lui apprendre à tricoter et à coudre et qui s'est mise à laisser traîner des aiguilles et des écheveaux dans sa chambre. Elle ajoute qu'elle préférerait aller en prison plutôt que de vivre dans cette famille. « Même si j'adore les enfants », précise-t-elle.

Le jeu prend fin. Loretta et Boyd se disputent au sujet de la battue. Loretta a détesté ça – le sang, la violence, la cruauté, l'excitation – alors que Boyd, pour qui les lièvres ne sont que des rongeurs à éliminer, préfère s'y prendre de ses propres mains plutôt que de répandre du poison et s'éclipser discrètement.

« Pourtant, c'est complètement différent, insiste Loretta. Si tu les empoisonnes, tu ne le fais pas par plaisir. Il y a quelque chose de malsain à tant aimer la mort et le sang. C'est flippant. »

Elle se retourne et pointe un doigt faussement accusateur sur Boyd.

« T'es flippant. »

Boyd ne peut s'empêcher de noter qu'elle semble ravie de prononcer ces mots.

Jason

Tout a basculé si vite. Ça fait combien de temps qu'ils roulent ? Deux heures ? La montre de Jason indique presque deux heures du matin quand l'éclat lunaire d'un casino surgit devant eux – une île au milieu d'un parking à la lumière nacrée –, et Loretta annonce qu'elle aimerait prendre le volant.

Jason tarde à répondre, mais elle insiste : « S'il te plaît ? S'il te plaît, Jason ! » Et Boyd enfonce le clou : « Bon Dieu, Harder ! » L'idée que se faisait Jason de ce départ est de moins en moins claire. En réalité, tout s'est compliqué à partir de la battue. C'est Loretta qui a déclaré en premier qu'elle voulait partir. Et c'est elle qui l'a contacté – qui est venue à lui au petit matin, alors qu'il nourrissait les veaux, pour préparer leur fuite. C'est elle qui a tracé leur itinéraire jusqu'à Short Creek, parce qu'elle devait y récupérer quelque chose, sans préciser quoi, et c'est elle qui a dit qu'ils devaient passer par le Nevada, qui ne grouille pas de flics la nuit, contrairement à l'Utah. Comment est-ce qu'elle peut savoir à quoi ressemble le Nevada la nuit et combien de flics il y a dans l'Utah ? se demande-t-il.

C'est elle qui flirte avec Boyd. C'est elle qui n'a pas adressé le moindre regard ambigu, le moindre signe, à Jason. C'est elle qui a lancé : *Faisons un détour par Elko*, et quand Jason s'est exclamé : *Elko ?*, c'est encore elle qui a répondu : *Allez ! Ce sera marrant.*

La frontière du Nevada à peine franchie, ils arrivent à Jackpot. Jason gare la LeBaron au bout d'un parking. Une enseigne au néon géante, qui se détache contre le ciel, indique CACTUS PETE'S.

« Youpi », jubile Loretta. Elle bondit presque sur son siège. « Ne va pas nous tuer, Lori », lance Boyd, et Jason n'en revient pas : *Lori ? Lori ?* « Fais gaffe, dit-il. C'est la voiture de mes parents. » L'incongruité de sa remarque est flagrante, mais c'est Loretta qui répond : « T'es sûr que c'est encore leur voiture ? » en riant et en tambourinant sur le tableau de bord.

Tout va de travers. Tout est sens dessus dessous. Et, pour être honnête, c'est le cas depuis que Loretta l'a vu dans son T-shirt Rolling Stones à la grosse langue lascive. Depuis qu'elle lui a dit : « Il faut que je parte d'ici. » Depuis qu'elle a réfléchi, au fil des jours qui ont suivi cette déclaration, à un stratagème pour communiquer avec lui et préparer leur fuite.

C'est elle qui contrôle tout. Il continue à se dire qu'il est son sauveur – parce que c'est ce qu'il est censé être, parce que la vie est ainsi faite – et pourtant, depuis le début, c'est elle qui contrôle tout.

Après la battue, Jason a saisi la moindre occasion de se frayer un chemin jusqu'à Loretta. Deux jours plus tard, il s'était arrêté chez elle en rentrant du lycée, sous prétexte d'emprunter une des pinces de Grand-Père pour tendre le grillage. Mais oncle Dean, qui était dans la cour, était allé la chercher lui-même dans le hangar. Aucun signe de Loretta. Le lendemain, quand Jason avait rapporté l'outil, c'est Ruth qui avait ouvert la porte. Elle l'avait prié de remettre la pince à sa place, sans l'inviter à entrer. Chaque fois qu'il se préparait à y aller, il avait les nerfs à vif, se demandait ce qu'il ferait s'il voyait Loretta, et chaque fois qu'il repartait, il se sentait perdu. Il avait téléphoné à trois reprises au cours de la semaine suivante et, chaque fois, c'était Ruth qui avait répondu – « Harder », comme si elle en voulait à leur nom. Jason avait raccroché.

En attendant, alors que les événements l'invitaient à se métamorphoser en homme d'action, il était devenu une jeune fille rêveuse. Allongé sur son lit, avant que le sommeil ne vienne, il bâtissait des scénarios où Loretta et lui s'en allaient ensemble, éperdus d'amour. Il les imaginait au bord de l'océan Pacifique, flanquant des coups de pied dans les vagues ou poursuivant un cerf-volant. Au Grand Canyon, bras dessus bras dessous, bouche bée devant ce trou béant, ou aux chutes du Niagara, se tenant la main dans les embruns – des sites qu'il avait vus dans des magazines ou à la télévision. Il ne les imaginait jamais dans des endroits qu'il connaissait déjà – comme le nouveau centre commercial de Twin Falls ou au stade de foot du lycée. Dans ses fantasmes, il réglait son compte à Dean – il le frappait, lui assenait des coups de planche dans le dos ou le tenait à bout portant pendant que Loretta et lui sortaient lentement de la maison à reculons. Mais, le plus souvent, il les imaginait simplement ensemble, dans un appartement en ville, comme celui de la sitcom *The Bob Newhart Show*, entouré de baies coulissantes et inondé de lumière nocturne.

Il imaginait Loretta s'approcher de lui, passer ses bras autour de ses épaules, enfouir le nez dans son cou. Des scénarios chastes, impossibles et sans vie. Et, chaque fois qu'il se rappelait qu'il ne la connaissait pas, il faisait appel à son imagination pour combler le vide, jusqu'à ne voir chez elle qu'une seule et unique qualité extraordinaire : l'attirance aveugle, inébranlable qu'elle ressentait pour lui.

Elle avait disparu pendant des jours, au point qu'il commençait à se demander s'il avait mal compris ce qu'ils s'étaient dit en cet après-midi sanglant. N'avait-il pas été question de passer à l'action ? Pour de bon ? C'était pourtant ce qu'il avait cru. Il avait attendu et comploté, exagérant tout dans son esprit, se gorgeant d'idées et d'attentes absurdes. Il sentait enfin, comprenait enfin, ce dont parlaient les gens, ce dont parlaient les chansons – cette douleur dévastatrice, dévorante. N'était-ce pas fantastique ? Toutes les chansons qui passaient à la radio semblaient lui être destinées. *Leur* être destinées. Marvin Gaye : *« How sweet it is to be loved by you. »* Minnie Riperton : *« Lovin' you is easy 'cause you're beautiful. »* Captain and Tennille : *« Love will keep us together. »*

Huit jours après la battue, Jason s'était réveillé à cinq heures et demie. Il avait parcouru la maison plongée dans un silence crispé, enfilé ses bottes et son blouson de travail dans l'entrée, bravé le froid métallique qui annonçait un hiver glacial et traversé la cour en terre battue jusqu'à la première salle de la laiterie, où il avait plongé chacun des huit grands biberons en plastique dans le réservoir avant de les coiffer de tétines rouges en caoutchouc. Les bruits d'aspiration et de jet de la traite se poursuivaient derrière la porte crasseuse à la vitre jaunissante derrière laquelle se tenait son père. Jason avait porté le lourd casier jusqu'aux enclos des veaux, renversé les biberons dans les supports en métal, et il était resté debout à regarder les petits couleur pie téter bruyamment et baver, instables sur leurs pattes nerveuses, lorsqu'il avait entendu un pick-up changer de vitesse en gémissant quelque part dans le désert, puis un sifflement accompagné d'un murmure derrière le hangar. Le soleil brumeux se levait péniblement à l'horizon. Jason avait entendu un second, puis un troisième sifflement, séparés par le mugissement saccadé d'un veau.

Au moment même où il se retournait, il avait entendu son nom.

« Jason. »

Le visage de Loretta, crispé et rougi par le froid, dépassait du hangar, et ses cheveux, attachés en arrière, étaient en partie dissimulés sous un épais bonnet en laine gris qui donnait à son visage un air frêle et menu – la peau gercée, les joues roses, une petite bosse en guise de menton. Ses grands yeux nerveux brillaient. Elle ne portait pas de robe, mais une veste d'homme en jean doublé de laine et le pantalon légèrement baggy, droit, qu'elle avait au séminaire. Elle avait souri et il s'était efforcé de l'imiter. Ils y étaient. Enfin. Jason avait regardé autour de lui, s'était dirigé vers elle. Un spasme irrégulier lui avait parcouru le visage et il s'était demandé comment elle le voyait. Elle semblait attendre quelque chose, si bien qu'il avait fini par se lancer : « Qu'est-ce que tu fais ici ?

– Ça fait une éternité que j'essaie de te parler, avait-elle répondu.

– C'est moi qui essaie de te parler depuis une éternité.

– J'ai appelé. Je suis passée.

– C'est moi qui ai appelé. Moi qui suis passé. »

Elle avait plissé le front et esquissé un rictus, comme si elle pensait que Jason la taquinait.

« OK, peu importe », avait-elle dit en inspirant. Elle s'exprimait comme une institutrice qui expose les règles. Ou quelqu'un qui dissimule une nuée de doutes derrière les grandes lignes d'un plan. « Il faut qu'on parle. Est-ce que je me trompe ? Sur le fait qu'il faut qu'on parle ?

– Non.

– Ce que je veux dire, c'est que je pensais qu'il y avait un petit truc, un petit accord ou je ne sais quoi entre nous. Si ce n'est pas le cas, alors d'accord, mais c'est ce que je croyais. » Elle ne semblait pas nerveuse, vraiment pas, juste libérée. « Tu me l'as demandé, pas vrai ? Tu m'as demandé où je voulais partir, et puis je n'ai plus réussi à te parler, à te trouver, parce que tout est complètement verrouillé chez moi, comme chez toi peut-être. J'ai appelé et tu n'as jamais répondu. Je suis passée déposer des conserves et je suis tombée sur ta mère. Je suis revenue samedi sous prétexte de rapporter un râteau – mais tu n'étais pas là, une fois de plus. Je commençais à me dire que je m'étais fait des idées. Et c'était terrible parce que tout ça m'excitait incroyablement. »

Elle avait marqué une pause pour lui permettre de répondre, mais s'était très vite remise à parler.

« Je n'ai pas inventé tout ça toute seule, pas vrai ? avait-elle insisté.

– Je ne le pense pas.

– Tu ne le penses pas. Tu veux dire que tu n'es pas sûr ? Qu'est-ce que tu veux dire ? Tu ne le penses pas ?

– Que tu n'as rien inventé. »

Elle l'avait fixé intensément. Rien de ce qu'il voyait – cette avalanche de mots, cette fuite en avant – ne correspondait à l'idée qu'il se faisait d'elle.

« Dean sait que tu es ici ? » avait-il demandé.

Elle avait écarquillé les yeux.

« T'es malade ? Comme si j'allais dire à Dean que je venais ici pour préparer ma fuite ! »

Ils avaient entendu un bruit, une sorte de crissement, et Jason avait failli bondir. « Tout doux, mon beau », avait-elle dit en souriant.

Quelque chose ne tournait pas rond. Elle n'était pas censée être calme.

« OK, bon. Tu te souviens de ce qu'on s'est dit ? Le jour de la battue ?

– Oui.

– Tu te souviens de ce que tu m'as demandé ? »

Ça y est ? Ils s'en allaient vraiment ? Il avait peur. Il était resté si sage pendant si longtemps qu'il ne savait plus être autrement.

« "Tu veux aller où ?"

– Exact.

– Oui. Je me souviens. »

Les veaux s'étaient mis à mugir et à trotter dans les enclos. Son père s'attendait à le voir revenir d'un moment à l'autre avec les biberons vides.

« Je sais où je veux partir », avait-elle dit.

Elle avait tout calculé. Elle savait tout.

Loretta conduit très, très vite. Parfois, elle détourne les yeux de la route et la LeBaron part à la dérive. Jason doit parler plus fort pour qu'elle s'en rende compte et ça la fait rire.

Elle parle d'Elko. Elle dit qu'elle leur trouvera une chambre, qu'elle réglera la note avec un chèque qu'elle a volé à Dean. Elle s'en occupera. Tout part tellement de travers. Jason a vidé son compte épargne et emporté tout l'argent destiné à sa mission – 71,53 dollars –, mais elle n'en a même pas besoin.

« Dean a un chéquier ? demande Jason, qui sait que son oncle se méfie des banques.

– Pour ses affaires. En cas d'urgence, répond-elle gaiement. Il semble qu'on soit face à une urgence. »

Dieu du ciel, qu'est-ce qu'elle est belle.

« Attends, intervient Boyd. Pourquoi est-ce qu'ils accepteraient que tu les paies avec un chèque de Dean ?

– On peut convaincre quasiment n'importe qui de faire n'importe quoi, répond-elle. Il suffit de le vouloir. »

Loretta

Elle a dit Elko comme elle aurait pu dire autre chose. Elle a dit Elko parce qu'elle voulait profiter de chaque moment de liberté à présent qu'elle est libre. Elle a dit Elko parce que Bradshaw lui avait raconté des histoires sur Elko. Elle a dit Elko parce qu'elle voulait voir ce que les garçons – ces gamins, ces gosses impatients – lui répondraient si elle disait Elko, et leur réaction ne s'est pas fait attendre.

« Mais ce n'est pas sur la route ! s'est exclamé Jason.

– Bordel de merde, Harder, t'es vraiment marrant », lui a rétorqué Boyd.

L'aube se lève lorsqu'ils s'approchent d'Elko. Ils serpentent entre les montagnes, plongent vers la constellation d'enseignes au néon qui s'ouvre devant eux. Boyd halète en ronflant. Au cours des deux dernières heures, Loretta a senti l'exaltation du départ s'émousser. Elle se sent accablée par la morosité, par ce moment qui se révèle incapable de l'enchanter. Elle était arrivée hier soir en se disant que Jason était un être charmant, simple, pur, qu'ils formaient une équipe tous les deux, quoi que cela signifie – et elle s'était dit que cela signifiait peut-être quelque chose. Que cette relation pure, fraîche, allait peut-être grandir. Mais, lorsqu'elle avait senti l'irritation de Jason vis-à-vis de Boyd, sa confusion et sa jalousie, elle avait compris qu'il n'était qu'un élément de plus, tout comme Boyd, du vaste monde qui l'observait et voulait faire d'elle son objet.

Il est trois heures passées lorsqu'elle guide la grosse voiture avachie dans le parking du Stockmen's, un puits de lumière au centre de la ville. D'immenses lettres rouges – STOCKMEN'S HOTEL – scintillent comme les portes de l'enfer au-dessus d'une tête de taureau et d'une rangée de baies vitrées.

« Je ne suis pas sûr », dit Jason, et Loretta a envie de le frapper.

Elle gare la voiture, leur demande d'attendre et s'en va. En traversant le parking, elle éprouve de nouveau ce sentiment – ce coup de fouet, cette joie, ce bourdonnement – et, lorsqu'elle franchit les portes de l'hôtel, une odeur de cigarette lui parvient, accompagnée des tintements lointains, des trilles de l'adrénaline qui l'appellent depuis le monde profane.

Le hall d'entrée du Stockmen's est caverneux. Le centre du tapis richement décoré présente des traces d'usure et le décor – surchargé de lassos et de boiseries aux veines ondoyantes – rappelle une fausse grange. L'endroit est éclairé comme en plein jour, bien qu'il soit presque désert. Le long comptoir de la réception compte cinq postes d'accueil mais un seul agent, un jeune homme avec une cravate texane, les tempes parcourues de furoncles, qui regarde Loretta comme si elle l'avait fait sursauter.

Le bourdonnement est à son comble lorsqu'elle s'approche du comptoir. Elle s'arrête, feint d'être embarrassée et confuse, et déclare, comme si elle ignorait par où commencer : « Je suis un peu embêtée et je me demandais si vous pouviez m'aider. »

Elle s'explique et lui montre un chèque en blanc.

« Je ne sais pas », répond lentement le réceptionniste.

Il tient le chèque entre le pouce et l'index, comme s'il risquait d'être contaminé. Il regarde le nom et les informations – Dean Harder, Sté les Récoltes de Sion –, puis Loretta, et de nouveau le chèque.

« Je le jure, dit-elle. C'est mon père, et c'est lui qui me les a donnés. En cas d'urgence. Il n'y a aucun pépin, promis. »

Le garçon expire bruyamment et grimace.

« Je ne sais pas », répète-t-il.

Elle n'a ni permis de conduire ni pièce d'identité. Elle n'a rien pour prouver quoi que ce soit. Elle le regarde d'un air suppliant et insiste : « S'il vous plaît ?

– Il me faut l'accord de ma responsable », répond-il. Il s'en va et revient avec une femme élancée, qui paraît encore plus grande qu'elle ne l'est réellement à cause de son chignon pointu, lequel est planté sur sa tête comme un cornet de glace. Elle a la peau ridée et des cheveux dorés, presque orange, manifestement teints, dégage une forte odeur de parfum et fume une cigarette effilée. Elle pose ses grands yeux bruns sur Loretta, tire une grande bouffée, concentrant les rides de son visage autour de ses lèvres.

« On sera peut-être obligés de passer un coup de fil à la banque lundi », dit-elle. Loretta est certaine qu'ils ne le feront pas. « Bien sûr. Certainement », répond-elle. La responsable hausse les épaules, dit « OK », rend le chèque au réceptionniste et s'en va sans un mot de plus.

« Je peux dépasser légèrement le montant de la chambre ? » s'empresse de demander Loretta, qui s'élève, s'envole de nouveau.

En regagnant la voiture, elle aperçoit la première lueur du jour à l'est, le long de l'horizon. Une légère atténuation de l'obscurité. Il est presque quatre heures du matin. À la maison, personne n'est encore réveillé, se dit-elle. Personne ne sait qu'ils sont partis.

Becky

Comme tous les matins, elle se réveille en même temps que Lou et, lorsqu'il part s'occuper de la traite, elle se glisse à genoux devant le lit et se met à prier. Elle remercie le Seigneur pour cette journée, pour cette vie, pour son époux et son fils, Louis et Jason, pour leur ferme, ici même, à Gooding, pour leur foi, leurs amis, leur famille, malgré les récents soucis. Elle prie encore et encore, en songeant moins à des mots – contrairement à Lou, qui emploie des phrases familières, soigneusement choisies – qu'à des images et des sensations. Comme toujours, elle sent une chaleur s'emparer de son corps, une réaction qu'elle ne peut associer qu'à l'apparition d'une présence, qui, en se joignant à elle, fait picoter ses terminaisons nerveuses, ajoute de la substance à sa chair. C'est cette manifestation sensorielle du divin, le poids du Seigneur dans son corps, qui l'a conduite à cette Église. Ce n'est ni la croyance ni la foi, mais la physique. La force et la masse. La *connaissance* de Dieu qui la submerge dans ces moments-là. Et donc elle reste forte malgré tous ceux qu'elle a laissés derrière elle – sa famille impie dans le Wyoming, ses amis catholiques de l'université –, parce qu'elle sait qu'ils ne peuvent comprendre ce qu'ils ignorent.

Elle avait obtenu un poste d'institutrice à l'école de Gooding et s'était rapidement convertie après avoir été présentée à Lou par un collègue : le poids du Seigneur lui était apparu à la deuxième réunion de sacrement à laquelle elle avait assisté. Elle sait que ses proches ne peuvent s'empêcher de colporter les éternelles balivernes sur les mormons, les accusations d'hérésie et de sectarisme, et bien qu'ils aient renoncé depuis longtemps à la changer, elle a conscience qu'ils ont encore l'impression de l'avoir perdue au profit de cette « secte », comme ils disent. Pourtant, un sentiment nouveau s'est emparé d'elle depuis que Dean, Ruth, leurs enfants et cette fille sont arrivés, et elle doit prier pour y résister, prier pour évacuer de son corps la crainte qu'ils ne donnent raison aux sceptiques, qu'ils n'illustrent les pires croyances des ignorants. *Les mormons sont polygames*, lui avaient toujours répété ses parents. Et elle avait soutenu le contraire. Mais les polygames étaient bien là. Au sein de sa propre famille. Elle prie contre Dean et Ruth, pas seulement pour qu'ils s'en aillent, mais pour qu'ils n'aient jamais existé, pour que ce qu'ils sont soit défait.

Il fait sombre. Cinq heures du matin. Elle enfile ses pantoufles et sa robe de chambre, puis descend l'escalier. Une ampoule du plafonnier grésille lorsqu'elle allume la cuisine. Elle monte sur une chaise pour la changer et nettoie dans l'évier le verre dépoli du globe couvert de poussière et d'insectes. Dehors, dans l'obscurité de plus en plus pâle, les lumières de la laiterie semblent à la fois souples et épaisses. Les machines à traire fredonnent. Des vaches meuglent. Becky fait cuire un chapelet de saucisses, bat des œufs, du lait et de la cannelle, puis tranche la dernière moitié d'une miche de pain complet. Elle ajoute une goutte de jus de pommes dans la poêle, qu'elle couvre, avant d'aller réveiller Jason. Elle sait qu'il va ronchonner et grogner, se plaindre et demander à rester au lit, gémir qu'on est dimanche, le week-end, encore un peu, un tout petit peu, et Becky se prépare à lui résister, parce qu'elle l'aime tant, ce garçon, parce qu'elle veut qu'il soit heureux à chaque instant et qu'elle a passé sa vie à lutter contre l'envie de le satisfaire, de l'attendrir en lui faisant plaisir. Rien n'est plus crucial aux yeux de Becky que de se lever tôt, plus tôt que ne le voudrait la chair, pour plonger dans la vie, et Jason doit l'apprendre, elle doit le forcer, encore et encore, à se lever et à aller de l'avant, à chasser la paresse hors de lui, comme elle la chasse hors d'elle-même, matin après matin.

Elle frappe, mais n'obtient pas de réponse. Elle frappe de nouveau, toujours rien – pas de ronchonnement, pas de gémissement. Elle entrouvre la porte, jette un œil à l'intérieur et fixe simplement le lit vide, la chambre vide, sans comprendre ce qu'il manque.

Bradshaw

Bradshaw se réveille sur le lit de la cave, cerné d'étagères en bois, où s'alignent des bocaux, certains aux couleurs vives – jaune pêche, rouge betterave – et d'autres gris et poussiéreux. À l'endroit même où Lori dormait jusqu'à ce qu'il arrive. Il fait un froid de canard ici, béton, tuyaux nus et petits bruits invisibles dans les coins, et chaque matin Bradshaw, qui se sent brièvement perdu, doit se concentrer pour se rappeler où il est.

Au-dessus, il entend des pas dans la cuisine. Ruth qui prépare son fourrage à chevaux. Lori et lui peuvent partir à tout moment. Il est prêt. Il lui a dit qu'ils n'avaient besoin de rien. Il lui a dit qu'il avait eu tort, à Short Creek, de lui demander d'attendre qu'il ait rassemblé suffisamment d'argent, tout comme il avait eu tort de la laisser lui répondre non. Il lui marmonne et murmure des choses chaque fois qu'il en a l'occasion et Ruth s'en est aperçue, il en est désormais convaincu. Loretta ne cesse de répéter attends, attends, bientôt, bientôt. Elle sait quelque chose, veut quelque chose, mais ils ne peuvent jamais se parler assez longtemps.

Il avait eu tort de lui demander d'attendre l'argent. Tout avait changé, le paysage même s'était modifié, à l'instant où il avait prononcé ces mots, mais il s'en était rendu compte trop tard. Qu'est-ce qui avait changé ? Qu'est-ce qu'elle avait répondu ? Non. *Non.* Il n'avait jamais autorisé une fille à lui dire non. Jamais. Pourtant, il en avait eu des tonnes, dès le lycée. À Vegas. Son père travaillait sur des plateformes pétrolières des semaines d'affilée, sa mère était Dieu sait où et il avait la maison pour lui tout seul. Il en avait eu aussi des tonnes plus tard, à Cedar City, des nanas qui faisaient tout ce qu'il voulait. Que ça leur plaise ou non. Les mormones – la plupart étaient chaudes comme l'enfer et les autres ne disaient pas un mot. Une fois les langues et les membres enlacés, il n'était plus question de dire non à Bradshaw.

Pourtant, Loretta l'avait fait. Et il avait accepté. Elle faisait partie de ce genre de mormones là. Un territoire totalement inexploré. Il s'était contenté d'un *non*, convaincu que le *oui* l'attendait quelque part. Si ce n'est pas de l'amour, alors qu'est-ce que c'est ? Lori doit savoir ça, c'est sûr. Elle doit savoir ce qu'il a fait pour elle, à quelle part de lui-même il a renoncé et ce qu'elle lui doit en retour.

Des pas résonnent sur les trois premières marches de l'escalier, puis la voix de Ruth.

« Monsieur Baker ? Bonjour. »

Elle s'éloigne. Mais les bruits de la maison persistent au-dessus : les chaises qui raclent le sol, les fourchettes qui font tinter les assiettes. Puis, des pas plus lourds et une voix plus profonde : Dean.

Bradshaw enfile son jean, sa chemise en flanelle et ses bottes. Assis sur le lit de camp, il noue ses lacets et réfléchit à une des surprises de cette aventure : il aime bien Dean. Il l'admire, en quelque sorte. Il apprécie le fait que Dean semble lui faire confiance et l'admirer en retour, le considérer comme un fidèle lieutenant des Récoltes de Sion, voire de ses plus vastes batailles – ses luttes contre les frères de Short Creek, son éternel combat intérieur contre le monde profane. Il n'est pas question qu'il renonce à ce qu'il est venu faire ici. Mais, parfois, Bradshaw s'imagine à la place de Dean et cette idée le séduit : tous ces êtres qui gravitent autour de vous, des femmes, des enfants, d'autres femmes, qui vous appartiennent tous, se tournent tous vers votre lumière comme si vous étiez le soleil.

Le petit-déjeuner est principalement constitué de bouillie. C'est comme ça que Ruth appelle l'avoine qu'elle cuit en une pâte molle et spongieuse adoucie de raisins secs et de miel. Quelques toasts au blé complet tartinés de confiture maison, sans beurre. Quand il avale ce genre de choses, Bradshaw rêve d'un snack ou d'une cafétéria, d'œufs bien gras, de galettes de pommes de terre luisantes, de café, de grands bols de sucre et de volutes de fumée de cigarette. Lori, qui chaque matin penche la tête vers sa nourriture, les yeux dissimulés, est sa seule consolation. Ah, se dit-il alors, l'amour, l'amour, l'amour. Pourtant, il n'était pas sentimental, ce n'était pas le genre de chose qu'il recherchait ou même auquel il croyait nécessairement – pas comme ça, pas comme les gens en parlent, s'en remettre à l'autre, perdre le contrôle –, jusqu'à ce que Lori s'insinue dans son esprit.

Sauf qu'aujourd'hui, elle n'est pas là. Les enfants, agglutinés autour de la table, avalent bruyamment leur avoine, font tinter leurs assiettes. Dean, qui domine tout le monde, genoux écartés et tête baissée, enfourne avec régularité et détermination des cuillères de bouillie, comme pour enfoncer un clou.

Il lève les yeux vers Bradshaw et dit : « Bien le bonjour », avant de retourner à son petit-déjeuner. Samuel – une petite merde boutonneuse qui tournera mal un jour, Bradshaw en est convaincu – regarde dans sa direction et hoche la tête, mais personne d'autre ne dit quoi que ce soit ou ne se tourne vers lui. Bradshaw a besoin de plus de mots que cette maison ne peut en fournir. « C'est une bien belle matinée, lance-t-il. Merci pour ce festin, sœur Ruth.

– Je t'en prie », répond-elle en posant un bol devant lui. Il aimerait demander où est Loretta, mais se ravise.

Après plusieurs minutes de silence, Dean s'adresse à Ruth : « Peut-être que tu devrais insister un peu. » Ruth s'essuie les mains sur une serviette et quitte la pièce. Bradshaw l'entend grimper l'escalier, puis remonter le petit couloir, où se trouve la chambre de Loretta – celle où elle s'est installée à son arrivée, reléguant les enfants dans des sacs de couchage au salon. Un coup résonne faiblement à la porte, un murmure, puis un autre coup et un autre murmure. Ruth rebrousse chemin, redescend le couloir, les escaliers, entre dans la cuisine. Elle se penche sur l'épaule de Dean, lui murmure quelque chose à l'oreille, ils repartent ensemble et Bradshaw sait alors que la situation est grave. Lorsqu'il apprend que Loretta n'est pas dans sa chambre et que personne ne sait où elle est, il repense à la conviction – à l'intuition – qui s'est emparée de lui au moment où Dean et Ruth ont quitté la cuisine ensemble, à cette certitude qui l'a pris aux tripes dans la cave – car ça aussi, ça fait partie de l'amour.

Personne ne lui adresse la parole. Personne ne le regarde. Il perçoit la colère mais pas les mots de Dean et de Ruth, qui marmonnent bruyamment. Les enfants sont repoussés vers le salon. « Je vous veux tous là-bas et pas un mot », dit Ruth à Samuel, avant de se tourner vers Bradshaw, toujours assis devant sa bouillie. Elle lui fait face, le visage livide, semble chercher ses mots, puis, après une éternité, lève simplement une main, comme pour dire : *Ne bouge pas d'ici.*

Dean monte et descend l'escalier d'un pas lourd, murmure quelque chose à Ruth, puis remonte. Quatre coups bruyants résonnent très vite, accompagnés d'éclats. Bradshaw se lève et Ruth l'arrête du regard.

« Je peux faire quelque chose ? » demande-t-il.

Ruth secoue fermement la tête. « Merci, non. Merci.

– Alors, je sors. »

Il enfile son blouson en jean doublé de laine et sort par l'arrière de la maison en laissant claquer la porte-moustiquaire. Il sait. Pas tout. Pas le comment et le pourquoi. Mais il sait, et quelque chose l'oppresse dans sa poitrine. Son esprit s'emballe, s'agite tel un colibri, il se sent étrangement exposé – à la fois berné et stupide – et traverse péniblement le champ en jachère, parmi les mottes de terre et la paille gelées.

À son retour, Ruth est au téléphone et Dean, attablé dans la cuisine, semble calme, méditatif. Une vague d'affection submerge Bradshaw : voilà comment un homme doit se comporter. Voilà un homme vertueux. Ruth adresse un regard à Bradshaw, le combiné calé contre la tempe, puis tourne le dos et baisse la voix.

Elle raccroche et dit : « Jason aussi », froissant le masque serein de Dean, qui s'exclame : « Quoi ? » Puis, tout le visage de Dean – son front, ses yeux, sa barbe – se contracte, et il répète « Quoi ? » plus fort, mais Ruth ne répond pas.

Il va se lancer à sa poursuite. C'est sûr et certain. Il sort et s'arrête dans la cour. Contemple le pick-up de Dean, dont la carrosserie blanche est zébrée de traces de boue. La tempête s'apaise dans son esprit et il entend sa propre voix : *Bordel de merde, qu'est-ce qui cloche chez moi ?* Comment est-ce qu'elle a pu lui faire un coup pareil et comment est-ce qu'il doit réagir ?

Il se dirige vers sa Nova. S'installe à l'intérieur, les mains serrées sur le volant. Il a des affaires à la cave, mais rien d'important. Ils ont de l'avance sur lui, Lori et cette petite merde, et il doit faire vite.

La brume qui pèse sur son esprit l'empêche de savoir s'il pense juste. Ça n'a jamais été son truc. Anticiper, bâtir des stratégies. *Il l'avait autorisée à lui dire non*. Il agrippe le volant, serre les mâchoires et hurle. Puis il sort. Claque la portière. « Putain de bordel de merde. » S'il prend la route maintenant, il ne saura pas où aller.

Loretta

L'eau chaude reste chaude. Elle coule sur sa tête, se mêle à ses cheveux, glisse sur son corps en formant des ruisseaux et des vrilles, et engorge l'air de vapeur. *La vie sera comme ça à partir de maintenant*, se dit-elle. Une eau toujours chaude et personne pour compter les minutes sous la douche. Plus de Ruth pour les sermonner sur l'usage du papier toilette, plus de laïus sur le sucre de Lucifer. Plus de Dean pour les houspiller au dîner, les sommer, lorsqu'ils prennent leur douche, de se mouiller, de fermer l'eau pendant qu'ils se savonnent, puis de se rincer brièvement – sous prétexte qu'il n'y a aucune raison de rester plus de deux minutes sous la douche, que c'est du gaspillage, et qu'il est égoïste de rester là à se réchauffer au détriment des autres.

Le réconfort soporifique, narcotique, de l'eau lui donne une idée.

On frappe à la porte.

« Tu t'es noyée ? »

Boyd. Intéressant, ce garçon.

« J'aurais pu, crie-t-elle.

– Il faut que je vienne te sauver ? »

Elle ferme l'eau. La vapeur transforme la pièce en nuage. Elle tremble. À l'idée même qu'il puisse entrer maintenant.

« Je crois que je vais m'en sortir toute seule », répond-elle.

Elle se sèche vigoureusement, comme pour peler une betterave cuite. Puis elle s'habille et retourne dans la chambre, les cheveux emmêlés et mouillés. Boyd est assis sur un lit et Jason sur l'autre. Ils regardent le jeu *Pyramide* à la télé. C'est la dernière manche. Les mots à deviner appartiennent à la catégorie « Objets typiques d'une boîte de nuit ». Il est presque trois heures de l'après-midi, un luxe transgressif, comme l'eau chaude – se réveiller si tard, en empiétant largement sur les heures productives de la journée. Loretta veut danser. Elle veut tourbillonner et sauter. À l'écran, une femme donne des indices : « Une boule à facettes. De la *dance music.* » Loretta veut danser. Est-ce là son avenir ? Son avenir à la Tussy – rouge à lèvres et voiture rapide ? À la télé, le candidat répète : « Les objets typiques d'une boîte ! » *Une boîte de nuit !* pense Loretta. Elle veut danser. Elle veut dire des gros mots. Elle veut *boire*. Il y a un million d'années, elle sirotait les bières que Bradshaw gardait dans sa Nova lorsqu'ils parcouraient le désert. À l'époque où elle croyait encore que Bradshaw était sa porte de sortie.

Boyd et Jason lui sourient, à moitié endormis. Les cheveux de Jason, qui forment un casque épais, sont aplatis sur le côté. Elle court chercher une savonnette dans la salle de bain et revient pour gribouiller sur le miroir : *19 octobre 1975, JOYEUX ANNIVERSAIRE !*

« C'est l'anniversaire de qui ? demande Jason.

– C'est notre anniversaire à tous les trois », répond Boyd.

Il a compris. Elle aime regarder Boyd – la couleur étrange de sa peau, brune et intense, recouverte d'une membrane pâle, sèche, presque translucide ; ses cheveux noirs, plus noirs que tous ceux qu'elle a vus jusque-là, si noirs qu'ils ont des reflets bleus ; et ses yeux énormes, éveillés, lumineux.

« Joyeux anniversaire, Lori ! » lance Boyd.

Il s'approche d'elle avec un sourire malicieux, un sourire digne de Bradshaw, beau et étrange, prêt à l'envelopper, les bras tendus comme le Christ dans les nuages.

Jason

Un dimanche après-midi comme les autres. Mortel. Sans perspectives. C'est étrange, se dit Jason, d'être là, après avoir fait tout ça, et de se sentir comme ça. *Lori ? Un câlin ?* Il se lève pour changer de chaîne et Loretta l'interpelle : « Allez, Jason, toi aussi », mais il ne veut pas.

Clic, clic. Un documentaire sur le monde sauvage. Sur l'écran muet, un lion poursuit un lapin dans la savane africaine. La caméra change de plan lorsqu'il referme ses griffes sur sa proie au ralenti.

Pourquoi est-ce qu'il a emmené Boyd avec lui ? Ils se connaissent depuis longtemps. Il était son binôme à l'école primaire. Jason revoit encore le chaume noir de ses cheveux tondus. Les odeurs à la fois étranges et réconfortantes de sa maison. Il avait saisi les bizarreries parfois embarrassantes de la vie de Boyd – sa mère alcoolique, son père absent, ses origines indiennes – et les avait partagées avec lui. Il a proposé à Boyd de venir avec eux, il l'a emmené ici, et maintenant il se sent coupable.

Boyd est dans la salle de bain. L'eau coule. Loretta danse plus ou moins dans tous les sens, en fredonnant un morceau de country atroce. « I'm not Lisa », de Jessi Colter. Elle croise son regard et sourit. Ce qu'il y a entre eux est toujours là, se dit-il. Si seulement il savait comment le libérer.

Elle s'affale sur le lit, pose le menton entre les mains.

« On devrait faire un truc, dit-elle.

– On ne reprend pas la route ?

– On devrait s'amuser. Réfléchis à quelque chose d'amusant. »

Jason s'efforce de penser à quelque chose d'amusant. La douche s'arrête.

« On pourrait faire le tour de la ville en voiture, propose-t-il.

– Ouais », répond-elle, ce qui signifie *Nan.*

Boyd sort de la salle de bain dans les mêmes vêtements que la veille – jean, T-shirt à manches trois quarts affichant une photo sépia du groupe de rock Foghat.

« De quoi est-ce que vous parlez, tous les deux ? demande-t-il.

– De ce qu'on veut faire, répond Loretta. On pourrait aller au casino.

– Toi, tu veux aller au casino ? » s'étonne-t-il.

Elle hausse les épaules. « Pourquoi pas ? On pourrait s'acheter de la bière. » Elle se redresse. Jason est assis à l'extrémité de l'autre lit, à un mètre de la télévision – où un jaguar poursuit une antilope bondissante –, et Boyd attend dans l'encadrement de la porte de la salle de bain. Loretta fait un bond. « Vous voulez qu'on aille chercher de la bière ?

– Je ne sais pas, répond Jason.

– J'aime bien les mormons démodés comme vous », lance Boyd. Et Loretta les regarde tour à tour. « Les mecs, il faut que vous appreniez à vous amuser ! lance-t-elle.

– On pourrait tester un bordel, propose Boyd.

– Tester ? demande Loretta.
– Jason pourrait nous l'offrir, dit Boyd.
– Ça coûte combien ? demande Jason.
– Ça dépend, répond Loretta, et Boyd se frappe la cuisse.
– Je ne te comprends pas, dit-il. Comment est-ce que tu as pu devenir qui tu es en vivant comme tu as vécu ?
– Je suis créative, répond-elle. Je suis maligne. »

Et maintenant, ça, se dit Jason. Trop, trop vite. La bière, qui a un goût de céréale aigre, lui monte immédiatement à la tête, comme si elle l'attendait depuis toujours. Le monde se réchauffe, de plus en plus accueillant. Jason devient loquace. Son anxiété se dissipe et c'est un monde en soi qui émerge : cette chambre, leur trio, la bière que Loretta a commandée au bar du casino, parce qu'elle sait comment s'y prendre.

Il raconte une histoire et Loretta rit. Il se moque de Boyd, le taquine, et elle rit de nouveau. Ils semblent tous à moitié ivres avant d'avoir vidé les premières canettes de Coors. Ils gloussent, complètement pompettes. Jason prend une gorgée en s'efforçant de ne pas grimacer. Il a l'impression de s'emballer. Il a déjà goûté à la bière une ou deux fois, mais n'a pas aimé. On dirait que les choses changent. Tous les problèmes et les angoisses du monde – le passé et l'avenir – restent en quelque sorte à l'extérieur de la bulle chaleureuse, confortable, de cette chambre. Boyd rote. « Dégueu », lance Loretta, qui en fait autant après avoir sifflé presque la moitié d'une canette. Lorsqu'elle rit, ses yeux sont inondés de larmes.

Loretta retire une seconde bière du sac en papier posé près de la télé. Elle leur décrit ses escapades nocturnes, les garçons avec qui elle faisait la fête à Short Creek. « Ces types étaient déchaînés », dit-elle avec admiration. Son accent rural avait échappé à Jason jusque-là. Boyd raconte une histoire sur sa mère, qu'il a trouvée inconsciente dans leur salle de bain, les cheveux pleins de vomi. Loretta dit « Dégueu » et Jason note avec un profond soulagement que c'est la vie merdique de Boyd, et non la sienne, qui lui inspire ce commentaire. Il se lève, va à la fenêtre et contemple les montagnes qui se dressent au-dessus d'Elko, le ciel de plus en plus clair.

« Sans rire, Jason, dit Loretta, qui renverse de la bière en s'affalant sur le lit. On te doit une fière chandelle. Sacré moment.

– Moi, je ne lui dois rien », réagit Boyd.

Elle feint de n'avoir pas entendu, regarde simplement Jason avec cet air ivre.

« En tout cas, moi je t'en dois une, dit-elle. J'ai du mal à croire qu'on l'ait fait. »

Elle se lève, s'approche de lui, place une main, aussi légère que du balsa, sur son avant-bras et dépose un baiser sur sa joue.

Louis

L'adjoint du shérif, un homme corpulent au visage cramoisi, répond à Louis que, techniquement, son fils n'est pas encore porté disparu.

« Il faut attendre quarante-huit heures pour pouvoir faire quoi que ce soit », explique-t-il avec une pointe d'embarras, mais sans cesser de mâcher son chewing-gum. Rien que pour ça, Louis a envie de bondir sur le comptoir.

« Qui pourrait bien te causer des problèmes si tu te comportais comme un agent de police avant quarante-huit heures ? insiste Louis avec prudence. Vu que c'est moi, le père du garçon, qui te le demande.

– Eh bien, frère Louis, répond Sid Moody, qui vient au temple à peu près une fois sur deux, je ne fais pas...

– Tu as un véhicule. Tu as les clés de ce véhicule. Tu as une radio. Tu as une arme, un badge et l'autorité de la loi. Tu sais que mon fils mineur a pris ma voiture et qu'il s'est enfui dans la nuit, avec une autre mineure sous la responsabilité de ses tuteurs, et tout ce que tu peux faire, c'est m'expliquer les règles qui te permettent de rester assis au bureau sans rien faire ? C'est bien ça, Sidney ? »

Les aiguilles de l'horloge forment le V de 13 h 50. Louis aurait dû venir ici bien plus tôt. Mais il y avait d'abord eu la question de Dean – qui avait insisté pour ne pas mêler la police à tout ça ; puis Becky, qui s'était rebiffée lorsqu'il lui avait annoncé qu'il partageait l'avis de Dean et l'avait culpabilisé jusqu'à ce qu'il finisse par céder. Et maintenant qu'il est là, on lui dit que c'est trop *tôt*. Il se rappelle sa propre jeunesse tumultueuse – ses bagarres avec Dean devant la maison, avec toutes sortes de gamins, y compris ses amis, à l'époque du lycée, l'époque des courses de dragsters sur les chemins en terre de Gooding –, le moment qui précédait les combats, la pression sur le point d'exploser.

« Je sais combien c'est difficile, Louis, répond Moody en regardant une de ses mains gratter paresseusement le dos de l'autre.

– Comment est-ce que tu pourrais le savoir, Sidney ? Par quel miracle est-ce que tu pourrais savoir combien c'est difficile ? »

Louis se sent de nouveau maître de lui-même.

« Peut-être que tu devrais en parler au shérif.

– Peut-être bien, Sidney. Bon sang, peut-être bien que oui. »

Apparemment, il a haussé le ton. Le shérif émerge du dédale de couloirs revêtu de linoléum et éclairé au néon, lève les deux mains et lui adresse un sourire amical – un pacificateur.

Louis baigne depuis si longtemps dans les problèmes des autres qu'il a presque oublié combien il est douloureux d'être soi-même confronté à une crise. Après avoir exercé les fonctions d'évêque pendant près de cinq ans, il s'est vu confier récemment le programme des jeunes de la paroisse. Les gens ne cessent de l'aborder pour lui réclamer des conseils et du réconfort. *Mon mari dépense tout notre argent au jeu. Je lutte contre des pensées sexuelles impures. Mon patron me demande de travailler le dimanche. Ma femme refuse de me dire où elle va le samedi après-midi. Mon fils vole de l'argent à sa grand-mère.*

Mais qu'est-ce que ces gens voulaient réellement ? Il leur expliquait simplement ce qui lui semblait nécessaire – *quittez votre mari, pardonnez-lui, dénoncez votre fils à la police* –, mais ce n'est pas ce qu'ils attendaient. La plupart des gens savent pertinemment ce qu'il faut faire. Ils veulent juste être réconfortés. Faire faire par quelqu'un d'autre ce qui leur est le plus difficile. Ils veulent qu'on leur confirme qu'ils sont bien celui ou celle qu'ils pensent être, tout en démontrant le contraire. Ou se sortir de la situation qui prouve qu'ils ne sont pas celui ou celle qu'ils pensent être. S'extraire, défaire, refaire. Toutes les années passées à écouter ces gens ont ancré en Louis la certitude qu'ils ne viennent pas à lui pour savoir quoi faire, mais pour se sentir aimés et réparés, et la conviction qu'il ne peut leur offrir ni l'un ni l'autre, qu'il ne peut ni les réparer ni les aimer, pas réellement, pas suffisamment.

Il s'est donc éloigné d'eux, les uns après les autres, de leurs peines de cœur et de leurs hypocrisies, pour ne plus porter ce qui leur revient. Il est devenu aussi distant que Sid Moody et, parce qu'il comprend son détachement, il sait que l'adjoint du shérif a évalué sa douleur, ses besoins et ses contradictions, et qu'il l'a mis à distance avant même que Louis n'ait prononcé le moindre mot.

Il parcourt les routes autour de Gooding avec Becky. Il lui dit qu'il se pourrait que les gamins soient dans les parages, accidentés et blessés, voire pire, mais lui-même n'y croit pas. Il veut juste bouger. Pour ne pas rester assis. Becky a fini par se murer dans un silence abasourdi, mais elle l'avait bombardé de questions, de mots d'espoir, à son retour de la ville. Le shérif avait accepté d'envoyer une dépêche à d'autres agences et de passer quelques coups de fil à ses collègues des comtés voisins.

« Et quoi d'autre ? avait insisté Becky.

– Quoi, quoi d'autre ?

– C'est tout ?

– Je ne pense pas qu'on puisse faire quoi que ce soit d'autre. »

Il avait senti la fureur dans sa voix tremblante. La passivité de Louis est un point de friction entre eux. Elle se délecte, se gorge de tout ce qu'il n'est pas, même s'ils en parleront, comme toujours, sur le ton de gens mesurés.

« Il doit bien y avoir quelque chose à faire, Louis. J'en suis certaine. »

Alors, ils roulent. À l'est, sur Old Shoshone Road, au sud, sur Pole Line, à l'ouest, sur la Highway 26, de nouveau au sud, sur la 46, puis il parcourt simplement chaque pâté de maisons, coupant à travers champs et fermes. Elle lui demande de nouveau où il pense que Jason est parti et il lui répond de nouveau qu'il l'ignore. Aucune idée ? Non, répète-t-il. Et elle, elle a une idée ? Non plus.

Ils rentrent à l'heure de la traite. Là, parmi les bruits de l'étable, le souffle humide des machines et l'odeur de lait, de bouse, Louis se sent un peu soulagé. Il s'arrête momentanément de penser, essaie autant que possible de disparaître à l'intérieur des choses qui font de ce jour un jour comme les autres.

Loretta

Tout semble devenir possible. « Qui veut faire un tour au casino ? » lance Loretta. Jason, qui semble tituber et bredouiller bien qu'il soit assis en silence, rote et sourit, Boyd demande : « Comment est-ce qu'on va pouvoir entrer ? », et Loretta lève les yeux au ciel. « Nom de Dieu. Et moi qui pensais que je vivais dans un cocon », répond-elle en se disant qu'ils pourraient peut-être simplement vivre ici, comme ça, tous les trois. Ou tous les deux – Boyd et elle. Rien de profane, rien d'impie ne manque ici.

Ils vont au casino et, elle a raison, personne ne leur demande quoi que ce soit. Elle montre la clé de sa chambre, obtient des jetons au guichet. L'établissement est presque désert. Le tintement des machines à sous et l'épais nuage de fumée saturent la salle. De temps à autre, des relents d'alcool flottent dans l'air et Loretta inspire profondément. Elle est assise devant une machine à sous, entre Jason et Boyd. À un moment donné, Boyd passe le bras devant elle et dit : « Laisse-moi essayer. » Il tire sur la manette et elle sent son odeur, une odeur de savon et de bière mêlée à quelque chose d'agréable, d'étranger. Elle regarde sa peau cuivrée, veut la regarder de plus près, la scruter – elle ne l'a jamais vue d'aussi près, ne l'a jamais touchée. Elle la trouve exotique et intéressante, avec ses zones plus pâles au coude, aux phalanges et aux endroits usés, plus claires aux paumes. Elle pense à la manière dont on considère cette peau, dans le monde qu'elle a laissé derrière elle, au fait que la peau est une punition divine, dans le monde qu'elle a laissé derrière elle, et elle a envie de la toucher et de la sentir. Elle veut savoir ce que signifie cette différence. Elle s'interroge sur les démons et les hommes, se demande pourquoi elle croit aux démons, à des êtres au-delà du monde des hommes. Elle ne comprend pas pourquoi elle croit à leur existence, alors qu'elle a laissé derrière elle l'essentiel de son ancienne vie. Et si Boyd était un démon ? Et si c'était le sens de sa peau foncée ? Et si elle la désirait quand même ?

La serveuse qui arpente le casino leur demande s'ils veulent boire quelque chose, Loretta répond : « Trois bières et trois shots » et la jeune femme note la commande avant de s'en aller. Loretta tire sur la manette – cerise, banane, cerise – et la serveuse réapparaît. Puis Loretta montre aux garçons comment siffler les shots cul sec, bien qu'elle-même ne l'ait jamais fait. Comment est-ce qu'elle sait ça ? C'est son avenir qui le lui apprend.

Jason semble le plus ivre, bien qu'ils le soient tous. Il est presque dix-huit heures. Les enceintes diffusent une musique bruyante. « *I… wanna rock and roll all night and party e-ve-ry day.* » Loretta continue à tirer sur la manette, et à perdre. Derrière elle, Boyd et Jason se disputent.

« Je t'offrirais bien un ticket de bus pour rentrer à la maison, dit Jason.

– Inutile de le préciser », répond Boyd.

Loretta passe à la roulette, demande à l'homme vêtu d'une chemise blanche et d'un gilet noir ce qu'il faut faire. Il lui explique, mais elle ne comprend pas. Elle place des jetons sur le treize. Elle a l'impression que tout est inversé, opposé : treize est donc son numéro porte-chance, mais elle ne gagne pas. L'homme au gilet noir récupère les mises. « C'est nul », dit Boyd. La roulette tourne de nouveau en lançant des éclairs, la bille bondit et atterrit dans une encoche noire et le croupier ramène les jetons de Loretta sur la table couverte de feutre. Boyd s'en va, puis revient. Loretta l'entend dire à Jason : « J'ai dégueulé comme un porc là-bas. Partout sur le siège. »

Les enceintes diffusent une autre chanson. Plus lente. Plus triste. Elton John. « *And it's one more beer / and I don't hear you anymore…* »

Loretta mise sur le treize noir. « Qu'est-ce qu'on fiche, exactement ? demande Boyd à Jason. Je veux dire, qu'est-ce que *vous* fichez ? »

Loretta perd. Les jetons disparaissent. Jason prononce des mots qu'elle n'entend pas.

« Ce que je veux dire, insiste Boyd en rotant, c'est que je comprends qu'elle veuille partir de chez elle. Et je comprends que je veuille partir de chez moi. Mais je ne vois pas pourquoi toi, tu voudrais partir de chez toi.

– Eh bien. »

La voix du chanteur résonne : « *And someone saved my life tonight sugar bear…* »

« T'avais la belle vie », ajoute Boyd.

Les garçons trament quelque chose dans son dos. Loretta gagne, applaudit, et Boyd conclut : « Et moi qui te croyais intelligent, mec. »

Ils vont manger au bar. Loretta montre la clé de leur chambre au personnel, et tout va bien, tout est OK : ils commandent à boire et des cheeseburgers grand luxe. Des photos de convois de bétail et de cow-boys tapissent les murs. Il y a des bœufs partout. Des lambris noueux et des sièges en vinyle rouge. Des bougeoirs en verre rouges scintillent sur chaque table, des petits bols illuminés. Un barman en chemise de cow-boy élaborée et cravate texane, cheveux humides et collés au crâne, attend derrière le comptoir. Ils sont seuls avec un autre groupe de clients – quatre hommes. De temps en temps jaillit un cri de joie ou une cascade de rires.

« On devrait faire gaffe au fric, dit Jason.

– Ne t'en fais pas pour ça », répond Loretta.

Un des types assis à l'autre table se lève, traverse le bar et passe devant eux en allant aux toilettes. Jason réagit immédiatement. Son attention se fige, sa tête pivote et il suit la silhouette du regard.

« Bordel de merde ! » dit-il.

Loretta se tourne vers l'homme. Il a une démarche saccadée, des jambes légèrement arquées comme Bradshaw et des yeux aux aguets. Jason répète, murmure, comme s'il priait. « Bordel de merde !

– Quoi ? demande Loretta.

– Je n'en crois pas mes yeux, répond Jason.

– Quoi ? répète-t-elle.

– Regarde ce type quand il sortira des toilettes.

– Qu'est-ce qu'il a ?

– Regarde juste. »

Il prend une petite gorgée de bière d'une main tremblante et, d'un signe de tête, désigne l'homme, qui revient.

« T'as vu ? demande Jason.
– Quoi ? répète Loretta.
– Quoi ? Il a déjà fini ? renchérit Boyd.
– Arrêtez de répéter ça. »

Et l'homme les voit. Il voit qu'ils l'observent, s'arrête, leur adresse un sourire en penchant la tête, le sourire d'un explorateur qui découvre un sentier dans la jungle, et dit : « Quoi ?

– Vous êtes bien qui je pense ? demande Jason.
– Ça dépend, mec. Tu penses que je suis qui ? »

Jason

« Ce que j'essaie de vous expliquer, c'est qu'il faut saisir la vie, déclare Evel Knievel. La choper par les couilles, si vous me passez l'expression, et serrer fort. Parce que c'est le plus important – profitez un max de la vie. Travail, famille, réputation – à bas toutes ces foutaises. Ce qui compte, à la fin de la journée, une fois les chevaux rentrés à l'écurie, c'est de *saisir* les choses, *saisir* la vie, *saisir* tout le bazar, et s'y accrocher. Juste… *saisir.* »

Il serre les poings comme s'il pressait des citrons et son visage se contracte avec autant de force. Il s'est installé à leur table, où sont disposées des bières à la robe dorée. Boyd feint d'être à moitié amusé, Loretta semble intriguée, mais Jason, complètement ébahi, est convaincu que cette vie, ici même, à ce moment précis, est la vraie vie et qu'il doit y prêter une stricte attention.

« Vous comprenez ? demande Evel. Vous comprenez ce que je dis ? Bien sûr que non. Comment le pourriez-vous ? Je ne prétends pas avoir tout réussi ou je ne sais quoi, ni être une sorte de héros, mais j'ai vraiment essayé de *saisir la vie*. Et je continue. Il faut m'accorder ça, peu importent les calomnies et les foutaises qui circulent sur mon compte, accordez-moi au moins ça. OK ? »

Il les a rejoints depuis dix minutes environ et n'a pas arrêté de parler depuis. Il a quitté la table de ses potes à l'autre bout du bar et ne semble pas vouloir y retourner.

« C'est exactement ce qu'on essaie de faire, monsieur Knievel, répond Jason. On essaie de saisir la vie, comme vous dites.

– Qu'est-ce que j'ai dit au sujet de "monsieur Knievel" ? »

Les mots d'Evel Knievel, épais, lui collent à la langue. Quand il ne parle pas, il respire bruyamment par la bouche.

« Evel, se corrige Jason. Désolé.

– Enfin, regardez autour de vous. Regardez les gens. »

Il n'y a pas grand monde au Stockmen's, hormis deux petits groupes de clients et le barman, qui regarde un feuilleton médical à la télé. Des sirènes retentissent. Un sauvetage est en cours.

Evel Knievel se penche en avant. « Regardez donc un peu autour de vous, insiste-t-il dans un murmure hostile. C'est juste pathétique. Des gens qui mènent des vies médiocres, qui ne tentent jamais rien d'authentique. Rien de vrai. Tout ce qui pourrait les faire un peu vibrer, un petit coup dans les roubignoles. Laissez-moi vous dire un truc : quand ma bécane touche le sol, c'est vrai. Quand je suis là-haut, dans les airs, et que le bruit de tous ces gens s'évanouit, disparaît purement et simplement, c'est foutrement vrai… Si je peux me permettre, ma belle, ajoute-t-il en regardant Loretta. Quand j'atterris et que je me brise les os, vous pouvez parier votre culotte que c'est vrai. Je ne suis pas parfait. Je ne prétends pas l'être. Qui est parfait ? Personne ne l'est. Je ne suis pas, comment est-ce qu'on appelle ça, une sorte de modèle ou je ne sais quoi. Je ne prétends pas que vous fassiez comme moi, obligatoirement. Tout le monde n'est pas taillé pour ça. »

Il prononce ces mots à voix basse, comme si c'était une vérité simple, douloureuse. Il a commandé une tournée de Wild Turkey. Les couleurs scintillent, l'éclat de l'ambre, le verre taillé et les glaçons. Jason fait ce qu'il peut pour ne pas boire trop lentement, mais il a la gorge qui brûle. De l'acide remonte les parois de son estomac. La salle penche et tourbillonne. Il ferme les yeux et pose une main sur la table.

« Il ne tient pas l'alcool », dit Loretta à Evel Knievel, qui répond : « Y a pas de mal à ça, petit. »

Jason ouvre les yeux. Loretta, les joues et le cou en feu, sirote son whisky en observant Evel Knievel. Boyd s'adosse au siège, un verre dans ses mains en coupe. Son air sceptique rend Jason furieux.

« Vous savez, les gens s'imaginent que ma vie, ma vraie vie, est géniale. Ce qu'ils oublient, c'est que la plupart de ceux qui viennent à mes spectacles, ces *foules qui m'idolâtrent*, ne viennent que pour me voir mourir. C'est la vérité… ». Il lève une main pour repousser leurs protestations : « … ils veulent me voir mourir. Ils veulent me voir m'écraser, me briser les os, mourir. En fin de compte, ça fait une super histoire à raconter à ses amis, pas vrai ? *J'étais là le soir où Evel Knievel est tombé sur plus fort que lui.* »

Il vide son verre et lève la main, comme un monteur de taureaux demande l'ouverture de la cage au rodéo. Le barman le sert. Evel se penche sur ses coudes.

« OK, les petits, je suis fatigué. J'ai mal. Un jour, je pense que je vais tout arrêter. » Jason a envie de dire non, il n'en est pas question, mais il voit Loretta hocher la tête avec empathie. « Je ne suis qu'un être humain. Un simple être humain. Certaines choses sont impossibles, quoi qu'on fasse. Et je pourrais y laisser ma peau un de ces soirs. Ça pourrait arriver. Ça pourrait très bien arriver », conclut-il en expirant bruyamment.

Il dégage une odeur d'alcool et d'Old Spice, et ses cheveux sont plus roux, moins blonds, que dans le souvenir de Jason. Finalement, il correspond moins à l'image du super-héros que Jason avait en tête, bien qu'il semble dur, coriace, usé. Du moins, c'est l'image qu'il donnait avant d'ouvrir la bouche.

« Et, si ça devait arriver, si je devais mourir là-bas un jour, en voulant aller trop loin, en essayant à tout prix de faire ce que chacun attend de moi, je pense que la plupart des gens s'en réjouiraient. Ils auraient le sentiment d'avoir eu parfaitement raison de n'avoir jamais rien osé, jamais rien risqué. Tu vois ce qui arrive quand on devient un peu trop maboul, mon chou ? Tu vois ce que t'obtiens quand t'essaies de choper la vie par les couilles ? Le vieil Evel l'a fait. Il a chopé la vie à pleines mains et regarde ce que ça lui a rapporté. Regarde où il a fini. »

« Je ne veux pas vous voir mourir », dit Jason. « Ouais, moi non plus », ajoute Loretta. « Je veux que personne ne meure », conclut Boyd. Loretta pose sa main sur celles d'Evel pendant deux secondes, les tapote, puis se retire. Des cheveux soyeux scintillent derrière son oreille, se détachant contre sa peau écarlate.

Evel fixe l'endroit où Loretta l'a touché et sourit d'un air las. Il arbore ses lamentations comme un costume bardé d'étoiles.

« Vous êtes sympas, les gamins. Vous savez ça ? Vous êtes des gamins sympas. Ça vous dit, un autre verre ? Je peux vous offrir un autre verre ? Qu'est-ce que tu prends, mon chou ?

– Rien pour moi », répond Boyd, qui se lève pour partir. Evel hausse les épaules. « OK, bonne nuit alors, Boyd », lance Loretta. Jason, qui sent de nouveau qu'il y a quelque chose entre eux, quelque chose dans l'attitude de Loretta envers Boyd, ne dit rien.

Quelques éléments interpellent tout de même Jason :

Evel Knievel est loin d'être imposant sur le plan physique. Il est même plus petit que Jason.

Ses yeux vert citron, criblés d'éclats jaunes, sont étonnants. Ils semblent dissimuler une lumière mourante, un faible scintillement. Lorsqu'il s'est assis à leur table, il a braqué son regard sur Jason en lui adressant un demi-sourire étrange et, dans cette couleur vive, changeante, Jason a perçu de l'intelligence, de la bienveillance, de la sagesse et de l'amour.

Il n'est jamais content. D'ailleurs, il passe son temps à se plaindre.

Il ne boite pas, alors qu'il sort probablement tout juste de l'hôpital après le saut de Wembley – cette chute spectaculaire que Jason avait manquée parce qu'il mangeait avec la famille de Dean, l'après-midi où il avait fait la connaissance de Loretta.

Il porte des vêtements ordinaires, comme n'importe quel type de Gooding, Twin Falls ou Boise : un jean avec une ceinture en cuir à boucle métallique, une chemise à manches longues, fermée par des boutons-pression, par-dessus un

T-shirt, et des bottes de cow-boy à la pointe recourbée par l'usure.

Il est plutôt stupide, mais se croit intelligent. Une autre caractéristique qu'il partage avec la plupart des types que connaît Jason.

Ses yeux se braquent immédiatement sur la moindre présence féminine. La cliente d'une cinquantaine d'années, tignasse blanche, assise seule au bar, dans un voile de fumée. Les deux nénettes un peu plus jeunes, installées deux tables plus loin depuis une heure environ, qui gloussaient dès qu'il les reluquait. Le top-modèle Cheryl Tiegs, dans une pub pour déodorant qu'il a regardée intégralement sur l'écran de télévision installé sept mètres plus loin. Et Loretta, évidemment. Loretta.

Il est plus vieux que le père de Jason, et fait bien son âge, la peau granuleuse comme un ballon de football.

Jason n'a jamais vu un homme aussi ivre – ivre à la Dean Martin. Lorsqu'il s'est approché de leur table, il s'est cogné à une chaise, est reparti dans l'autre sens, avant de se reprendre, de s'arrêter et de tendre les bras comme s'il marchait sur un fil.

Mais rien de tout ça n'a d'importance pour Jason. Il ne l'aime pas moins – et c'est le seul mot qui convient, aimer –, car tomber par hasard sur Evel Knievel l'emplit d'espoir et d'énergie. C'est à ça que pourrait ressembler sa vie. Boire tranquillement un verre avec des héros de son enfance. Evel Knievel à Elko, et quoi d'autre ? Farrah Fawcett à Boise ? Lee Majors à Twin Falls ? La vie est éclatante de possibilités. Sa vie – et celle de Loretta. Leur vie.

Ils ont fait le bon choix. Jason a fait le bon choix : il avait pris la mesure de la médiocrité de son existence – les vaches à traire, les veaux à biberonner le matin, le temple, les spectacles scolaires, les massacres de lièvres, le désert sexuel, les vêtements en polyester tachés de sueur, les breaks aux panneaux en bois, les stations de radio AM, les perspectives d'avenir de l'élevage, les trois prières par jour, les genoux soumis dans la douleur et l'interminable ennui de la vertu et de la morale, des prières à n'en plus finir, de la bouse et des prières –, s'était mis en quête d'un autre monde, et voilà qu'Evel Knievel trônait en son centre, Evel Knievel, bordel de merde, un démon aussi beau que cinglé, assis là, un whisky à la main, qui parle à Jason, à Jason et à Loretta, qui les fige dans l'espace et dans le temps, leur offre à eux et à aucun autre couple, nulle part ailleurs, la possibilité de partager ce souvenir, de posséder cette histoire.

Ruth

Les enfants sont couchés, Dean est au téléphone avec le père de Loretta et Ruth est affligée par cette journée de mensonges. *Tante Loretta est rentrée faire une commission à Short Creek.* Samuel l'avait regardée en sachant que c'était faux, mais qu'était-elle censée lui dire ?

Elle avait su dès le départ que cette fille ne ferait pas l'affaire. Mais Dean était aveugle. Ruth avait prié et une réponse lui était parvenue. Cette fille ne ferait pas l'affaire : elle en était intimement convaincue. Pourtant, lorsqu'elle en avait parlé à Dean, plusieurs mois auparavant, il avait pris ses mains dans les siennes en réfléchissant longuement et elle avait su que l'affaire était réglée avant même qu'il ne parle, qu'il avait déjà tout organisé dans sa tête et qu'elle devait, comme toujours, se soumettre. Même si elle savait ce qu'elle savait. Il lui incombait de se soumettre à la volonté d'un être aussi pétri de faiblesses et, à travers sa soumission, d'accéder au salut éternel.

C'est la seule façon de voir les choses. Et lorsqu'elle prie, lorsqu'elle demande au Seigneur, dans ses moments de rébellion, pourquoi *elle* est censée *lui* obéir, pourquoi elle doit se détourner de la sagesse qui s'épanouit dans son propre cœur pour céder à la folie de Dean, une seule réponse lui parvient : c'est son devoir.

Elle le déplore autant qu'elle y croit. Elle l'accepte, bien que tout en elle la pousse vers sa propre conviction, sa propre solution, et qu'il en a toujours été ainsi. Mais son obéissance à Dean est obéissance au Seigneur, et en se soumettant, en dépassant sa vaine résistance, elle accomplit sa promesse.

La fille a pris l'or – du moins, une partie. Les pièces, pas les pépites de Sutter Creek. Pas l'or que Dean semble vénérer, le lucre immonde qui souille son âme. Là encore, il n'a pas écouté Ruth, comme toujours ces derniers temps, à chaque étape de ce chemin funeste qui les a conduits à cette brèche : la rupture avec le prophète et les frères de Short Creek, l'ambition qui s'était emparée de Dean quand les Récoltes de Sion s'étaient mises à prospérer et qu'il avait épousé Loretta, la cupidité qui l'avait poussé à acquérir l'or de Sutter Creek et l'orgueil qu'il lui procure, le besoin de le posséder, de le toucher, de le regarder, de le contempler. Elle avait tenté de l'en dissuader, l'exhortant à respecter la loi de Consécration, à tout donner à la confrérie, jusqu'à ce qu'il cesse de lui poser la question. Et puis, lorsqu'il avait quand même fini par l'acheter et qu'elle avait insisté pour que Loretta n'en sache rien, il avait acquiescé.

Et il lui en avait parlé.

Mais elle se soumettra. Elle portera son fardeau. Elle prendra soin de son âme et de celle de ses enfants et se présentera la tête haute devant le Seigneur le jour du jugement. Son Livre de Mormon est ouvert sur ses genoux et ses yeux sont fermés, elle est en méditation profonde – elle ne prie pas vraiment, dans ces moments où elle puise de la force en elle-même, où elle doit se tourner vers son âme pour effacer les pensées sombres qui rampent vers elle, où elle sent qu'elle doit combattre l'orgueil, la colère et les jugements que lui chuchote Satan contre Dean et les autres. Elle respire et se concentre sur l'inconfort du moment, quel qu'il soit, et se rappelle que c'est une promesse de salut, que la souffrance terrestre n'est que le prix de la gloire éternelle si elle se montre vertueuse, obéissante, soumise.

Dean raccroche et vient s'asseoir à côté d'elle sur le canapé. Elle n'ouvre pas les yeux. Dehors, les températures sont négatives et le froid qui remonte de la cave lui enveloppe les chevilles. Tout lui semble étranger ici. Ce n'est que la seconde fois de sa vie qu'elle quitte Short Creek – la première étant le jour où les fédéraux l'avaient enlevée à son foyer –, et hier comme aujourd'hui, c'est Satan qu'elle sent, dans l'atmosphère, dans l'air et dans l'eau. Elle n'ouvre pas les yeux, même lorsqu'il se met à parler.

« Mère, dit-il.

– Oui.

– Ses parents sont peinés. Sinon totalement surpris. »

Ruth hoche calmement la tête.

« Elle a emporté les pièces ?

– Oui, Mère. » Il n'a pas envie de lui répondre.

« Mais pas le coffre-fort ?

– Non. »

Ça ne colle pas. Pourquoi la fille aurait-elle pris la bourse – ces quelques pièces d'or vaines et imprudentes – et pas le coffre-fort dissimulé juste derrière, dans le tiroir ?

Elle sent bien qu'il ne fait que tolérer ses questions, comme une obligation à laquelle il doit se soumettre. Il en va de même pour elle. Elle s'imagine que cette conversation est le prix à payer pour vivre dans le royaume céleste, dans la gloire du Seigneur. Elle s'imagine le plaisir du Seigneur à la voir surmonter cette épreuve. Mais Ruth ne sait toujours pas ce qu'ils font dans l'Idaho, s'ils ont quitté Short Creek pour de bon, et lorsqu'elle interroge Dean, il lui répond qu'il l'ignore, qu'il continue à prier pour trouver la réponse à ces questions, sans jamais se préoccuper de son avis à elle, ni lui demander si elle prie aussi, bien que ce soit le cas, bien que ses prières aient été entendues.

« Peut-être est-ce Dieu qui a voulu qu'elle prenne l'or, dit Ruth en ouvrant les yeux.

– Je ne le vois pas ainsi, Mère.

– Peut-être que le Seigneur se servira de ces événements pour nous rappeler.

– Nous rappeler quoi ?

– Que nous nous sommes égarés, murmure Ruth.

– Pardonne-moi, Mère. Peut-être ai-je été aveuglé. Peut-être me suis-je égaré. »

Dean ne pense pas s'être égaré, elle le sait très bien. Elle sent le mécontentement contenu, l'orgueil dans son humilité. La satisfaction qu'il éprouve à feindre si patiemment d'accepter sa critique.

« Égaré en quel sens, Père ? »

Dean reste silencieux pendant un long moment. L'obscurité de plus en plus profonde dans le salon étrangle la pâle lumière de la cuisine, qui fait scintiller les globes en verre des lampes, le bois veiné des accoudoirs du canapé, projetant de minces filets d'ombre dans les poils de la moquette. Il se penche en avant, les coudes sur les genoux, mains croisées, presque en prière. Il baisse la tête, la relève comme pour parler, puis la baisse de nouveau.

« Peut-être en tout, Mère, finit-il par dire. Peut-être en tout ce que j'ai jamais tenté de faire. » Sa tendance à s'apitoyer sur son sort fait aussi partie des choses qu'elle doit endurer dans cette vie.

La fille ne convenait pas. Et le livreur non plus. Là encore, elle s'était opposée dès le départ, mais Dean avait soutenu que M. Baker était fiable, qu'il avait démontré sa fiabilité, et Ruth avait vu la vérité : c'est ainsi que le monde et ses valeurs s'immiscent dans votre vie et la corrodent, pas à pas, centimètre par centimètre, gentil après gentil, jusqu'à ce qu'on ne puisse plus reconnaître un damné d'un élu.

Elle se soumet, une fois de plus. Dean dort à côté d'elle. Plus les minutes passent plus elle s'éveille. Comme toutes les nuits. Elle se dit que la volonté du Seigneur s'aligne peut-être avec la sienne. Que Dean a besoin d'une leçon d'humilité. Et que ceux qui les ont quittés ne reviendront jamais, comme elle le souhaite.

Loretta

Blottie dans les replis les plus profonds de la nuit, Loretta annonce à Evel Knievel qu'elle veut l'appeler par son vrai nom. Elle a le sentiment que c'est un secret qu'il ne partage qu'avec quelques personnes, un talisman, sa Toison d'Or.

« Allez, insiste-t-elle. Dites-le-moi.

– Tu ne le connais pas ? »

Il semble sincèrement surpris.

« Je sais ! dit Jason, qui jaillit comme une bulle dans un ragoût épais. Robert Craig Knievel ! »

Evel Knievel regarde Jason avec insistance, comme pour l'éloigner, et répond : « Bien joué, petit.

– J'ai vu presque tous vos sauts, poursuit Jason en dodelinant de la tête, le regard vague. Je n'ai raté que le dernier. Celui de Wembley. Mes fichus parents n'ont pas voulu que je regarde. Ils m'ont obligé à assister à un dîner de famille. » Soudain, il se tourne vers Loretta. « Un dîner avec *ta* famille. Hé. »

Elle fait semblant de sourire. Pour Evel. Evel et elle sourient, patiemment, à Jason.

« Mes fichus parents, répète Jason. Ils n'ont pas voulu que j'aille voir le saut de la Snake River.

– Mmh mmh, murmure Evel Knievel.

– Vous êtes sûr que vous ne vous souvenez pas de moi ? Vous m'avez dit : "Merci d'être venu, mon pote."

– Ouais, enfin non, répond Evel, qui sourit de nouveau à Loretta.

– Et mes parents ! C'est pas croyable ! Bordel, j'y croyais pas. Le truc le plus grandiose de tous les temps. Le jour le plus grand. » Il regarde Evel, s'imprègne de son image. « Ils voulaient pas que j'y aille. Ils voulaient pas que je le fasse.

– J'ai pas vraiment envie de parler de ce jour-là, mon pote.

– Bon sang, insiste Jason. Vous laissez pas miner par ça. Tout le monde fait des erreurs. »

Ils sont tous ivres, Loretta le sait – elle se sent merveilleusement bien, protégée du monde, réduite à l'essentiel –, pourtant quelque chose lui déplaît dans l'ivresse de Jason, quelque chose d'instable, d'indiscipliné et d'impuissant, comme s'il était une marionnette dont la moitié des fils était coupée. Evel la reluque. Personne ne l'a jamais regardée aussi directement. Pas même Bradshaw.

Jason rote, se fige brusquement, puis reprend son calme en inspirant profondément par le nez. Evel s'adosse à son siège, fait tourner sa boisson dans son verre.

« Dieu du ciel, vous êtes épatant », reprend Jason.

Evel remue sur son siège, fronce les sourcils vers Loretta.

« Non, sérieusement, mec, c'est vrai, insiste Jason. J'ai jamais rencontré un gars comme vous. »

Evel lui lance un regard sévère – du genre *Ça suffit* –, puis se tourne vers Loretta, qui émet comme un aboiement, un rire échappé d'une meute tapageuse. Evel Knievel lui adresse un sourire, qui recèle une lumière originelle, quelque chose qui brille de l'intérieur. Jason étouffe un rot, semble de nouveau prêt à vomir, et Evel lui demande : « Ça va, petit ? Tu vas tout garder à l'intérieur ? », puis sourit à Loretta, un sourire aussi pur que la lumière. Une odeur aigre, écœurante, lui parvient. Et elle comprend que c'est ça son avenir. Pas une publicité dans un magazine. Pas quelque chose de statique et de joli – mais quelque chose de beau et de laid à la fois, y compris un type célèbre, un homme profane, qui débarque sans crier gare à votre table et la possibilité de devoir nettoyer le vomi d'un gamin.

Loretta raconte plus ou moins leur vraie histoire à Evel, avouant qu'ils en ont eu marre de leurs familles et qu'ils se sont enfuis. Elle ne parle pas de Dean, etc. À un moment donné, Jason redresse subitement la tête et marmonne : « Putain, s'il y avait que ça », mais elle tend la main sous la table, attrape un morceau de peau épais au-dessus de son genou et le tort, violemment.

« Bordel de merde, hurle Jason. Arrête ! »

Loretta sourit gentiment à Evel.

« Vous avez quel âge, petits ? lui demande-t-il.

– J'ai dix-huit ans », répond Loretta.

Il se met à débiter des conseils. *Soyez toujours sincères envers vous-mêmes. Ne laissez jamais les salauds gagner. N'ayez pas peur d'échouer. De vous planter. C'est comme ça que vous allez réussir. Soyez gentils. C'est le plus important : être gentil.*

« Un gentil couple comme vous, insiste-t-il en baissant la tête et en agitant la main comme pour les bénir. Soyez bons l'un envers l'autre.

– Oui, dit Jason.

– Non, réplique Loretta. C'est pas ce que vous croyez. »

Jason la regarde, éberlué.

« Soyez bon l'un envers l'autre, répète Jason en tentant de lui prendre les mains, qu'elle ramène sur ses genoux.

– C'est pas ce que vous croyez, répète Loretta à Evel Knievel.

– Mais si, dit Jason d'une voix forte. Mais si. »

Loretta l'ignore, ne regarde même pas dans sa direction. Elle garde simplement les yeux sur Evel et secoue la tête.

Jason

Jason s'est affalé dans le fauteuil. Il voit des brûlures de cigarette dans le faux cuir rouge, des petits cercles noircis. Ça lui rappelle le générique de *Police des plaines*, quand le papier se consume à l'écran. Il se dit qu'il va dormir ici. Le whisky lui a pénétré dans le nez, dans les yeux. Et tout est très étrange. Loretta et Evel l'ignorent, si bien qu'il se demande s'il est encore là ou s'il rêve de cette scène, puis il remarque de nouveau les trous de cigarette et repense à *Police des plaines*, aux cow-boys, aux héros et aux dimanches après-midi.

Il sursaute en entendant Loretta rire si fort qu'elle peine à retrouver son souffle. « T'es tellement drôle », hurle-t-elle.

Le bar est vide. Il ne reste plus qu'eux et le barman, qui regarde toujours la télé, appuyé sur un coude.

« T'es sacrément mignonne », lance Evel.

Jason tente péniblement de se redresser et demande : « Tu peux répéter ça ? »

Loretta roule des yeux et dit : « Merci, Robert. »

Evel répond quelque chose, mais il parle trop bas pour Jason. Lorsqu'il ouvre de nouveau les yeux, Evel murmure à l'oreille de Loretta, qui remue l'épaule comme s'il la chatouillait, et dit : « Tu me les brises, nunuche » ou « Tu m'allumes, ma biche », à moins qu'il ne la traite de pouliche. Et Jason n'aime pas ça, mais il a l'impression d'avoir les yeux scellés.

« Peut-être qu'on devrait continuer cette soirée dans la chambre », finit par proposer Jason.

Ou peut-être pas. Peut-être qu'il entend simplement ces mots. Peut-être que c'est Evel qui dit : « Peut-être qu'on devrait continuer cette soirée dans votre chambre. » À moins que ce ne soit Loretta. « Peut-être qu'on devrait continuer cette soirée dans notre chambre. »

Est-ce que Boyd est furieux de les voir rentrer à deux heures du matin, ivres et bruyants, avec une bouteille et un seau à glace ? Est-ce qu'il se lève et, en voyant leur invité, saute du lit pour se joindre à la fête ? Est-ce qu'il sort précipitamment de la chambre, dans une colère noire ? Est-ce qu'ils s'asseoient en cercle pour écouter Evel parler du Caesar Palace, du stade Wembley, de Reno et de Twin Falls ? Est-ce qu'Evel s'asseoit avec Loretta sur un lit, et Boyd et Jason sur l'autre ? Est-ce que c'est comme ça qu'ils s'installent pour discuter ? Est-ce que les occupants de la chambre d'à côté appellent la réception pour se plaindre de leurs rires tonitruants, de leurs cris de joie ? Est-ce que Jason s'étend longuement sur l'adoration qu'il voue à Evel Knievel ? Est-ce que Boyd raconte leurs tentatives de sauts, à vélo ou en minimoto, sur des rampes en planches et en pierres artificielles ? Est-ce que Jason est la cible de ces histoires ? Est-ce qu'ils décrivent à Evel Knievel la battue aux lièvres ? D'ailleurs, qu'a-t-il à dire là-dessus ? Est-ce qu'il répond à Boyd : « Bien joué. Je déteste ces petits enculés. » ? Est-ce que Loretta en est le moins du monde affectée ? Est-ce qu'elle est rebutée par son manque de cœur ? Ou est-ce qu'elle s'anime, s'avance vers lui ? N'y a-t-il pas quelque chose d'attirant dans la cruauté ? Quelque chose d'essentiel, de magnifique et de viril ? Est-ce que Jason s'en rend compte au fil de leur conversation – est-ce qu'il reconnaît sa faille et est-ce qu'il la déplore ? Est-ce qu'il se morfond à ce sujet ? Est-ce qu'Evel Knievel sort un petit joint de sa poche de chemise et le renifle ? Est-ce que Loretta l'imite ? Est-ce que Jason dit non merci ? Est-ce qu'Evel Knievel ricane ? Et est-ce que Jason finit par vomir ou est-ce qu'il parvient à se retenir ?

Jason se sent plus léger, soulagé, en sortant de la salle de bain, bien qu'il continue à tituber. Loretta et Evel sont morts de rire et Boyd les observe, déconcerté. *Ce type n'est pas Evel Knievel*, se dit soudain Jason. *Les cheveux ne collent pas. L'attitude non plus.* À un moment donné, il ouvre les yeux et se voit allongé sur le côté, tout habillé. Ses baskets lui provoquent de fortes démangeaisons aux pieds, les lumières sont toujours allumées dans la chambre et quelqu'un remue les glaçons fondus dans le seau. Puis, il se revoit à la ferme, devant la laiterie, au milieu de la nuit, et son père lui hurle quelque chose de l'intérieur du bâtiment. « Jason Reed Harder ! T'as fini avec les veaux ? » Il baisse les yeux, voit un casier à biberons, des biberons remplis de bière, qu'il doit traîner jusqu'aux veaux pour les nourrir, mais ces derniers se contentent de mâchonner les tétines, qu'ils maculent de bave, et le père de Jason hurle de nouveau : « Gare à toi si t'as pas fini tout ton boulot ! », si bien qu'il tète lui-même les biberons, malgré la substance visqueuse, glissante et herbeuse laissée sur les tétines, tandis qu'Evel Knievel, assis à l'arrière d'un des enclos, lui dit : « Allons, petit. Tu peux en avaler un de plus. » Puis Jason se voit au milieu d'un cercle de chasseurs dans le désert, derrière la maison de Dean, entouré de lièvres mutilés et couverts de sang, un tas gluant de poils et de chair. « Comment est-ce qu'on va pouvoir manger toutes ces fichues bestioles ? » demande un homme sans visage, vêtu d'une veste en jean et d'une casquette Scotch. Jason se tourne face à Boyd, qui reste planté là, le visage et le T-shirt maculés de sang, la bouche pleine, tenant un lièvre au flanc en partie arraché. « Tu vas finir par le faire, ce boulot ? » lance-t-il. Et Jason a envie de pleurer, de se laisser tomber à genoux et de dormir pour tout oublier. « Je ne sais pas comment », dit-il. « Tu m'étonnes », répond Boyd. Les tempes de Jason se mettent à palpiter, une douleur s'empare de son crâne, qui brûle comme un lit de braises, sa bouche est sèche, si sèche, il entend un grincement, un bruit métallique, et la voix de Loretta serpente hors de l'obscurité : « Non », puis, moins fort, « Chhh », et Jason, qui pense qu'elle lui parle, se prépare à dire : « Non, quoi ? », lorsqu'il entend une voix de baryton, pas des mots mais une musique profonde, et Loretta qui ricane. Jason ferme complètement les yeux, refuse de les ouvrir, parce qu'il sait que Loretta et Evel sont ensemble. Un grincement léger mais continu, les ressorts du sommier qui s'activent, puis un grognement, et Loretta qui répète : « Chhh » avec une note de ravissement mêlée d'inquiétude dans la voix. Jason sent Boyd lui enfoncer un doigt dans le dos, une seule fois, avec insistance, puis plus rien, hormis le rythme régulier des ressorts, comme le métronome que la mère de Jason gardait sur leur piano, *tic-tac-tic-tac*, pendant une heure, sept heures, neuf jours, des mois et des mois, jusqu'à la fin de la vie de

Jason, *tic-tac-tic-tac-tic-tac*, et enfin, le silence, le vide, suivi d'un grincement bruyant et d'un ultime « Chhh ».

Jason se sent nauséeux. Une odeur de charogne lui colle à la peau. Il entrouvre les paupières. La chambre est plongée dans l'obscurité, à l'exception d'un ruban de lumière qui se glisse entre les rideaux, révélant deux formes dans le lit de Loretta et un bout de tissu roulé en boule sur la table de nuit, à quelques centimètres du visage de Jason. Il reste allongé sur le flanc, le dos tourné à Boyd. De minuscules fibres scintillent sur le tissu et, au moment où Loretta sort la main des ténèbres pour le récupérer, Jason s'aperçoit que c'est sa culotte lavande. Evel Knievel se met à ronfler comme un moteur qui halète, en alternant des explosions profondes, vibrantes, et des inspirations longues, sifflantes. Comme Boyd. Et comme Grand-Père. Le timbre et le rythme même des ronflements de son aïeul décédé, qui donnent à la nuit paisible, à la chambre, des airs de tombeau.

Dean

À l'instant même où on se sent abandonné, le Seigneur vous rappelle Son amour.

Lundi matin, la banque téléphone à Dean aux alentours de onze heures, à l'instant même où Baker bondit dans le camion pour faire les livraisons. Comment est-ce qu'on appelle ça ? Une intervention divine ?

Dean demande à Ruth d'arrêter Baker et, lorsqu'elle lui adresse un regard interrogateur, il la presse de sortir d'un geste de la main.

Un casino ? Un chèque volé ?

Dean se sent vidé. Ses genoux tremblent et se dérobent. Il pose la main sur le mur devant lui et s'imagine glissant jusqu'au sol. Il a été stupide. Quelqu'un cherche à ridiculiser tout ce qu'il incarne. À ridiculiser Dieu même. Quelqu'un. Loretta. Pourtant, il était si sûr d'elle. Si persuadé de l'avoir ramenée dans Son chemin. Le chemin du Seigneur.

Il donne l'ordre d'encaisser le chèque. C'est bon. Il ne veut pas que ça se sache.

Les tremblements dans ses mains sont incontrôlables et son estomac se noue, grogne bruyamment. C'est comme s'il allait perdre la maîtrise de ses entrailles. Il doit s'obliger à rester absolument immobile, à résister à cette humiliation, malgré la douleur aiguë qui lui vrille l'estomac, lui donne l'impression d'être un animal, une bête immonde prête à se faire dessus. Une fois le spasme apaisé, tout converge vers un désir unique : réparer cette horrible confusion.

Il ne révèle à Baker que le strict nécessaire : Elko, l'hôtel Stockmen's, le gamin, l'adresse de Short Creek, s'il faut en arriver là.

En prononçant ces mots, Dean est submergé par la honte et la nervosité. Il se sent nu devant Baker.

Mais Baker, plus détendu, semble se dénouer confortablement.

« Vous voulez que je fasse un truc au gamin ? demande-t-il.

– Un truc ? »

Baker hausse les épaules et sourit.

Dean a vraiment envie que Baker fasse un truc au gamin. Lui-même a vraiment envie de lui faire un truc. Il attend avant de répondre. Il veut trouver les mots justes, être la bonne personne et obtenir ce qu'il veut.

« Peut-être pas », répond-il.

EVEL KNIEVEL
S'ADRESSE À UNE NATION QUI L'IDOLÂTRE

Étais-je magique, Amérique ? Étaient-ce les dieux qui me portaient quand je m'envolais au-dessus de ces bus, de ces voitures, de ces faux chariots Conestoga ?

Ce n'est pas à moi de le dire. Quoi qu'il en soit, si j'ai jamais été magique, je ne le suis plus, maintenant que je suis mort. Je ne m'attendais pas à ce que ce soit comme ça ici, rien à voir avec ce que tout le monde raconte, mais au moins ça continue, même si on s'ennuie, même si c'est horrible. Je vis dans une chambre quelconque, je mange dans une cafétéria et il n'y a rien d'autre à faire – à part manger et se souvenir, manger et se souvenir.

La mort était si importante, autrefois. Chaque fois que j'enfilais ce costume rouge, blanc et bleu, chaque fois que j'attendais en bas de la rampe avant un saut, le poing serré autour de l'accélérateur, que je sentais la mousse moelleuse du siège entre mes jambes, les entrailles complètement nouées, le souffle court, que je songeais aux accidents, au chaos noir des accidents, à ma colonne vertébrale qui semblait céder, et à cette certitude de serrer la main de la mort comme aucun des spectateurs assis dans les tribunes ne le ferait jamais, même s'ils allaient trop loin, même s'ils étaient abattus à bout portant, ce moment qui m'était si propre que personne d'autre ne pouvait même se l'imaginer.

La mort a été mon associée. Mon amie. Pour un temps, en tout cas. Jusqu'à ce qu'elle se retourne contre moi.

Je pouvais débarquer n'importe où à la belle époque. Dans n'importe quel petit bar paumé. N'importe quel magasin ou restaurant perdu au beau milieu de nulle part. Tous les endroits où j'allais devenaient des temples, j'étais un dieu, à qui on vouait de l'amour, l'amour le plus pur et le plus doux qui soit et, comme pour tout à cette époque, plus on m'en donnait, plus j'étais affamé. Plus je mourais de faim. Jusqu'à ce que plus rien ne parvienne à me combler.

Tu ne me connaissais pas, pas vraiment, Amérique, mais j'ai visité chacun de tes recoins. J'ai vécu à Butte et à Las Vegas. À Spokane et à Reno. À Boise et à Grand Rapids, à Tuscaloosa et à Elmira. J'ai été partout. Parfois, je me trouvais dans un endroit précis et il m'était impossible de me rendre là où on me réclamait. Quand le courage et la confiance venaient à manquer et que le pays avait besoin de son risque-tout. Je faisais ce que je pouvais. Ne prétends pas le contraire.

Les années ont passé. Sont parties en fumée. À Spokane, les gens me demandaient de leur raconter la fois où j'avais donné un coup de poing à un flic au Davenport Hotel. À Reno, un trouduc me rappelait que j'avais été viré du Sands pour avoir sorti ma queue à la table de craps. Ils vendaient des jouets à mon image, écrivaient des BD sur moi – dans lesquelles je tombais du ciel pour interrompre un cambriolage et capturer des scélérats. Ils m'ont figé à vingt-cinq ans, les muscles palpitants.

En revanche, vers la fin, Amérique, les choses sont devenues fichtrement bizarres. Sur Internet, la toile d'araignée, etc., il y a des pages de fans – evelrocks.com, evelsavestheuniverse.com – où les gens écrivent des histoires sur ma personne. Des histoires sur « moi ». Des trucs absolument dingues. Des délires de super-héros. Je m'envole autour de la planète en faisant feu de toutes parts. J'évite l'annihilation nucléaire. Je repousse les inondations et les tsunamis, stabilise la terre pendant des séismes, renvoie des bombes apocalyptiques dans l'espace. Et puis, il y a les autres histoires. Celles où j'apparais comme un vaurien. Un criminel et pire encore. Je braque des banques et m'envole parmi les ombres de la nuit. Je contrôle des salles de jeu et des bordels dans les centres-villes. Je suis tué, de manière spectaculaire, explosive, par d'autres super-héros – les X-men, Spider-Man, Captain America.

Et les délires ont empiré. C'est ce qui fait tourner l'Amérique, la force primaire de ce fichu pays, la folie qui appelle la folie. Un des sites Web avait même un lien intitulé « Evel Erotica ». Sans rire. Le monde regorge de merdes plus stupides qu'on n'imagine, et ce sont toujours les autres qui en sont responsables. Les autres. Vous passez votre vie à essayer de faire quelque chose avec eux – de les impressionner, d'obtenir leur amour et leur attention – et puis, sans trop savoir comment, tout se transforme en histoires, en mensonges et en trucs du genre :

Cherry se penche en avant et Evel la pénètre par-derrière. « C'est parti pour la virée de ta vie », s'exclame le beau risque-tout, qui donne des coups de reins tout en propulsant sa bécane en haut de la rampe et en s'élançant dans les airs. Ils copulent en volant, jusqu'à ce que la moto atterrisse dans une violente embardée et qu'ils s'écrasent en jouissant, brisant leurs os, versant leur sang…

Ce monde est naze, Amérique. Même l'amour part en couille.

LE JOUR DES PIONNIERS

24 juillet 1958

SHORT CREEK, ARIZONA

C'est le Jour des Pionniers et le ciel est menaçant. Dès le matin, d'épais nuages semblent prêts à éclater pendant le défilé et les offices. Tout le monde attend la pluie. De la poussière s'élève au moindre pas. Le blé et l'orge flétrissent. Mais chacun prie pour que la tempête patiente encore un peu, juste la soirée, afin que le bal puisse avoir lieu. Comme tout le monde, Ruth observe le ciel et tente d'y voir un signe du Seigneur. Mais elle espère qu'il s'ouvrira, comme elle le demande, et se déversera sur eux, pour qu'il n'y ait pas de bal. Elle l'espère, bien qu'elle sache que ce ne sera pas le cas, car même s'il pleut, le bal aura bien lieu, dans la salle paroissiale ou à l'école. Elle sera là, frère Billy sera là, pour danser avec elle, et il saura ce que cela signifie, elle saura ce que cela signifie et tout le monde autour d'eux – jusqu'aux enfants – saura ce que cela signifie.

L'après-midi, les frères et sœurs récoltent du maïs pour le dîner. Les nuages s'éloignent puis reviennent, mais pas une goutte ne tombe. Ruth reste le plus longtemps possible dans les champs à respirer la poussière et la barbe de maïs, à savourer les tunnels étroits et ombragés, en espérant ne pas voir frère Billy ou ses propres parents. Elle tire les épis vers le bas, les sépare des tiges d'un coup sec, puis les glisse dans un sac en toile de jute tenu par ses sœurs, Alma et Sarah. Elles chantent ensemble, d'une voix feutrée, comme si leur chant était un secret. « *Père, révérencieuse je serai / Et dans Ta maison, en silence je marcherai.* » Ces deux-là sont toujours silencieuses, toujours ensemble, et le plus souvent dans les jupons de Ruth, depuis qu'elles ont eu peur de ne jamais retourner chez elles, depuis leur séjour chez l'homme et la femme dont le nom échappe à Ruth – bien qu'il soit plus juste de dire que Ruth refuse de se rappeler leur nom. Tous les membres de sa famille étaient revenus avec des expériences différentes. Son père avait passé quatre jours en prison. Sa mère et ses tantes étaient restées à Short Creek sans avoir de nouvelles de leurs enfants. « *Écoute les mots que j'entends, car dans Ta maison je Te sens près de moi.* » Et les enfants s'étaient tous retrouvés dans des foyers distincts, chez des gentils et des apostats de Hurricane, Cedar City et St. George, des foyers qui n'étaient pas les leurs. Ruth, Sarah et Alma avaient passé des jours tranquilles à Hurricane, avec la télévision, la porcelaine de luxe et les murmures légers. Ainsi avait été leur exil. Ruth savait qu'elle devait s'estimer heureuse, car d'autres enfants n'étaient pas rentrés, des enfants maintenus à distance par les agents fédéraux, gardés dans d'autres familles, alors que leurs parents vivaient toujours à Short Creek, errant comme des fantômes. « *Puissent mes pensées être plus parfaites, puissé-je parler avec plus de révérence.* »

Ruth fourre deux autres épis dans le sac. « OK, emportez-moi ça rapidement », dit-elle à Alma et Sarah, qui remontent le rang de maïs en traînant les pieds.

Elle se faufile entre les plants pour rejoindre un autre rang, tombe sur quelqu'un et s'excuse. Un homme lui répond d'une voix profonde et se tourne vers elle. Elle ne le connaît pas, ne l'a jamais vu. Il est grand et jeune – un jeune homme, une rareté par ici –, et il est beau, malgré ses grandes oreilles en feuilles de chou. Ruth a le sentiment agréable de s'être fait surprendre. Elle aimerait le fixer du regard. L'examiner. Le sang lui monte au cou.

« Bien le bonjour, jeune fille », dit-il, des épis plein les bras, en s'inclinant de manière presque malicieuse. « Bien le bonjour, vieil homme », répond-elle. Ruth recule jusqu'au rang de maïs d'où elle vient et l'entend glousser. Elle reste là, reprenant son souffle comme après une frayeur, jusqu'à ce que ses sœurs accourent vers elle en riant.

Sur le chemin du retour, les sœurs de Ruth la taquinent au sujet de frère Billy. Elles sont censées l'appeler frère Adler, mais elles le connaissent trop bien pour ça, puisque c'est lui qui les surveillait lorsqu'elles jouaient avec ses sœurs. Ruth n'imagine pas l'appeler autrement.

« Tu vas devoir faire attention à ses coudes », dit Sarah à voix basse, ce qui fait rire sottement Alma. « Il te fera un œil au beurre noir », ajoute-t-elle. « Taisez-vous donc », siffle Ruth, et Sarah retient son souffle en feignant la stupéfaction. « Je te le dis », renchérit Alma. Ruth leur ordonne de passer devant et les filles gloussent de plus belle.

Sa manière de danser n'est qu'une des raisons qui rendent frère Billy inacceptable aux yeux de Ruth. La principale est inavouable, du moins c'est le sentiment qu'elle a : il ne l'attire pas. Il ne l'attire pas, n'agrée pas à ses sens, ne la séduit pas. Elle ne veut pas danser avec lui. Ruth est une danseuse hors pair, attachée à la précision, et le style insouciant et sans rigueur de frère Billy – qui se cogne contre les autres, s'emmêle les pieds et cumule les temps de retard – est embarrassant. De plus, elle ne veut pas de ce qu'attendent la plupart des filles lorsqu'on leur fait la cour. Elle ne veut pas lui tenir la main et – surtout pas – faire ces choses impensables qu'elle envisage avec son futur époux. Pas avec lui.

Ces derniers temps, chaque fois que son père lui adresse la parole, elle redoute qu'il l'informe que frère Billy a demandé la permission de lui faire la cour. Elle imagine mal son père l'autoriser à dire non. Ruth avait été la dernière à comprendre ce qui se tramait et l'amertume d'avoir été prise pour une imbécile ne l'avait pas quittée. Frère Billy avait participé à trois repas dominicaux en mai et en juin, chaque fois sans sa jeune épouse et leurs deux enfants. Ces jours-là, la mère de Ruth avait accordé une attention particulière à sa robe et à ses cheveux et son père s'était montré inhabituellement généreux et bienveillant en présence de frère Billy, la remerciant sur un ton chaleureux, l'appelant mon ange, souriant tendrement – une mascarade évidente pour tout le monde, à part Ruth, curieusement. Après le dîner dans la cuisine, c'était Sarah, la jeune Sarah, à peine onze ans, qui avait lâché : « On dirait bien qu'il y a de la cour dans l'air », avant de glousser avec les autres tandis que le visage de Ruth s'enflammait. Comment avait-elle pu ne s'apercevoir de rien ? Tout avait été parfaitement évident, pourtant elle n'avait rien vu. Ruth avait seize ans. Trois des filles avec qui elle avait grandi étaient déjà mariées, deux d'entre elles comme épouses-sœurs. Le monde qui les entourait fonctionnait ainsi – les avances indirectes, les arrangements en coulisses – et pourtant elle s'était sentie offensée, omise de sa propre vie. Elle croyait au Principe. Sincèrement. Elle croyait qu'il était ordonné par Dieu, elle croyait qu'elle finirait par être liée à des épouses-sœurs et à son futur époux par un mariage céleste.

Mais pas comme ça. Pas sans choix.

Les nuages ont dérivé vers le sud et le pique-nique a lieu comme prévu, dans le champ à l'arrière de l'école. Les tables longues sont couvertes de nourriture, de maïs, de salades, de poulets et de tartes. La pelouse tondue un peu plus loin accueillera le bal, encadrée par quatre poteaux tendus d'ampoules. Ruth et sa mère arrivent tôt pour aider à installer les victuailles. Elle observe attentivement les familles qui arrivent, les enfants qui filent rejoindre leurs camarades, les hommes et les femmes qui se regroupent, et elle guette frère Billy, qui finit par se présenter avec les siens. Il a l'air lustré. Peigné et brossé. Il la cherche du regard. Puis elle voit l'homme du champ de maïs, celui qu'elle ne connaît pas, en compagnie des Barlow. Ruth se demande qui il est, d'où il vient et pourquoi il est là. Lui aussi semble lustré, peigné et brossé. Ruth a envie de se lever pour l'observer.

Les gens remplissent leurs assiettes et s'entassent autour des tables. Ruth fait des va-et-vient entre l'école et le champ avec de la nourriture et des plats. Elle regarde frère Billy qui va chercher à manger à l'une des tables, les yeux toujours aux aguets, et se cache derrière la foule au moment où il trouve un siège à côté de sa famille. Elle observe frère Billy, elle observe l'homme du champ de maïs, grand et beau.

Oncle Elden s'avance et la foule se tait. Il les contemple d'un air placide et laisse le silence se prolonger. Ruth se demande s'il attend l'inspiration du Seigneur. Il commence à parler des pionniers et de leurs charrettes à bras, du voyage ardu des Saints, qui ont fui leurs persécuteurs à Nauvoo, dans l'Illinois, pour trouver une terre où ils pourraient pratiquer leur religion en paix.

« Expulsés de… *chez eux*, dit-il. Leur prophète assassiné par la foule. Ils voyagèrent dans la peur et dans… la foi, certains que Dieu les guiderait. »

Des jours et des nuits sur la piste. L'hiver fatal. Tous traqués par la mort – les enfants comme les anciens, les plus frêles comme les plus forts.

« Pouvez-vous imaginer… le *doute* puissant, mes frères et sœurs ? poursuit le prophète. Pouvez-vous imaginer combien il est difficile de maintenir sa foi dans le désert, lorsqu'on est cerné par la mort et qu'on vous demande de vous en remettre à Dieu ? »

Les Saints ont persévéré. Ils ont suivi frère Brigham Young jusqu'à la vallée du Grand Lac Salé, où ils sont arrivés en 1847.

« Mais… les gentils ont pris les armes contre nous, mes frères et sœurs, contre *ce sacerdoce*. Ils ont essayé de nous empêcher de voter. Ils ont brûlé nos maisons, détruit nos champs. Jusqu'à ce que… l'Église *elle-même* tourne le dos aux principes sacrés.

« Ils ont continué à nous persécuter. Mais nous n'avons pas cédé. »

Il marque une pause. Tout le monde sait ce qui va suivre.

« Un homme, poursuit-il, le gouverneur… *Pyle*, gouverneur de l'Arizona, a mis en place une force spéciale pour persécuter ce peuple. »

Le raid de 1953. Cinq ans plus tard, Ruth songe à son retour parmi les siens, à l'étreinte désespérée de sa mère. Elle se rappelle comment les enfants ont retrouvé leur famille, quelques-uns un jour, d'autres le lendemain, reconstituant peu à peu la communauté. Pendant des semaines, Ruth et ses sœurs n'avaient pas quitté leur mère d'une semelle, la suivant dans le jardin, à la cuisine, au temple… Et évoquer l'endroit où elles avaient été et ce qui s'y était passé paraissait si déplacé qu'elles s'en étaient abstenues. Tous les autres semblaient ressentir la même chose. Presque rien n'avait jamais été dit sur le raid, hormis au temple, où les frères l'évoquaient constamment comme une leçon de persécution et de salut.

« Ils voulaient déporter les enfants, les faire adopter ailleurs, et détruire les registres pour qu'ils ne sachent rien de leurs origines. Beaucoup nourrissaient cette idée dans leur cœur. »

L'homme du champ de maïs a les yeux fermés.

« Aujourd'hui, quand nous regardons en arrière, nous nous réjouissons de la délivrance… que nous a accordée le Seigneur. Mais nous ne savions pas, à l'époque, ce qui allait se passer… et quelle serait l'issue. »

Il marque une pause et adresse un grand sourire à la foule, parcourant les tables du regard. Frère Billy prend un enfant agité dans les bras de sa femme. L'homme du champ de maïs, en extase, observe oncle Elden. Ruth le sent passionné – les autres membres de la communauté ont si souvent entendu ces mots qu'ils ne leur font plus guère d'effet. Une fois entré dans l'Histoire, le raid est devenu bien moins réel. Mais l'homme du champ de maïs semble bouleversé. Ruth dit une prière silencieuse pour remercier Dieu de l'avoir choisie pour faire partie de ses serviteurs ici, à Short Creek.

« Et, maintenant, reprend le prophète en souriant et en ouvrant les bras, dansons. »

La foule laisse échapper un tonnerre d'applaudissements. Ruth voit l'homme du champ de maïs se lever. Beau. Vertueux. Nouveau et singulier. Il la regarde et hoche la tête d'un air somptueux. Elle comprend ce qui se passe en elle : elle ne veut pas le fixer du regard. Elle ne veut pas l'observer. Elle ne veut ni danser avec lui ni lui parler. Elle veut le toucher. Elle veut toucher chaque partie de son être.

Pendant le bal, son père s'approche d'elle avec frère Billy. Ruth envisage de dire qu'elle est souffrante. Qu'elle s'est foulé la cheville en récoltant le maïs. Qu'elle ne sait pas danser. Qu'elle ne sait même pas en quoi consiste la danse. Les voici, son père qui ouvre la voie et frère Billy qui le suit, dans le rôle du postulant ou du suppliant, sans qu'elle contrôle cette danse en soi, aux pas définis d'avance, inventés et arrêtés par d'autres, par son père et frère Billy, certes, mais aussi par d'autres avant eux, qui en ont composé la musique et nommé les pas, sans qu'elle y puisse quoi que ce soit.

« Bonsoir Ruth, dit frère Billy.

– Bonsoir, frère Adler.

– J'espérais vous demander de m'accorder la prochaine danse. »

À plusieurs mètres de là, par-dessus l'épaule de son père, elle aperçoit le jeune homme du champ de maïs. Ruth se dit qu'il la regarde peut-être. Il domine tout le monde.

« Petite sœur ? demande son père.

– Je crains... », répond-elle, mais aucun mot ne sort, si bien qu'elle s'éclaircit la gorge et recommence : « Je crains d'avoir promis la prochaine danse à quelqu'un d'autre.

– Oh ? » lance frère Billy en jetant un coup d'œil à son père, qui plisse les yeux de stupéfaction et demande : « À qui as-tu promis la prochaine danse ? »

Ruth désigne l'inconnu. Ils se retournent et son père dit : « Ah. Le nouveau. Le converti.

– Frère Harder ? » demande frère Billy, et son père hoche la tête.

Frère Billy s'incline : « Peut-être la suivante, alors ?

– Malheureusement, toutes mes danses sont réservées ce soir, répond Ruth. Toutes, sans exception. »

SHORT CREEK

20 octobre 1975

ELKO, NEVADA

Loretta se réveille, assoiffée, hors du temps. Il pourrait être n'importe quelle heure. L'arrière de la tête de Boyd, d'où pointe une mèche de cheveux noirs luisants, est à quinze centimètres d'elle. De l'autre côté du passage qui sépare les lits apparaissent deux bosses : Jason et le type à la moto. Les stores sont baissés. La lumière s'engouffre entre les rideaux. La chambre est saturée d'odeurs corporelles. Une douleur abrutissante se propage de sa tête à son corps et le fond de sa gorge est en feu. La seule chose à faire est de rester parfaitement immobile. Une brume flotte entre elle et ce qui l'a conduite à ce moment – une brume qui n'efface pas totalement sa mémoire, mais la repousse hors de portée immédiate.

Elle se lève pour aller aux toilettes, se sent gênée par le bruit de l'urine et reste assise tellement longtemps, le visage entre les mains, que ses membres s'endorment. Une fois debout, elle tire la chasse d'eau dans un vacarme épouvantable et attend que le sang se remette à circuler dans ses jambes, qui picotent et fourmillent, pour pouvoir marcher. Lorsqu'elle pénètre dans la chambre, Evel Knievel se redresse dans le lit en se grattant la nuque. « Bonjour, trésor », lance-t-il à Loretta, qui détourne les yeux en marmonnant « Trésor… »

Toutes les décisions qu'elle a prises ont été mauvaises. Hier soir, elle l'avait trouvé tellement cool. Tellement intéressant. Et puis, il y avait eu Boyd. Toutes ses décisions. Mauvaises. Il faut absolument qu'elle détache chaque parcelle de sa vie, qu'elle la décape comme une vieille peinture.

Elle reste sous la douche jusqu'à ce que l'eau tiédisse. Lorsqu'elle ressort, Jason marmonne quelque chose qu'elle ne comprend pas vraiment et Boyd grogne « Arrête. » Tout le monde est réveillé. Evel Knievel enfile son jean. Boyd et Jason se redressent, en appui sur les couvre-lits. Jason donne l'impression d'avoir reçu une balle ou un coup de poignard. Il regarde Loretta, puis de nouveau Boyd, qui fixe ses genoux, l'air grincheux.

Evel Knievel se lève et tient sa chemise devant lui. « Les gars, si vous voulez devenir de vrais amis, dit-il, va falloir que vous appreniez à laisser les nénettes à leur place. »

Jason l'ignore. « Salopard, c'est moi qui t'ai laissé venir avec nous, murmure-t-il. Tu étais là à presque tous mes anniversaires. À l'enterrement de Grand-Père. Tu étais mon putain de binôme. »

Boyd fixe les draps.

« C'est *ma* voiture ! » bredouille Jason.

Boyd hoche la tête d'un air las. « Ouais. Je sais. La bagnole de ton vieux. »

Loretta aurait aimé partir en douce. Assise sur le lit, elle se sèche les cheveux d'un air absent et Boyd lève les yeux vers elle, lui sourit timidement. Elle déteste l'espoir qu'elle lit dans son regard. Elle ne se rappelle plus vraiment comment elle en est venue à faire ce qu'elle a fait mais, à présent, à la lumière de ce jour migraineux, toute patraque, elle s'imagine ce qui se passerait si ses parents l'apprenaient, les frères et les sœurs de la paroisse, Dean, et même Ruth, et en dépit de ce qu'elle pense savoir sur elle-même et sur son avenir, elle se sent souillée par le péché.

Evel Knievel s'empresse de boutonner sa chemise et se frappe bruyamment les cuisses. « On a passé une sacrée soirée », s'exclame-t-il.

Jason se tourne vers lui et le dévisage. Le jauge. Ses boucles denses sont aplaties sur le côté. Des émotions confuses empourprent son visage et son cou.

« T'as pas vraiment l'air couvert de cicatrices », dit-il.

Evel adresse un clin d'œil à Boyd.

« T'es qui, en fait ? demande Jason.

– Tu sais qui je suis, mec, répond-il.

– Ton héros, dit Loretta. Tu te souviens ? »

Elle ne supporte pas la douleur qui lui vrille le crâne.

Evel s'arrête d'enfiler ses bottes et jette un regard de côté à Jason. Boyd entre dans la salle de bain.

« Pourquoi tu me poses cette question ? » demande Evel Knievel.

La douche se met à couler.

« Tu peux me faire voir une de tes cicatrices ?

– Tu veux voir mon permis de conduire ?

– OK », répond Jason, et Evel Knievel se met à rire.

« Écoute, mec, j'en ai rien à faire que tu me croies ou non, dit-il. Qui m'accompagne pour le petit-déjeuner ?

– Moi, répond Jason.

– Pas moi, répond Loretta.

– Dis-moi, comment tu fais pour ne pas avoir peur ? insiste Jason.

– Bordel, c'est reparti, répond Evel Knievel. OK. Il faut juste l'écraser. » Il se met debout, enfonce les talons dans ses bottes, puis adopte subitement une pose de karaté. « Écraser la peur, s'asseoir dessus, lui botter le cul, lui casser la figure, l'attraper par la peau du cou en serrant à mort, et savoir qu'il faudra faire la même chose la fois suivante, et celle d'après. La tuer, encore et encore et encore. Écrase cette salope sous ta botte. »

Il frappe la peur du revers des mains – la tue, encore et encore et encore.

« Tue-la ! hurle-t-il avant de se redresser. Petit-déj ! »

Jason l'accompagne au rez-de-chaussée. Leurs pieds s'enfoncent dans la moquette. Cinquante ans de cigarettes et de friture hantent l'air. Jason ressent tellement de choses que le seul mot qui lui vient à l'esprit est « mauvais ». Il a très faim, bien qu'il doute de pouvoir avaler quoi que ce soit. Pourquoi est-ce qu'il a changé d'avis sur ce type ? Peut-être à cause de sa mine chiffonnée au réveil. De son visage huileux. Ce n'est pas Evel Knievel. Et le mec allongé à côté de Loretta n'était pas non plus celui qu'il avait pris pour Evel Knievel. C'était Boyd. Il ne parvient pas à donner un sens à tout ça, mais il a le sentiment d'avoir été pris pour un imbécile, odieusement trompé par tout le monde, par son héros, son amour et son meilleur ami, qui avaient conspiré pour l'amener à cette journée amère et morne.

Evel Knievel fait claquer sa langue gaiement, puis repère ses potes, qui l'appellent depuis une table de black-jack. « Je suppose qu'il faut que j'y aille », dit-il en tendant la main. Jason la serre. Comment est-ce qu'il doit se comporter ?

« J'ai été content de faire ta connaissance », lance Jason.

Evel Knievel lui tape sur l'épaule.

« Mec, c'était une super soirée. Tu te souviens d'avoir couru dans la chambre tout nu ? Vers trois heures du matin ?

– Quoi ? Non. *Non.* »

Il ne peut pas avoir fait ça. Il ne ferait jamais ça. Ce type ne peut pas être Evel Knievel.

– OK, dit Evel Knievel. C'était juste une question.

– Attends, dit Jason. Tu te fiches de moi ? Je n'ai pas fait ça. »

Evel Knievel glousse. Il balance un coup de poing dans l'épaule de Jason.

« Tu ne t'en souviens pas ? Vraiment ? Hum. Bon, faut que j'y aille. Bon vent. »

Il s'éloigne et rejoint ses potes, qui rient et lui tapent dans le dos, puis Jason croit entendre un des types l'appeler Bob ou peut-être John, à moins qu'il ait mal compris. Ils portent des jeans et des santiags, comme Evel Knievel, l'un d'eux a une casquette John Deere – des types ordinaires de l'Idaho – et Jason se sent rougir de la tête aux pieds. Ils se rassemblent autour de Knievel, qui disparaît.

Jason prend son petit-déjeuner seul – œufs luisants, croquettes de pommes de terre molles et toasts humides – en feuilletant le *Elko Daily Free Press* et en écoutant les tintements des machines à sous. La nourriture pèse comme un poing sur son estomac, jusqu'à ce qu'il devienne évident qu'elle n'y restera pas, si bien qu'il s'empresse de traverser le café jusqu'aux toilettes – MESSIEURS/DAMES –, pénètre dans un des boxes et son petit-déjeuner remonte, tout chaud. Il aperçoit un pantalon en polyester marron entortillé autour d'une paire de bottes de cow-boy dans le cabinet d'à côté. Il tire la chasse et attend qu'elles disparaissent. Puis il traverse le café en sens inverse, règle l'addition, jette un coup d'œil au contenu de son portefeuille – l'argent que lui a rapporté la vente du bétail à la foire des Futurs Fermiers d'Amérique, l'argent destiné à sa mission – et compte un billet de vingt, un de dix, trois de cinq et sept de un dollar.

Au casino, les gens sont penchés sur les tables et de minces colonnes de fumée s'élèvent des cendriers, comme la surface d'une planète grêlée d'impacts d'astéroïdes. Jason franchit les portes de l'établissement et reste sous l'immense auvent, à l'abri du soleil éclatant. Il fait beau et froid. Il a l'impression d'avoir six ans, de s'être perdu à la fête foraine et d'avoir envie de pleurer.

Il retourne à la chambre. Comment est-ce qu'il va pouvoir les affronter ? Qu'est-ce qu'ils vont dire ? Il tourne la clé dans la serrure et la porte s'ouvre sur une pièce sombre. Les placards sont vides. Leurs sacs ont disparu. Sur la télévision, il aperçoit un bout de papier maintenu par un verre à eau :

À plus. B & L.

Le monde entier s'éloigne brusquement de Jason, coupe tout contact. Il devient la dernière, l'ultime personne.

Boyd dort, affalé contre la portière. Loretta essaie de ne pas regarder trop souvent le compteur. Il fait déjà sombre, le soleil a disparu Dieu sait où, derrière la tache de nuages grise ou l'une des chaînes de montagnes qui bordent leur route en direction du sud. Elle a l'impression de n'avoir pas vu le moindre bâtiment depuis une éternité. Elle aime la sensation d'avoir tout laissé derrière elle, excepté Boyd, et ne s'en fait pas trop pour Jason. Il s'en sortira. On s'occupera de lui.

Mais ce n'est que maintenant – alors qu'ils roulent depuis plusieurs heures, qu'elle conduit le gros tas brinquebalant de la LeBaron depuis suffisamment longtemps pour anticiper ses zigzags et ses embardées – qu'elle peut se focaliser sur l'or. L'or de Dean. L'or qu'elle a récupéré et celui qu'elle va chercher. L'or de Sutter Creek, qui semblait si inaccessible qu'elle ne s'était pas réellement préoccupée des problèmes pratiques qu'il pouvait poser. Par exemple, comment transforme-t-on de l'or en cash ?

D'ailleurs, elle n'est plus certaine que ça l'intéresse. Elle n'arrive pas à savoir si elle le veut encore, cet or, ni même pourquoi elle le voulait au départ. C'est la mission qu'elle s'est fixée, mais elle craint d'en devenir prisonnière.

Boyd se réveille en gémissant.

« Salut, dit-elle. Tu te sens mieux ?

– Pas vraiment.

– Peut-être que tu devrais dormir encore un peu. Il nous reste un bout de chemin à faire. »

Dors, se dit-elle. *Va-t'en.*

Boyd tripote la grille du chauffage avec son doigt, puis se tourne vers elle. « C'est la pire chose que j'aie jamais faite.

– Arrête.

– Non. Je te jure. »

Il boude. Les hommes sont-ils tous comme ça ? Tous autant qu'ils sont, de gros bébés blessés ?

« Alors pourquoi tu l'as fait ?

– Pour toi.

– Pour moi ?

– Pour être avec toi.

– Ben, maintenant t'es avec moi. Pourtant t'es malheureux. »

Il monte et descend la grille.

« Tu ne te sens même pas un peu nulle ? demande-t-il.

– Un peu, oui. Juste un peu.

– Alors, pourquoi tu l'as fait ?
– Je ne sais pas.
– Pas pour être avec moi.
– OK. Pour être avec toi. »

Les mots lui viennent difficilement. Qu'a-t-elle ressenti pour ce garçon ? Est-ce qu'elle s'est juste leurrée ? Ça ne peut manifestement pas être lui qui l'a séduite. Contrairement à Bradshaw. Bradshaw le rusé. Non, elle sait ce qui l'a attirée chez Boyd : l'occasion de faire la pire chose qui soit – vis-à-vis de Dean, et de tout ce qu'elle laissait derrière elle –, la pire chose qui soit, avec cet Indien, ce Lamanite, cet enfant du péché, car c'est ce qu'enseignaient les anciens, que la peau brune était le châtiment de l'immoralité et, dans le brouillard causé par l'alcool, elle avait frissonné à l'idée de se livrer à ça. Mais maintenant il est là, et il ne vaut pas mieux que les autres.

Elle allume les phares. Boyd la regarde, avec son visage lunaire, ses yeux noirs dissimulés dans l'ombre de l'habitacle, attendant une feuille de route, une déclaration de sa part, comme celle qu'elle avait faite dans la chambre de l'hôtel avant qu'ils ne s'en aillent – *Ce sera toi et moi. Ce n'est pas ce que tu veux, toi aussi ? Tu ne veux pas être seul avec moi, Boyd ?* Sauf qu'à présent ces déclarations sont comme des chaînes autour de ses pieds, prêtes à l'entraver, où qu'elle aille.

« On va à Short Creek. On verra une fois sur place, finit-elle par dire.

– C'était mon meilleur ami. Mon seul ami, en fait. Dans le monde entier, je n'ai que ma mère et lui, rien d'autre. Personne d'autre. À part des trouducs. Quel genre de personne fait ça à son ami ?

– Boyd, il va s'en sortir.

– Ce n'est pas vraiment ce que j'ai envie d'entendre à cet instant, Loretta. J'aurais aimé être inquiet à son sujet, mais ce n'est pas le cas.

– Tu n'es pas quelqu'un de mauvais.

– Ce n'est pas ça non plus. »

Loin devant, une minuscule grappe de lumières apparaît au milieu d'une grotte enténébrée. Ely, Nevada. Ils ont parcouru la moitié du chemin.

« Qu'est-ce qui est arrivé à la Loretta d'hier ? demande Boyd.

– Tu l'as devant toi.

– Celle de la nuit dernière ? »

Loretta éprouve une pointe de culpabilité lorsqu'elle repense à son péché charnel – avoir fait ça avec un inconnu, comme une traînée. Quand elle était enfant, son père parlait sans cesse de sa pureté. Elle se rappelle ses conseils, leurs conversations à l'heure du coucher, les versets sur sa vertu, les discours sur la droiture qui submergeaient son esprit de pensées impies. « Le Seigneur se réjouit de la chasteté de Ses enfants. » Est-ce qu'elle croit toujours à ça, bien qu'elle en doute ? A-t-elle tort de vouloir simplement décider de ce qu'elle croit ?

« Je n'ai pas changé », répond-elle.

Jason reste assis dans la chambre du Stockmen's en tenant le mot laissé par Boyd et Loretta. Soixante-quinze heures passent. Cent quarante-trois heures. Cinq mille trois cent cinquante-quatre heures. Il va vivre à jamais dans cette chambre sombre. Une douleur lancinante lui engourdit la tête. Il pense à la LeBaron. La voiture de son père. Les clés ne sont plus sur le comptoir près de la télé. Il jette un coup d'œil à la chambre, fouille dans ses poches. Descend au rez-de-chaussée et sort sur le parking, où il ne voit plus la LeBaron Imperial Chrysler 1970 vert pomme. Le ciel est éclatant, le bleu de l'été associé au froid de l'hiver.

Il va vivre ici. Au Stockmen's. Ménage assuré. Buffet à volonté. Parfait.

Il lui reste cinquante-deux dollars et cinquante-deux *cents*. Il retourne à l'intérieur et règle une nuit supplémentaire. Onze dollars. Il s'observe dans le miroir derrière la réception : grand et dégingandé, des oreilles monstrueuses, des cheveux qui frisent dans tous les sens, une traînée de taches de rousseur sur les joues qui s'empourprent lorsqu'il se sent gêné. Il déteste son physique. Chaque fois qu'il s'examine, elle lui saute aux yeux – sa certitude d'être un raté.

Il s'asseoit dans le hall d'entrée, sur le canapé en cuir rouge foncé à armature en bois rustique. Il a envie de s'allonger. Un jour, ce qui lui arrive aujourd'hui deviendra une histoire. Peut-être même assortie d'une morale. Sa mère pourrait s'en charger. Il se demande s'il lui racontera jamais cette histoire et s'il l'écoutera en tirer une leçon. Il se demande s'il la racontera jamais à son père et s'il l'écoutera souligner ses erreurs, en établissant les responsabilités.

Il a les moyens de rester trois jours de plus ici.

Il pense à son grand-père. Son vieux grand-père bourru. Comment un dur à cuire comme lui avait pu engendrer la lignée qui avait abouti à Jason ? À son âge, Grand-Père avait déjà quitté sa famille pour aller tuer des gens dans un autre pays. Mais Jason – la moindre douleur le fait pleurer. L'été dernier, quand Boyd lui avait tiré dans le bras avec un pistolet à air comprimé et que le plomb formait une bosse grise sous sa peau, ils étaient allés chercher de l'aide auprès de Grand-Père. Quand ce dernier l'avait vu, avec sa lèvre inférieure qui tremblait, il avait détourné les yeux, embarrassé. « Ne commence pas à brailler », avait-il dit en pressant le plomb comme un bouton.

Jason ouvre les yeux, aveuglé par la lumière éclatante. Il est étendu sur le canapé du hall d'entrée, la tête posée sur un gros coussin en cuir. Le soleil de l'après-midi, haut dans le ciel, darde ses rayons obliques, déroulant sa frontière lumineuse sur la moquette richement décorée, marron et dorée. Une sonnerie retentit dans le casino. La chance a souri à quelqu'un.

La chance. C'est ici qu'il l'attendra.

Il sort. Bizarrement, il n'a pas mal à la tête, même s'il est ralenti par la gueule de bois. De la bile lui brûle le fond de la gorge. Le froid crispe son visage. C'est agréable. Ses vêtements sont immenses, lourds. Il a rétréci. Comme c'est ridicule de rétrécir ainsi. Il pense au paradis, à l'idée que tout le monde pourra visionner le film de sa vie. Au paradis, sur l'écran de cinéma, tout le monde verra ça ? Qu'il a rétréci ? Il était terrifié à l'idée que tous les occupants du paradis – sa famille et ses amis, les anges et l'hôte céleste, Dieu même – soient obligés de le regarder se masturber sept mille fois. Et maintenant, bien qu'il en ait fini avec Dieu, bien qu'il ne l'intéresse plus, la perspective de cet examen céleste pénètre de nouveau dans son esprit avec la force d'une intime conviction.

Tous les gens qui regarderont son film au paradis seront plus forts que lui. Tous les gens qu'il connaît sont plus forts. Boyd et Loretta sont plus forts. Evel Knievel est plus fort. Le type d'hier soir, peu importe qui il est. Plus fort. Son père et sa mère. Tous les gamins de l'école, tous les vieux fermiers ennuyeux du temple et leurs femmes – plus forts. Oncle Dean, ce cinglé de mes deux : bien plus fort.

Jason décide de prier.

« Notre Père qui es aux cieux », marmonne-t-il, debout sur la dalle en béton aveuglante du Stockmen's, bras croisés et tête baissée.

Ses yeux brûlent et s'embuent. *Évidemment*, se dit-il.

Il s'arrête. Ouvre les yeux. Décroise les bras. De toute façon, qu'est-ce qu'il peut demander ? Rends-moi heureux, je t'en supplie. Donne-moi ce que je veux.

Il mange seul au Stockmen's. Maxi cheeseburger et frites – 1,95 dollar. Il se rappelle l'époque où la perspective de dévorer des hamburgers tous les jours était excitante, mais celui-ci a un goût de foin. De fourrage. Il repart dans sa chambre. Enlève ses chaussures. Allume la télé. Une rediffusion de *Baretta*, en plein après-midi. Bizarre. Il s'allonge sur le lit, la tête calée sur deux oreillers, et regarde l'écran entre ses pieds. Baretta s'adresse à son cacatoès. Les orteils déformés des chaussettes blanches de Jason pointent vers le haut, comme de minuscules chapeaux d'elfe. Il pense aux elfes du *Seigneur des anneaux*, légers et magiques, à leurs arcs rapides et mortels, à Samsaget Gamgie, l'ami loyal, et se dit qu'il devrait peut-être aller chercher ce livre pour disparaître dans la Terre du Milieu. Puis il se rappelle que le livre est resté dans le coffre de la LeBaron. Avec son album Evel Knievel et sa boîte de cassettes huit pistes.

Quelqu'un cogne à la porte et l'appelle.

« Jason ? »

C'est Boyd ? On dirait Boyd. C'est Boyd et Loretta. Une gigantesque vague jaillit de son corps, le propulse hors du lit, l'entraîne jusqu'à la porte. « À plus » voulait dire « À plus tard dans la journée ». C'est-à-dire maintenant. Ils sont de retour, ils sont à la porte. Évidemment qu'ils ne l'ont pas laissé. Ils ne feraient jamais ça.

Un autre coup, rapide, impatient.

Jason ouvre. Un homme qu'il a déjà vu, mais qu'il ne reconnaît pas, est debout dans le couloir, un pouce dans la boucle de son ceinturon et le visage déformé par un sourire crâneur, tel un sac rempli de pierres. Qui est-ce ? Pourquoi lui semble-t-il si familier ? Les mots « Sandy Excavation » apparaissent sur sa casquette.

« Salut, mon pote, dit-il en jetant un coup d'œil derrière Jason. Où est Lori ? »

Quand ils arrivent à Hurricane, Boyd est endormi. Le crépuscule, le tableau hivernal de collines rouges, de pins et d'écharpes de neige, les jeux de lumière familiers, puis la ville elle-même lorsqu'ils y pénètrent – chaque kilomètre la rapprochant de chez elle, de Short Creek – renforcent l'anxiété de Loretta. Hurricane est la ville où ils venaient faire leurs courses. Où elle allait avec Tonaya à l'époque où elles recherchaient la compagnie des fêtards. Elle remonte avec précaution Main Street au volant de la LeBaron, sans dépasser les soixante-cinq kilomètres-heure. Elle dépasse les lumières de la station essence Texaco, où elle a rencontré Bradshaw. Elle dépasse le Safeway, aperçoit un van Chevrolet, probablement celui qu'utilise frère Gardner pour circuler en ville avec ses deux femmes et leurs huit enfants.

Ils quittent Hurricane et reprennent l'autoroute. Ils y sont presque maintenant. Elle passera devant sa maison dans moins d'une heure, l'endroit où elle a grandi jusqu'à ce qu'elle emménage avec Dean et Ruth. Sa mère sera assise quelque part, en train de raccommoder des vêtements ou de lire un livre sur ses genoux, et son père, dans le garage éclairé, le chauffage d'appoint à ses pieds, en train de raboter ou de poncer un morceau de bois. Elle connaît à peine ses parents. Elle comprend à peine leur personnalité. Elle repense aux paroles de Jason et de Boyd pendant le trajet – pour eux, leurs parents sont des individus, des êtres dotés de personnalité. La mère de Boyd est drôle, irresponsable, permissive et parfois sujette à des accès de cruauté imprévisibles – comme le jour où elle a fait piquer leur chien parce qu'il avait fait ses besoins sur la moquette. Le père de Jason est sérieux et ponctuel, austère et ennuyeux, et il sermonne tout le monde sur la menace de dangers, qu'il s'agisse de déchéance morale ou de conjonctivite bovine. Quelque part, sa mère est exactement pareille, à ceci près que partout où son père voit le mal, elle voit de la joie ; partout où il craint le pire, elle reste optimiste. Loretta se souvient d'avoir pensé combien ils semblaient merveilleux.

Les lumières clairsemées de Short Creek font leur apparition. Elle saurait identifier les deux tiers d'entre elles. Une minuscule constellation, qui tourne sur elle-même. Elle pourrait trouver la maison de Dean les yeux fermés. Elle se rappelle le jour où elle a emménagé chez lui. Le cœur alourdi par un sentiment de désastre. Elle se rappelle la visite de Dean le soir de leur mariage. Sa main sur son genou. Qui la maintenait en place.

« Je suppose que vous vous êtes crus super malins, les mioches », lance Baker.

Jason n'a pas envie de répondre. Il a envie de vomir tout ce qu'il a dans les entrailles.

« Suuuper malins », répète Baker. Il feint d'être ravi, plein d'entrain. Une odeur d'alcool envahit la voiture. Baker tapote une bague contre le volant, mâche du chewing-gum comme s'il voulait sa mort. L'avant de sa Nova vibre, ce qui fait trembler le volant, mais il ne lâche pas la pédale d'accélérateur. L'aiguille oscille au-delà de cent quarante kilomètres-heure.

« Cela dit, vous avez des couilles, il faut bien l'admettre », reprend-il.

De temps en temps, ils dépassent un semi-remorque, mais dans l'ensemble l'autoroute est déserte. Le soleil plonge derrière eux, formant un disque blanc et flou entouré d'un anneau doré. Loin devant, suspendue au-dessus de l'horizon, une masse grise macule le ciel. Ils laissent Wells derrière eux et repèrent un panneau : WENDOVER 95, SALT LAKE CITY 285.

À Elko, Baker avait scruté la chambre du Stockmen's en posant des questions. Jason se sentait groggy, ivre. Il avait mis longtemps à se souvenir de Baker. Il n'arrêtait pas de dire *je ne sais pas, je ne sais pas*, mais Baker répétait les mêmes questions, tournait la tête sur le côté tout en jetant un regard à Jason. *Où est Lori ? Où est ton pote indien ? Je suis sûr que tu sais. Je suis moins stupide que tu le crois, mon pote. Pourquoi est-ce qu'ils sont partis ? Qu'est-ce qui s'est passé ? Vous vous êtes embrouillés ? Le trio s'est séparé ? Réponds-moi. Je ne te ferai pas de mal si tu me réponds simplement. Ici.* Il avait attrapé l'oreille de Jason entre le pouce et l'index en tordant si fort que Jason avait cru qu'il allait l'arracher. *T'as la mémoire qui revient ? Non ? OK, on va essayer autre chose : Où est-ce que vous alliez avant que l'équipée sauvage se sépare ? Où est-ce que vous alliez, les mioches ? Nulle part ? Vous alliez juste nulle part ?* Il avait de nouveau tiré sur son oreille, tendant la peau comme un caramel, et Jason avait hurlé en se soumettant totalement. Jason n'arrêtait pas de dire, *je ne sais pas, je ne sais pas*, ce qui était vrai, même s'il était sur le point d'ajouter autre chose. Il ne lui en avait pas fallu beaucoup. Allongé sur le côté, il se tortillait pour tenter de s'éloigner, mais Baker, dont l'odeur d'alcool lui donnait la nausée, l'écrasait sous ses genoux. *Tais-toi maintenant, Jason. Dis-moi, vous vouliez aller à Hilldale ?* Jason avait secoué la tête. Je ne sais pas, avait-il répondu, je te jure que je ne sais pas, ils m'ont planté ici. *Nephi ?* Jason avait de nouveau secoué la tête. *Short Creek ?* Jason ne sait pas comment son visage avait réagi à ce moment-là, mais Baker avait lâché en applaudissant de manière frénétique. *C'est donc ça*, avait-il dit. Il s'était dirigé vers la porte, avant de s'arrêter, la main sur la poignée, et de revenir vers Jason, recroquevillé sur le lit. Il avait réfléchi pendant quinze secondes, penché la tête de chaque côté, haussé les épaules et lâché, d'un air exaspéré : *Ramasse tes merdes.* Ensuite, ils avaient pris sa Nova et s'étaient mis en route.

« Le truc, c'est que vous n'avez pas été si malins que ça, dit Baker en agitant l'index comme un essuie-glace. Il y avait une faille dans votre plan. Tu peux me dire laquelle ?

– Non.

– Devine.

– Je ne sais pas, répond Jason en pressant une boule de papier toilette contre son oreille.

– Bon Dieu, t'es un vrai bébé. » Il garde le même ton, comme si rien ne pouvait entamer sa bonne humeur. « Je te croyais un peu plus coriace que ça. »

Un léger courant d'air pénètre par la portière en gémissant. Le soleil embrase le rétroviseur et l'ombre de la Nova avance à toute allure sur l'asphalte gris pâle, veiné et criblé de goudron noir. Il leur faudra environ sept heures pour parvenir à Short Creek.

« L'erreur fatale, dit Baker, c'est les chèques.

– Les chèques ?

– Les chèques.

– Qu'est-ce que tu veux dire ? »

Baker rit bruyamment.

« Tu te fiches de moi ? » Il adresse de nouveau à Jason un regard perçant, comme pour lui extirper la vérité, puis se détend et émet un rire profond et sincère. « Lori, Lori.

– Quoi ?

– Laisse-moi te dire un truc sur notre Loretta », reprend-il. Il penche la tête et contemple la route d'un air songeur. Puis il sourit, commence à parler, s'interrompt, fronce les sourcils, sourit de nouveau et se gratte la mâchoire. « Nan. Laisse tomber.

– Non, quoi ?

– Nan. Alors, ils t'ont vraiment planté. Ils se sont cassés. »

Jason ne répond pas.

« C'est malheureux. Ça craint vraiment. »

Il n'a pas cessé de sourire. Il gigote, fait claquer ses doigts, puis retire une flasque argentée de la poche de sa chemise, la débouche, l'incline et halète gaiement.

« Elle n'est pas forte en promesses, la petite Loretta, dit-il. Alors, ouais, ça craint vraiment. Mais de toute façon, ça ne pouvait pas marcher. »

Jason pense aux chèques – les chèques de Dean ? –, tente de reconstituer ce qui s'est passé.

« Alors, tu es là pour Dean ? demande-t-il.

– Un peu pour Dean, un peu pour moi. »

Ils roulent, dépassent West Wendover, une ville minuscule, et juste avant de franchir la frontière de l'Utah, une plaine blanche s'ouvre devant eux, un paysage lunaire, plat, craquelé, qui s'étend si loin que Jason a l'impression de contempler la courbe de la terre – d'entrer au purgatoire, conduit par Baker. Comme s'il était mort, en route pour l'enfer.

OFFICE DU TOURISME DE BONNEVILLE SALT FLATS, lit-il sur un panneau.

« J'adore cet endroit, dit Baker. C'est ici que l'expédition de Donner s'est retrouvée dans la merde. Ils n'avaient pas prévu suffisamment d'eau, ont perdu du bétail, se sont affaiblis et sont tombés malades. Il leur a fallu tellement de temps pour traverser les montagnes qu'ils se sont fait surprendre par l'hiver. »

Ça le fait rire. Ils prennent un virage et les lumières d'une ville apparaissent devant eux, jaunes dans le ciel crépusculaire.

« Souviens-toi de ça pour ta prochaine grande aventure, petit. Ce n'est pas à la fin que les choses tournent mal. C'est juste à ce moment-là que tout devient clair. Tu commences par traverser un désert salé sans prévoir suffisamment d'eau. Ensuite, tes bœufs crèvent. Tes gamins chopent le scorbut. »

Il rit de nouveau. « Et puis, t'as vite fait de bouffer tous tes chevaux, sans compter la neige qui n'arrête pas de tomber. »

La lumière lilas assombrit le désert de sel, grain après grain. Le monde semble trop vaste, trop vide, pour qu'ils puissent rattraper Boyd et Loretta en quelques heures, mais la rapidité de la voiture et la détermination de Baker convainquent Jason qu'ils vont les retrouver, que ça ira mal pour Loretta, peut-être très mal, que ça ira mal pour Boyd et aussi pour Jason. Et que la faute lui incombe entièrement.

« T'as faim ? demande Baker. Moi je pourrais bouffer un bœuf par le cul. »

Au café, Baker engouffre d'énormes bouchées de hamburger, qu'il mâche vigoureusement, comme s'il actionnait une manivelle. Il bâille de temps en temps. L'établissement résonne des bruits de tables, d'assiettes et de fourchettes, des conversations des chauffeurs et des fermiers. La serveuse remplit sa tasse.

« On dirait bien que la route a été longue. Vous êtes routiers ?

– Nan, répond-il en faisant un clin d'œil. Je suis pressé de retrouver une nénette. »

Baker regarde l'assiette de Jason. « Ton hamburger ne va pas se bouffer tout seul, dit-il.

– Il se passera quoi si on les retrouve ? demande Jason.

– *Quand* on les retrouvera. Sois positif. »

Il tend la main pour attraper le burger de Jason, mord dans un tiers du sandwich, qu'il mâche, encore et encore, en fixant Jason, puis prend une autre bouchée, avant de répondre : « Une chose à la fois. »

La neige se met à tomber lorsqu'ils dépassent la pointe sud du Grand Lac Salé, qui s'étend tel un vide immense dans la nuit nuageuse.

Partout ailleurs, la vallée bordée de chaînes de montagnes scintille de lumières et une couche blanche de plus en plus épaisse recouvre l'autoroute, en dehors des lignes parallèles laissées par les pneus des voitures. La Nova glisse et dérape, mais Baker ne lève pas le pied. Il serre le volant des deux mains et se penche en avant, comme s'il pouvait les maintenir sur la route grâce à sa seule volonté.

Jason souhaite qu'ils aient un accident. Il pourrait peut-être prier. Il n'est pas certain de la différence entre souhaiter et prier. Mais il note que même ici – où la Piste des Mormons s'est interrompue, où les chariots des pionniers se sont arrêtés, où Brigham Young a décrété que c'était l'endroit qu'ils cherchaient, où Dieu a envoyé des mouettes pour sauver les récoltes et où une nouvelle ville étincelante a été bâtie, Salt Lake City, leur capitale, leur Mecque. Là où l'Église s'est installée et s'est épanouie, où le Temple et le Tabernacle se sont dressés, où les Saints se rassemblaient deux fois par an pour rendre grâce, pour se séparer du monde, où ses parents l'amenaient un an sur deux, pour visiter Temple Square et descendre à l'Utah Hotel –, même ici, alors qu'il se sent désespéré et abandonné, il ne se tourne pas vers la prière. Pas vraiment. Il se souvient du jeu auquel il jouait avec Boyd, où ils s'amusaient à répondre par oui ou par non à l'existence de Dieu, et se rend compte que la réponse à laquelle il est parvenu n'est en réalité qu'une sensation. Une supposition. Une autre forme de foi.

Ils dépassent des semi-remorques dans une nuée blanche aveuglante. Des breaks et des pick-up. La Nova cingle l'air mais reste accrochée à la route. Baker laisse parfois échapper un cri de joie, ou alors il bâille puis secoue violemment la tête, comme pour chasser sa fatigue, mais le plus souvent il reste concentré, crispé, les deux mains sur le volant, fonçant tête baissée. La flasque reste dans sa poche.

Lorsqu'ils ne sont plus qu'à une heure du sud de Salt Lake, la neige cesse de tomber et l'autoroute se dégage. Baker se détend un peu, s'adosse au siège et garde une seule main sur le volant, mais semble toujours agité. Il est vingt-deux heures passées.

« Alors, dis-moi, demande Baker. Tu la sautais ? L'autre gamin la sautait ? L'Indien ? Dieu du ciel, j'espère que non. Pour son bien. Je veux dire, elle est déjà suffisamment dans la mouise comme ça pour pas en plus se faire sauter par un bâtard.

– Ne dis pas ça », réagit Jason. Et Baker le frappe violemment à l'épaule. Son poing le percute comme une pierre, le clouant à la portière.

« Épargne-moi tes conseils. »

Jason frotte son épaule à plusieurs reprises et, à la seconde où la douleur reflue, Baker le frappe de nouveau. Jason a le souffle coupé. Il grimace et cligne des yeux, au bord des larmes.

« OK, putain ? demande Baker.

– OK, répond Jason. OK.

– On reprend. Qui la sautait ? Il y a forcément quelqu'un qui la sautait.

– Non.

– Petit, tu dois être le mec le plus stupide de la terre. Ton pote la sautait. Et ça continue. C'est comme ça que ça marche : t'as bouffé tous tes chevaux, la neige n'arrête pas de tomber et un type saute ta nana. »

Il martèle le volant du talon de la main. La peur s'insinue en Jason. Il essaie de comprendre la morale de l'histoire : Qui a mangé les chevaux ? Que représente la neige ?

« Tu piges ? insiste Baker. Tu t'es fait avoir, voilà ce que ça veut dire. »

Ils dépassent un panneau illuminé par les phares de la Nova : CEDAR CITY 180. Jason sait qu'une fois à Cedar City ils quitteront l'autoroute pour plonger dans le désert, jusqu'à Short Creek.

Baker bâille – un bâillement immense et puissant, qui le submerge malgré lui – puis secoue violemment la tête, comme pour refaire surface. Il renifle. Hoche la tête.

« Ouais, j'ai bien peur que Lori se soit tapé ton petit Peau-Rouge. Pire que je ne le pensais. Tu vois ce que je veux dire : tu vis ta vie, tu fais des projets, tu essaies de faire au mieux et qu'est-ce qui se passe ? Qu'est-ce qui se passe, petit ? Je te le demande.

– Je ne sais pas.

– Tu ne sais pas ! Tu sais bien puisque je viens de te le dire ! Ce qui se passe, répète Baker, c'est que t'as bouffé tous tes chevaux, la neige n'arrête pas de tomber, la nana que t'aimes se fait sauter par un sale Peau-Rouge et il faut que tu décides quoi faire. »

Il siffle et fait claquer sa langue.

« Faut que tu décides qui tu vas bouffer. »

Cette maison lui donne presque la nausée. Elle se sent un peu hébétée et confuse. Une lampe débranchée traîne par terre, comme reliée à une queue, et le clair de lune, qui s'engouffre par les fenêtres, suspend des trapèzes aux murs vides. Des fantômes de meubles disparus hantent la moquette.

« Cette baraque est immense », lance Boyd en allumant brusquement une des lumières. Loretta s'empresse de l'éteindre. « Inutile d'annoncer notre arrivée », dit-elle. Elle pose son sac marin. Les pièces d'or cachées à l'intérieur – la bourse en toile qu'elle a enroulée étroitement dans une de ses jupes en jean – résonnent faiblement sur le linoléum. Elle se débarrasse de ses chaussures. Par habitude. Une des règles imposées par Ruth. Boyd, qui piétine la moquette dans ses tennis grises et sales, contemple le plafond élevé comme s'il était dans une cathédrale. Il est vingt-deux heures passées et, bien que ce soit déjà tard pour le coin, quelqu'un pourrait repérer la lumière et chercher à savoir ce qui se passe. Elle n'est pas certaine que l'Ordre uni – la brigade de Dieu – ne fasse pas de rondes. Elle n'est pas certaine que la maison n'ait pas été cédée officiellement à oncle Elden ou à l'Ordre. Ils possèdent tout. Quoi qu'il en soit, la clé de Dean ouvre toujours la porte d'entrée et elle découvrira rapidement ce qu'il en est des autres. Elle serre le trousseau si fort qu'il lui entaille presque la paume.

Il est probablement temps de parler à Boyd. Elle le regarde, prête à se lancer, et le voit venir vers elle, les sourcils levés, les yeux empreints d'un romantisme maladroit. Ça n'en finira jamais, ces hommes qui la poursuivent. Elle voit bien qu'il est nerveux, à moitié gêné. Bradshaw et sa folle assurance lui manquent.

« Arrête, dit-elle en tâchant d'adoucir ses mots par un sourire. J'ai un truc à te montrer. À te dire. »

Ils s'asseoient par terre, dans la pièce sombre éclairée par la lune. Elle explique d'où viennent les pièces. Elle explique qu'il y a encore de l'or dans le bureau de Dean. « De l'or, s'exclame Boyd. Le pied ! » Elle déroule la jupe en jean et lui montre les pièces épaisses, aux reflets scintillants, presque ambrés, dans la pénombre, et les pose dans ses mains. Il semble ébahi, n'arrête pas de répéter « De l'or ! », comme une prière ou une malédiction. Elle lui parle des pépites de Sutter Creek, de l'importance que ça a pour Dean, et donc pour elle.

« Je veux lui prendre cet or, je veux qu'il sache que c'est moi qui le lui ai pris, que je savais combien il comptait pour lui quand je l'ai pris », dit-elle.

Boyd la regarde étrangement.

« Lori, murmure-t-il. Pourquoi est-ce qu'il a laissé cet or ici ? Dans une maison vide ?

– Quoi ?

– Pourquoi est-ce qu'il l'a laissé ici ? Pourquoi est-ce qu'il aurait fait ça ? »

Elle ne met pas longtemps à comprendre. Elle n'a pas besoin de réfléchir. Elle se rappelle l'accident de vélo qu'elle a eu un jour : elle circulait le long d'un chemin quand tout avait basculé, brusquement. Le choc n'avait pas semblé venir d'une direction précise mais de partout à la fois. Pourquoi avait-elle cru que l'or pouvait être ici ? Elle ne se souvenait plus.

« Lori ? »

Loretta ramasse l'or et le remballe, puis se dirige vers la porte du bureau de Dean, un cube blanc au fond de la cuisine. Elle glisse la clé dans la serrure et tourne, éclaire la pièce dépourvue de fenêtres et la trouve à moitié vide – il ne reste que quelques livres, des dossiers, des chaussures de travail près de la chaise, dont une basculée sur le côté. Elle se dirige vers le meuble de rangement, ouvre le tiroir du bas et tient la plus petite clé entre son pouce et son index. Elle la glisse et tourne, le tiroir recule – vide.

« Merde alors », s'exclame Boyd.

Elle tombe lourdement dans le fauteuil.

« Après tout, on s'en fiche », dit Boyd.

Elle, elle ne s'en fiche pas. Ce n'est pas à lui de juger si on doit s'en ficher ou non. Elle donne des coups de pied dans le tiroir en métal, d'abord négligemment, puis plus fort. Elle remonte le fil du temps : l'or de Sutter Creek n'était pas avec les pièces. Ça, elle le savait, n'est-ce pas ? Et elle avait fouillé toute la maison de l'Idaho, ses moindres recoins, chaque fois qu'elle avait pu. Et puis – qu'est-ce qui s'était passé ? Pourquoi avait-elle déduit qu'il était ici ? C'est Dean qui l'avait affirmé. Pas vrai ? L'idée semble tellement ridicule à présent. Totalement, parfaitement ridicule. Elle se sent stupide. Aussi stupide que Jason. Aussi stupide que Boyd.

« On devrait partir d'ici, dit-elle.

– Mais on a toujours les pièces », répond Boyd.

Elle ne réagit pas. *On*. Ses grands yeux marron blessés. Comment est-ce qu'elle avait pu faire ça avec lui ? Elle sent poindre une pointe de jugement : traînée. Boyd s'affale sur le canapé, les bras écartés, épuisé. Elle se dirige vers l'escalier couvert de moquette, s'appuie sur la rampe et commence à monter. Elle va récupérer ses affaires, sa boîte à chaussures, puis ils s'en iront. Ça va aller, tout ira bien, elle sera quand même ravie d'avoir fait ça, d'avoir fui Dean et cette vie.

« Peut-être qu'on pourrait simplement vivre ici, crie Boyd. Rejoindre les frères. » *On*. Elle arrive en haut de l'escalier, avance à pas feutrés jusqu'au bout du couloir. Deux petits cadres sont restés accrochés au mur, des citations brodées par Ruth : « Les épouses et les concubines de David lui ont été données par moi… »

Elle se rend dans sa chambre. Le grand lit affaissé sous l'édredon en jean. La coiffeuse et son miroir crasseux, où elle a regardé Ruth lui tresser les cheveux le jour de son mariage. Par la fenêtre, elle voit quelques rares lumières, les fermes éparpillées vers les montagnes acérées du désert. Loretta ouvre les tiroirs, vides, vides, vides. Puis, dans celui du fond, elle trouve sa boîte à chaussures. Ses yeux lui brûlent. Elle soulève la boîte, l'ouvre. Elle peine à avaler sa salive et des picotements lui parcourent le crâne. Elle s'asseoit sur le tabouret rembourré devant la coiffeuse et examine le contenu de la boîte. Les décorations de Noël de sa grand-mère. Son journal. « L'homme que je veux épouser ». Des boucles d'oreilles. Des pointes de flèche. Une photo d'elle bébé, floue, dans les bras de ses parents. Elle lève les yeux, stupéfaite par ce qu'elle voit dans le miroir : un être accablé de chagrin, abattu d'une balle. Elle se sent lasse, triste pour toutes les choses passées, impossibles et envolées. Toutes les choses qui ne peuvent être changées, parce qu'elles sont révolues, terminées et qu'il est impossible de les rattraper.

Jason se réveille, bousculé par Baker. « C'est l'heure », dit-il.

La Nova se glisse, tous feux éteints, sur un chemin de terre bordé d'herbe des fossés. Des formes se dessinent. Devant eux apparaît une maison trapue, qui ressemble à une grange. Ils sont quelque part à la campagne. Les étoiles semblent minuscules, comme si elles s'éloignaient à toute vitesse de la terre.

« Tu ronfles comme une gonzesse, dit Baker.

– Quelle heure il est ? »

Baker glousse.

« T'es marrant comme gamin. Il est tard.

– On est où ?

– On y est, mon pote. Short Creek. On est arrivés. »

Ils s'arrêtent devant la maison, qui est plongée dans l'obscurité, hormis un filet de lumière entre les rideaux, derrière une grande fenêtre. La LeBaron est garée de travers, sur la bande de terre qui borde la pelouse. Baker se penche sur le volant et se frotte le menton, sans lâcher la maison des yeux – une bâtisse simple, bon marché, avec des murs sales, couleur crème, des bardeaux bitumés et des petites fenêtres à pignon sombres. Une épaisse bande de peinture qui s'est détachée ploie vers le sol. Sur le côté, un tricycle gît dans l'herbe.

« Je ne sais pas quoi faire, dit Baker. Tu penses que je devrais faire quoi ?

– Peut-être qu'on devrait juste s'en aller.

– Elle est bien bonne, celle-là. » Il frappe le volant de ses paumes. « OK, allons voir nos amis. »

L'herbe gelée crépite sous leurs pieds. Sur la marche du perron, un paillasson usé indique BIENVENUE CHEZ NOUS. Le bas de la porte en bois est parcouru d'éraflures. Baker jette un coup d'œil autour de lui, l'air songeur. Il semble ne pas se soucier de Jason, qui se demande pourquoi il est si évident qu'il ne posera aucun problème. Baker attrape le bouton de la porte. Agréablement surpris de constater qu'il tourne, il adresse un regard à Jason et pousse. À l'intérieur, une entrée couverte de linoléum donne sur un salon à moitié vide, aussi sombre qu'une grotte, qui permet d'accéder à une cuisine à l'arrière, où brille une lumière. Une causeuse et une petite table basse laissent deviner où se trouvaient les autres meubles avant que cet espace de vie ne soit démantelé. Plusieurs petits tas jonchent la moquette – des sacs en toile, des piles de vêtements, la paire de tennis qu'il a vue sur Loretta. Baker entre, bâille, regarde par la fenêtre de la cuisine. Le réfrigérateur bourdonne. Il fait demi-tour, rebrousse discrètement chemin au moment même où une porte s'ouvre sur le côté, laissant apparaître Boyd, qui boutonne son jean, les yeux baissés.

Baker est ravi, son visage s'illumine. À la seconde où Boyd se rend compte que quelque chose ne va pas, Baker décoche un « Salut, petit merdeux ! », traverse la pièce en trois grandes enjambées et gifle Boyd avec une telle force qu'il trébuche, puis reste assis par terre. Baker le frappe de nouveau, un gros coup de poing dans l'oreille, et Boyd bascule en avant, se protège la tête dans ses mains. Une voix parvient de l'étage. « Boyd ? » La voix de Loretta.

Baker lève les yeux vers l'escalier et émet un beuglement, un rugissement bestial, qui semble jaillir des profondeurs sombres et lointaines de la terre.

Puis il grimpe l'escalier deux à deux.

Bradshaw ? Quoi ? *Bradshaw ?* Loretta ne comprend pas ce que Bradshaw fait là, mais c'est bien lui, Bradshaw, qui s'engouffre dans la chambre alors qu'elle est assise devant la coiffeuse, la boîte à chaussures sur ses genoux, qui sourit et se déplace avec une puissance telle que le corps de Loretta, effrayé avant même son esprit, se vide, s'assèche et tremble.

Bradshaw fait valser la boîte à chaussures.

« Hé, bébé. Surprise ! »

Elle secoue la tête. Bradshaw reste planté devant elle, emplissant la chambre de sa fureur.

« C'est pas le cas ? T'es pas surprise ?

– Brad », commence-t-elle.

Il se penche, approche tellement son visage qu'elle sent son nez la chatouiller et beugle : « LA FERME ! » Son souffle alcoolisé la frappe. Il se redresse et inspire vigoureusement par les narines, puis dit, presque songeur, comme s'il se parlait à lui-même : « Contente-toi de la fermer, Lori. C'est tout ce que je te demande. Et maintenant, ramène ton sale petit cul d'infidèle en bas. »

Elle franchit la porte, remonte le couloir, descend l'escalier et, là, encore une surprise : Jason est debout dans la cuisine, comme un lièvre parfaitement immobile qui tente d'échapper à l'œil d'un faucon. Boyd est recroquevillé au sol, la tête entre les mains.

« Quelle bande de poules mouillées », lance Bradshaw.

Jason a du mal à reconnaître Loretta, pourtant c'est bien elle qui revient avec Baker. Elle ne contrôle plus son visage. Elle l'a appelé Brad. Pourquoi est-ce qu'elle l'appelle Brad, et pourquoi sur ce ton ?

« Moi qui pensais que vous alliez en profiter pour vous tirer, dit Baker. Vous devez vraiment m'aimer. »

Il prend Loretta par le bras, l'entraîne jusqu'à la causeuse, puis la pousse pour l'obliger à s'asseoir.

« Vous deux, ramenez-vous par ici et asseyez-vous aussi », dit-il.

Lorsqu'ils sont installés – Loretta dans sa causeuse, Boyd et Jason sur la moquette, formant une sorte de triangle –, Baker regarde ostensiblement Boyd puis Loretta, Loretta puis Boyd. Il feint de chercher à comprendre ce qui se passe, à tirer les choses au clair.

Finalement, il regarde Jason, remue son pouce entre Boyd et Loretta et lance : « Je t'avais bien dit, idiot. »

Bradshaw inspire profondément, retire la flasque de sa poche et la siffle. Il penche la tête d'avant en arrière, comme s'il était tiraillé entre plusieurs options.

« J'allais t'appeler, dit Loretta.

– Ah ouais ? »

Il se met à faire les cent pas, martelant le sol de ses santiags.

« Ouais », répond-elle.

Il hoche la tête, marche d'un pas lourd et ajoute, d'un air fatigué : « Tu comptais partir sans rien me dire, te tirer avec ces tocards, venir chercher l'or et m'appeler après ? »

Loretta et Baker parlent secrets et projets, déclenchant un nouvel accès de jalousie chez Jason. Il avait tort, sur toute la ligne.

« Ouais. C'est ça, Brad », dit Loretta, la voix tremblante de peur. Pourquoi est-ce qu'elle l'appelle encore comme ça ? « OK ? » répond Baker, comme s'il était profondément, sincèrement, curieux. Il se dirige vers Boyd et lui flanque un coup de pied si violent dans les côtes qu'il se soulève et retombe sur le côté. « Putain », gémit-il. Baker ajuste son angle, frappe de nouveau. « Je ne veux plus t'entendre, foutu Peau-Rouge. » Boyd a des haut-le-cœur et un liquide rouge, aigre, forme une flaque sur la moquette. « T'auras droit à un coup de pied chaque fois que t'ouvriras ta sale gueule », ajoute Baker. Boyd tousse et marmonne « OK. » Et Baker frappe de nouveau. Boyd se met à pleurer doucement.

Bradshaw se remet à faire les cent pas, martelant le sol. Enfin, il demande à Lori : « Alors, il est où ? » Sans savoir pourquoi, elle répond : « Je l'ai. J'allais t'appeler pour te le dire. » Elle essaie de croiser ses yeux, de partager un regard, de l'emmener là où elle fera ce qu'elle veut de lui.

« Je l'ai pris pour nous.

– C'est trop génial », répond-il.

Il émet un bâillement, énorme. Il ne lui accordera pas ce regard.

Mais de quoi est-ce qu'ils parlent, bordel de merde ? Jason voudrait croiser le regard de Loretta, mais n'y parvient pas. Terrifiée, elle suit Baker des yeux et ne jette pas un coup d'œil à Jason.

« Je ne sais pas », dit Baker. Il s'approche, oblige Loretta à se lever en la tirant par le bras. « Je suis profondément déçu, Lori, mais peut-être que tu peux te faire pardonner. »

Elle regarde Jason, puis Boyd, la mine défaite. Jason a l'impression de faire partie de ses ravisseurs.

« Monte », ordonne Baker.

Elle se dirige vers l'escalier. En chaussettes. Elle aimerait attraper ses chaussures, qui sont juste là, dans l'encadrement de la porte. Mais elle monte. Derrière elle, Bradshaw marque une pause. « Je me fous pas mal de vous, bande de petits merdeux », dit-il, et Loretta accélère un peu. Bradshaw est toujours derrière elle, au pied de l'escalier. « Peut-être que vous devriez juste vous tirer d'ici », ajoute-t-il à l'intention des garçons. Elle arrive en haut des marches, remonte le couloir et fonce vers sa chambre.

Partir ? Comme ça ? se demande Jason.

« Lori et moi, on prend le relais à partir de maintenant », poursuit Baker en souriant, avant d'ajouter, comme s'il ne pouvait pas s'en empêcher : « Si vous voyez ce que je veux dire. » Il leur adresse un clin d'œil, fait claquer sa langue, comme pour obliger un cheval à avancer, et se met à gravir les marches.

Elle ferme la porte à clé, puis court vers la fenêtre, qui refuse de coulisser, bloquée par l'épaisse cheville en bois installée par Dean. La poignée bouge furieusement. « Lori ? » appelle Bradshaw. Elle soulève le tabouret de la coiffeuse.

Jason et Boyd ne bougent pas. « Viens, propose Jason. On est deux contre un. »

Boyd grogne. « C'est ça, Superman. Deux minus contre un balèze. » À l'étage, Baker hurle le nom de Loretta et cogne, encore et encore, puis ils entendent un bruit sec, aigu, quelque chose qui vole en éclats.

Loretta pose le tabouret devant la fenêtre et grimpe dessus. Un air épais, glacial, s'insinue dans la chambre. Bradshaw continue à s'acharner contre la porte, mais à coups de pied cette fois. Lorsqu'elle entend le bois voler en éclats, elle monte sur le rebord de la fenêtre et, au moment de baisser la tête pour s'élancer, elle sent le verre s'enfoncer dans son pied.

Elle sent un choc dans sa cheville gauche lorsqu'elle atterrit. Une explosion. Une démolition. Elle roule sur elle-même, le souffle coupé. Un pied en sang, l'autre cassé. La LeBaron attend cinquante mètres plus loin. Les clés sont dans sa main. Elle se lève et commence à sautiller.

Dehors, quelque chose traverse la pelouse à toute vitesse. Baker beugle : « Bordel de merde ! », puis les talons de ses santiags déboulent l'escalier en grondant. « Viens ! » lance Jason à Boyd.

Baker fonce vers la porte d'entrée. Jason se lève et, sans réfléchir, sans décider quoi que ce soit, se précipite vers lui. Surpris, Baker lui jette un coup d'œil irrité, mais Jason se jette violemment sur ses jambes et les serre entre ses bras pendant que Baker donne des coups pour le faire basculer en arrière.

Loretta sautille sur son pied blessé, prête à entendre la porte s'ouvrir violemment derrière elle. Chaque fois qu'elle saute, elle sent les morceaux d'os bouger dans sa cheville brisée. La douleur aiguë est presque réconfortante, un feu distrayant, un ailleurs bienvenu. Elle atteint la LeBaron et pose la main sur la carrosserie, continue à sautiller jusqu'à la portière.

Jason serre les cuisses de Baker entre ses bras, la main droite agrippée au poignet gauche, pendant que ce dernier lui laboure le dos de coups. « T'es mort, petit enculé », crache-t-il avant d'attraper de nouveau l'oreille de Jason et de la tordre si violemment qu'une douleur cinglante lui parcourt le crâne, le persuadant que Baker dit vrai, qu'il va vraiment le tuer, et sans tarder. « T'es archi-mort. » Dehors, la LeBaron s'anime en toussant. Le bruit du moteur s'élève, puis diminue, et Jason sent que les jambes de Baker vont lui échapper d'un moment à l'autre. Ses genoux se desserrent, cognent contre la poitrine de Jason, qui sera bientôt fichu, complètement fichu. Baker soulève les jambes avec puissance et frappe Jason au visage. Un goût ferreux apparaît dans sa bouche et il est certain que Baker va se libérer, qu'il atteindra sa voiture dans quelques secondes et qu'il se lancera à la poursuite de Loretta, qui ne parviendra pas à s'échapper. Puis il sent un grand coup. Boyd. Boyd qui a planté un genou dans le dos de Baker et l'autre dans son cou. L'homme arrête de se débattre et Jason resserre son étreinte autour de ses jambes, la tête pressée contre sa hanche. « Les mecs », dit Baker, la bouche écrasée dans les fibres de la moquette. « Les mecs », répète-t-il. Mais la LeBaron est déjà partie, déjà loin, et Baker se met à hurler comme un animal. Tous trois restent assis là, imbriqués les uns dans les autres, jusqu'à ce que Jason ait la certitude qu'ils n'entendent plus la voiture nulle part. Envolée.

Elle peut y arriver avec un seul pied. Il suffit juste de le décider. Comme Ruth l'aurait fait. Elle enfonce l'accélérateur avec sa chaussette imbibée de sang, sans tenir compte de la douleur. Le gravier crisse sous les pneus. La poussière remplit l'habitacle. Elle respire, encore et encore. Elle atteint la route en dur et tourne pour s'y engager. Elle n'arrête pas de trembler, bien qu'elle n'ait pas conscience du froid. Le chauffage de la LeBaron est à fond et elle sait qu'elle aura bientôt trop chaud. Elle traverse Short Creek en dépassant légèrement la vitesse autorisée – l'énorme temple en briques, les murs de la propriété du prophète, le petit bureau de poste qui fait également office d'épicerie, l'entrepôt de l'Ordre uni. Elle pense aux enfants. Elle aurait aimé revoir Benjamin une dernière fois. Lire *Le Petit Chien fantaisiste*. Lorsqu'elle atteint la périphérie du village, elle appuie de nouveau sur l'accélérateur et la voiture bondit librement. Sa cheville la torture. Très enflée, elle forme un angle impossible. La plante du pied qui repose sur la pédale, transpercée par le morceau de verre, n'est que brûlures et élancements. Les premières lueurs roses du jour bordent les parois en pierre orange foncé qui se dressent dans le désert. L'arrière du véhicule zigzague puis se stabilise, mais elle ne lève pas le pied. Sa cheville gauche n'est plus qu'un sac d'os et, à un moment ou à un autre – dans un avenir lointain, dans la vie qui succédera à celle-là –, elle sait qu'elle va devoir s'en occuper, mais pour l'instant elle se dit juste qu'elle peut y arriver avec un seul pied. Ce vieux rafiot est une automatique. Elle peut la conduire jusqu'au bout du monde avec un seul pied.

Jason est convaincu que la fin est imminente. Une fois libéré, Baker les tuera. De ses propres mains. Il leur a promis qu'il le ferait, et Jason le croit volontiers. La moquette lui chatouille le visage. Ses bras et ses mains faiblissent, mais Boyd cloue parfaitement Baker au sol, un genou planté à l'arrière de son cou et l'autre au milieu de son dos. Jason est allongé sur le côté, les bras serrés autour des cuisses de Baker et le visage collé à sa hanche. Jason et Boyd ne disent pas un mot, jusqu'à ce que le silence semble le plus approprié. Ils restent étendus là pendant ce qu'il leur semble des heures, parmi les odeurs de boue, de vieille avoine, de chaussettes sales et de pain maison. La colère de Baker s'atténue de seconde en seconde, puis monte, descend et remonte. Jason fixe l'amas de fils électriques qui pend du plafond. Ses épaules lui font un mal de chien. Il se sent loin de lui-même.

« C'est bon, les mecs, dit Baker. C'est fini. Laissez-moi me relever. Sérieux. C'est bon. » Puis il se débat violemment. Boyd bascule, mais se rattrape en s'appuyant sur ses mains et maintient son poids sur le cou de Baker, qui s'arrête. « OK, dit-il. Ça suffit. Je me rends. Laissez-moi juste me relever. » Personne ne lui répond. « J'arrive pas à respirer, ajoute-t-il.

– Tu peux respirer, rétorque Boyd.

– J'arrive pas bien à respirer », insiste Baker. Jason se dit qu'à tout moment il va lâcher. « Laissez-moi juste me relever et chacun ira de son côté, insiste Baker.

– Boyd ? demande Jason.

– Pas question, répond son ami. J'ai les côtes en miettes.

– Et on fait quoi ensuite ?

– Je ne sais pas », dit-il. Silence radio.

« Les mecs, répète Baker, le visage enfoui dans la moquette. Les mecs. »

Et puis il se met à rire, un long éclat de rire hystérique qui finit par se fondre dans le silence. Jason se demande où se trouve Loretta et ne peut s'empêcher d'avoir envie d'être avec elle. Boyd émet de tout petits bruits. Jason lève les yeux pour mieux voir son ami, son plus vieil ami, son unique ami, et le voit qui fixe le vide. Ils ont tous les deux perdu la même chose : pas Loretta, mais l'idée qu'ils se faisaient d'elle. La foi qu'ils avaient en elle.

« Sérieux, les mecs », reprend Baker.

Il est presque six heures du matin.

« Boyd, demande Jason.

– Je sais.

– On est deux.

– Ouais.

– Les mecs, putain, laissez-moi me relever et on en reste là.

– La ferme, enculé », dit Boyd.

Un long silence suit.

Baker se met à respirer de manière profonde et régulière.

« OK, dit Boyd. C'est ça, mec ! »

Le corps de Baker se détend. Les muscles se relâchent dans ses jambes.

« Je ne sais pas, murmure Jason. Il n'a pas l'air de faire semblant. »

Un des pieds de Baker donne des petits coups, se lève puis retombe sur sa pointe, involontairement. Il grogne, se met à respirer bruyamment.

« Je crois que c'est vrai, dit Jason.

– Aucune chance. »

Baker ronfle bruyamment contre la moquette. Jason relâche son étreinte. Rien. Il fait glisser ses bras parcourus d'intenses fourmillements et Baker renifle, marque une pause, se remet à ronfler. *S'il fait semblant*, se dit Jason, *il est super doué*, avant d'ajouter : *Est-ce qu'il serait difficile de me duper ?* Il roule sur lui-même et se relève lentement. Boyd l'inquiète – il a le visage blême, l'air sonné. Jason, qui a été formé aux premiers secours chez les scouts, sait qu'il est en état de choc. On dirait qu'il est prêt à basculer en avant, le souffle court, les paupières tombantes. Jason tend la main, lui prend le coude et l'aide à se mettre debout sans lâcher Baker des yeux, conscient qu'ils ne peuvent plus reculer, qu'ils ne pourront jamais plus le maintenir comme ils l'ont fait, et au moment où Boyd retire ses genoux du cou de Baker, ce dernier lève et tourne la tête, puis la repose et dort, étonnamment.

« Sans blague », dit Boyd.

Ils sortent. Il n'y a pas de clés sur la Nova et ils refusent de retourner fouiller les poches de Baker de crainte de le réveiller. Le manteau de Boyd est resté dans la LeBaron, si bien qu'ils enfilent à tour de rôle celui de Jason en rejoignant la ville à pied, sans jamais cesser de jeter des regards nerveux en arrière. Boyd boite à cause de ses côtes douloureuses. Ils parlent à peine et Jason se demande par où commencer. Que dire en premier ?

« Qu'est-ce qu'on fait maintenant ? » demande-t-il.

Boyd hausse les épaules. « On avance jusqu'à ce qu'on arrive quelque part. »

Il fait plus chaud que ces derniers jours. Des poids lourds passent, des chauffeurs les dévisagent. Toutes les maisons sont immenses, conçues sur le même modèle. Il n'y a pas de magasins. Pas de panneaux stop. Pas de choses qu'on trouve normalement dans une ville. Ils passent devant les murs d'une immense propriété, d'où dépassent les toits à pignon de deux énormes maisons, plus grandes que celle de Dean. Le désert, plat et rouge mat, s'étend jusqu'aux montagnes saillantes qui semblent protéger la zone. Des rideaux s'écartent sur leur passage. Une femme debout dans son jardin, vêtue d'une robe longue qui ne laisse apparaître que ses mains et ses pieds, se détourne d'eux, vigilante.

« Cet endroit est super bizarre », dit Boyd.

Pourquoi Jason a le sentiment que Baker ne cherchera pas à les rattraper ? Il en est convaincu, voilà tout. Ils atteignent une petite épicerie de campagne dotée de deux pompes à essence rouillées et d'un panneau Greyhound en vitrine. Ils entrent sans prononcer un mot. Jason a suffisamment d'argent pour acheter deux billets de bus pour rentrer chez eux et quatre paquets de gâteaux au chocolat. Après avoir payé, il regarde la monnaie dans sa paume : 2,13 dollars. L'argent de sa mission.

Ils attendent dehors, dans la lumière éclatante du matin, debout près de la machine à glaçons et de la poubelle cabossée, et mangent comme s'ils mouraient de faim, jusqu'à ce que Boyd éclate de rire, projetant un morceau de gâteau visqueux. Il s'arrête, se ressaisit puis recommence, incapable de contrôler ses tremblements, les yeux fermés, jusqu'à ce qu'il se mette à pleurer. Jason l'observe simplement, attend, sans cesser de mâcher. Il donnerait tout pour être chez lui. Redevenir un enfant. Boyd s'arrête, inspire, s'essuie les yeux et dit : « Il s'est endormi ! » Puis il remet ça, plié en deux, le visage déformé. Finalement, Jason n'a plus le choix. Il n'y peut rien, ça a toujours été comme ça. Il se joint à Boyd.

Loretta vire au nord sur la Highway 59, en direction de Cedar. Le soleil, encore bas, darde ses rayons matinaux et elle a envie d'aller à sa rencontre, de traverser les canyons rouges, Zion et Bryce, et de mettre le cap sur le Colorado. Ou peut-être au nord, sur le Wyoming. Ou au sud-est, sur le Nouveau-Mexique. Soudain, elle comprend quelque chose : son avenir n'est pas fait de photos d'autres lieux, d'autres choses et d'autres gens. Il n'est fait ni de photos de quoi que ce soit, ni d'un seul endroit. Mais de l'absence de photos, d'un vide, et ça l'emplit d'allégresse. Elle a envie de s'incliner devant l'absence. De la vénérer.

Tout ce qu'elle a est sur elle : le jean qu'elle a porté pour aller au séminaire avec Jason, le T-shirt Led Zeppelin de Boyd, une paire de chaussettes en coton, dont un côté imprégné de sang et déchiré, et trois billets de un dollar, pliés dans sa poche de devant. L'or et les chèques, ses vêtements et l'argent sont derrière elle, comme tout le reste. Le chauffage de la LeBaron propulse des vagues d'air chaud dans l'habitacle, qui semble spacieux et accueillant, une sorte de chez soi. L'adrénaline des heures précédentes s'est dissipée et une lassitude s'installe, chaleureuse et agréable. Elle va devoir dormir quelque part, bien qu'elle n'ait nulle part où aller. Elle va devoir s'occuper de sa cheville, bien qu'elle n'ait aucun moyen de payer un médecin. Elle a besoin de chaussures. De nourriture. D'essence. Elle ne sait absolument pas comment elle va se procurer tout ça.

Pourtant elle n'a jamais été aussi heureuse, c'est le meilleur moment de sa vie – et ce n'est que le début.

REMERCIEMENTS

Je tiens à remercier chaleureusement les amis qui ont accepté de lire les premières versions de ce roman et m'ont offert leurs conseils. Notamment Siam Ligon, qui l'a lu intégralement et m'a aidé maintes fois à développer l'univers des personnages. Mike Baccam, Stephen Knezovich et Jess Walter m'ont également fourni une aide précieuse – comme le brillant Ed Park, que j'ai la chance d'avoir comme éditeur. Je suis tellement heureux d'avoir Renée Zuckerbrot comme agent : sa sagacité et sa patience m'ont aidé à découvrir l'histoire qui se cachait derrière le roman au fil des brouillons.

J'aimerais exprimer ma gratitude au PEN Club et à la famille de Robert W. Bingham, ainsi qu'au Washington Artists Trust. Leur soutien m'a permis de consacrer à ce roman un temps dont je n'aurais pas disposé autrement.

Bien que je me sois fié à plusieurs sources historiques en écrivant cette histoire, j'ai aussi pris certaines libertés (y compris en changeant la date du saut d'Evel Knievel à Londres, qui a réellement eu lieu en mai 1975, et en continuant à désigner la communauté fondamentaliste du nord de l'Arizona sous le nom de Short Creek plutôt que sous son nom actuel de Colorado City).

La biographie de Leigh Montville, *Evel*, m'a été particulièrement utile pour comprendre l'histoire et le mythe qui entourent

Knievel, et le documentaire *Absolute Evel* m'a été précieux pour tenter de reproduire la voix de l'homme. Plusieurs récits m'ont servi à décrire le raid de Short Creek, mais ce sont les photographies du magazine *Life* vers lesquelles je me suis le plus souvent tourné quand j'ai voulu tracer ma voie dans ces événements.

Parmi tous ceux que je dois remercier, citons :

Les membres de mon « Église », les gardes du corps de la nuit : Chris, Dan, Jess, Sam, Tony.

La faculté et les étudiants du programme MFA de l'Eastern Washington University, où j'ai moi-même étudié et où j'enseigne parfois.

La bande du *Spokesman-Review*, journal où j'ai le privilège de travailler depuis 1999.

Internet, qui permet d'accéder aisément à toutes sortes d'informations utiles, de la reproduction des lièvres au tableau de bord de la Chrysler LeBaron de 1970.

Et, surtout, ma famille : ma mère, mes frères et mes sœurs ; ma femme, Amy, et mon fils, Cole.

« Terres d'Amérique »

Collection dirigée par Francis Geffard
(Extrait du catalogue)

CHRIS ADRIAN
Un ange meilleur, nouvelles

SHERMAN ALEXIE
Indian Blues, roman
Indian Killer, roman
Phoenix, Arizona, nouvelles
La Vie aux trousses, nouvelles
Dix Petits Indiens, nouvelles
Red Blues, poèmes
Flight, roman
Danses de guerre, nouvelles

TOM BARBASH
Les Lumières de Central Park, nouvelles

DAVID BERGEN
Une année dans la vie de Johnny Fehr, roman
Juste avant l'aube, roman
Un passé envahi d'ombres, roman
Loin du monde, roman
La Mécanique du bonheur, roman

JON BILLMAN
Quand nous étions loups, nouvelles

TOM BISSELL
Dieu vit à Saint-Pétersbourg, nouvelles

AMANDA BOYDEN
En attendant Babylone, roman

JOSEPH BOYDEN
Le Chemin des âmes, roman
Là-haut vers le nord, nouvelles
Les Saisons de la solitude, roman
Dans le grand cercle du monde, roman

DAN CHAON
Parmi les disparus, nouvelles
Le Livre de Jonas, roman
Cette vie ou une autre, roman
Surtout rester éveillé, nouvelles

KEVIN CANTY
Une vraie lune de miel, nouvelles
Toutes les choses de la vie, roman
De l'autre côté des montagnes, roman

MICHAEL CHRISTIE
Le Jardin du mendiant, nouvelles

CHRISTOPHER COAKE
Un sentiment d'abandon, nouvelles

TOM COOPER
Les Maraudeurs, roman

CHARLES D'AMBROSIO
Le Musée des poissons morts, nouvelles
Orphelins, récit

CRAIG DAVIDSON
Un goût de rouille et d'os, nouvelles
Juste être un homme, nouvelles
Cataract City, roman

ANTHONY DOERR

Le Nom des coquillages, nouvelles
À propos de Grace, roman
Le Mur de mémoire, nouvelles

DAVID JAMES DUNCAN

La Vie selon Gus Orviston, roman

DEBRA MAGPIE EARLING

Louise, roman

LOUISE ERDRICH

L'Épouse Antilope, roman
Dernier rapport sur les miracles à Little No Horse, roman
La Chorale des maîtres bouchers, roman
Ce qui a dévoré nos cœurs, roman
Love Medicine, roman
La Malédiction des colombes, roman
Le Jeu des ombres, roman
La Décapotable rouge, nouvelles
Dans le silence du vent, roman
Femme nue jouant Chopin, nouvelles
Le Pique-nique des orphelins, roman
LaRose, roman

BEN FOUNTAIN

Brèves rencontres avec Che Guevara, nouvelles
Fin de mi-temps pour le soldat Billy Lynn, roman

TOM FRANKLIN

Le Retour de Silas Jones, roman
Braconniers, nouvelles

TOM FRANKLIN & BETH ANN FENNELLY

Dans la colère du fleuve, roman

HOLLY GODDARD JONES

Une fille bien, nouvelles

Kentucky Song, roman

ALAN HEATHCOCK

Volt, nouvelles

RICHARD HUGO

La Mort et la Belle Vie, roman

Si tu meurs à Milltown, textes

MARLON JAMES

Brève histoire de sept meurtres, roman

BRET ANTHONY JOHNSTON

Souviens-toi de moi comme ça, roman

THOM JONES

Le Pugiliste au repos, nouvelles

Coup de froid, nouvelles

Sonny Liston était mon ami, nouvelles

CHRISTIAN KIEFER

Les Animaux, roman

THOMAS KING

Medicine River, roman

Monroe Swimmer est de retour, roman

L'Herbe verte, l'eau vive, roman

SANA KRASIKOV

L'An prochain à Tbilissi, nouvelles

RICHARD LANGE

Dead Boys, nouvelles

Ce monde cruel, roman

Angel Baby, roman

MATT LENNOX
Rédemption, roman

BRIAN LEUNG
Les Hommes perdus, roman
Seuls le ciel et la terre, roman

ROBIN MACARTHUR
Le Cœur sauvage, nouvelles

DAVID MEANS
De petits incendies, nouvelles

DINAW MENGESTU
Les belles choses que porte le ciel, roman
Ce qu'on peut lire dans l'air, roman
Tous nos noms, roman

PHILIPP MEYER
Le Fils, roman

BRUCE MURKOFF
Portés par un fleuve violent, roman

JOHN MURRAY
Quelques notes sur les papillons tropicaux, nouvelles

KEVIN PATTERSON
Dans la lumière du Nord, roman

BENJAMIN PERCY
Sous la bannière étoilée, nouvelles
Le Canyon, roman

DAVID JAMES POISSANT
Le Paradis des animaux, nouvelles

DONALD RAY POLLOCK
Le Diable, tout le temps, roman
Une mort qui en vaut la peine, roman

ERIC PUCHNER
La Musique des autres, nouvelles
Famille modèle, roman

JON RAYMOND
Wendy & Lucy, nouvelles
La Vie idéale, roman

ELWOOD REID
Ce que savent les saumons, nouvelles
Midnight Sun, roman
La Seconde Vie de D.B. Cooper, roman

EDEN ROBINSON
Les Esprits de l'océan, roman

KAREN RUSSELL
Swamplandia, roman
Foyer Sainte-Lucie pour jeunes filles élevées par les loups, nouvelles
Des vampires dans la citronneraie, nouvelles

GREG SARRIS
Les Enfants d'Elba, roman

JON SEALY
Un seul parmi les vivants, roman

NATHAN SELLYN
Les Caractéristiques de l'espèce, nouvelles

HUGH SHEEHY
Les Invisibles, nouvelles

WELLS TOWER

Tout piller, tout brûler, nouvelles

DAVID TREUER

Little, roman
Comme un frère, roman
Le Manuscrit du Dr Apelle, roman
Indian Roads, récit
Et la vie nous emportera, roman

BRADY UDALL

Lâchons les chiens, nouvelles
Le Destin miraculeux d'Edgar Mint, roman
Le Polygame solitaire, roman

GUY VANDERHAEGHE

La Dernière Traversée, roman
Comme des loups, roman
Comme des feux dans la plaine, roman

CLAIRE VAYE WATKINS

Les Sables de l'Amargosa, roman

VENDELA VIDA

Se souvenir des jours heureux, roman

JOHN VIGNA

Loin de la violence des hommes, nouvelles

WILLY VLAUTIN

Motel Life, roman
Plein nord, roman
Ballade pour Leroy, roman
La Route sauvage, roman

JAMES WELCH

L'Hiver dans le sang, roman

Retrouvez toute l'actualité de Terres d'Amérique et de ses auteurs
sur la page Facebook officielle de la collection :
www.facebook.com/Terres.Amérique